Jean Vautrin

Groom

Jean Vautrin

Groom

Verbrechenstagebuch, aufgezeichnet von einem Kind
dieses Jahrhunderts

Roman

Aus dem Französischen von
Marie Luise Knott

Rotbuch Verlag

Die Deutsche Bibliothek – CIP-Einheitsaufnahme
Herrmann, Jean:
Groom : Roman / Jean Vautrin. Aus dem Franz. übers. von
Marie Luise Knott. – 1. Aufl. – Hamburg : Rotbuch-Verl., 1995
Einheitssacht.: Groom <dt.>
ISBN 3-88022-469-2
Vw: Vautrin, Jean [Pseud.] → Herrmann, Jean

1. Auflage 1995

Originaltitel: Groom

Umschlaggestaltung: MetaDesign
unter Verwendung des Bildes »Le Groom« von
Chaim Soutine © MNAN Centre Georges Pompidou
Herstellung: Das Herstellungsbüro, Hamburg
Satz: H & G Herstellung, Hamburg
Druck und Bindung: Clausen & Bosse, Leck
Printed in Germany 1995
ISBN 3-88022-469-2

»Inmitten der schnell wachsenden Finsternis über einer fiebernden Welt, umgeben von blutigen Taten und nicht weniger blutigen Gedanken, der zunehmenden Barbarei, die unhemmbar in den vielleicht größten und furchtbarsten Krieg aller Zeiten zu führen scheint, ist es schwer, eine Haltung einzunehmen, die sich für Leute an der Schwelle einer neuen und glücklichen Zeit schicken mag.
Deutet nicht alles darauf hin, daß es Nacht wird, und nichts, daß eine neue Zeit beginnt?
Soll man also nicht eine Haltung einnehmen, die sich für Leute schickt, die der Nacht entgegengehen?«

Bertolt Brecht, 1939

An die Angst, denn sie steigt …

Prolog

Er hieß Chaim, und er hatte kein Alter.
Er hieß Chaim, aber in sich fühlte er jeden Namen.
Jede Rasse. Jedes Verlangen. Und jeden Schmerz, den auch.
Er fühlte sich niemandem zugehörig. Und niemandem verbunden. Er wußte weder, wo er war. Noch, wo er hinging. Er haßte es, sich zu erinnern.
Lieber erfand er sich sein Schicksal. Ein Held von eigener Hand wollte er sein, werden. Innerlich war er mehreres zugleich. Er war weiß und ganz normal, schwarz und aufbrausend, Mann und Frau, gewalttätig und zärtlich, ein Riese und ein Zwerg.
Manchmal war er so vieles zugleich, daß er nicht mehr alles äußern konnte. Dann verlor er die Worte. War nicht mehr Herr seiner Taten. Verlor seine Konturen.
In diesen Augenblicken haßte er das Leben zwar nicht, aber er liebte es nicht mehr genug, als daß es ihm ausgereicht hätte. Dann verspürte er das Bedürfnis, es mit Federn der Phantasie zu versehen. Es zu verkleiden. Eine Deutung, an der er am liebsten andere hätte teilhaben lassen.
Seine Mutter. Oder Frauen, die er nicht kannte. Wesen, die er im stillen begehrte. Und die weit weg wohnten. Zehn Kilometer entfernt, am Rande der Ebene. In einer unmenschlichen, häßlichen Stadt. In einer Betonstadt, in der es nichts gab als Gleichgültigkeit, Gewalt und schwärzesten Stumpfsinn.
Dann wütete er in seinem Bauchhaus.
Er wütete.
An manchen Tagen glaubte er, er sei verrückt.
Chaim.
Er hieß Chaim.
Und er hatte kein Alter, keine Rasse.
Er hatte jeden Namen und jedes Verlangen.

1

Hotel Algonquin.
8 Uhr morgens. 1. November. Allerheiligen.

Die 607 leuchtet an der Tafel.
Die 607 leuchtet an der Tafel im Kabäuschen.
Die 607 leuchtet an der Tafel im Kabäuschen der Grooms.
Und flackert vor Ungeduld.
Ich drücke meine Fluppe an der Wand aus. Entgegen allen Vorschriften.
Und denke an Monsieur Bing.
Gerade mal vierzehn Tage ist es her, daß der alte Bing mich gewarnt hat vor dem ganzen Leben, das um mich herum zu heftig tobt.
Er hat mir gesagt, seiner Meinung nach sei mein Herzschlag tödlich für einen Jungen meines Alters. Und obgleich ich ihm nicht gezeigt habe, wie mir zumute war, fühlte ich plötzlich, wie dreifach recht er hatte.
Denn trotz meiner zwölf Jährchen, die man mir nicht ansieht, war ich an jenem Morgen verdammt müde. Wegen dieses Hundelebens, das ich führe, als Page im Hotel Algonquin. Das können Sie sich nicht vorstellen. Aber nicht nur deswegen. Auch, weil ich so porös bin. Ich meine, so durchlässig. Mich deprimiert dieser ganze Schlamassel um uns herum. Die Kriege. Die Morde. Die Genozide. Diese Dummheiten bis zum Erbrechen.
Ich weiß nicht, ob Sie lesen. Ob Sie hinhören. Die Zeitungen. Die Medien, wie man das nennt. Man kommt gar nicht mehr hinterher. Dermaßen häuft sich das Unglück. Man kann gar nicht mehr mithalten, von wegen der Sensibilität. Das bringt mich um.
Es bringt mich um – bei lebendigem Leibe, und es tut verdammt weh.
Shit, die 607 flackert wahrhaftig an der Tafel.
Entschuldigen Sie mich, ich muß los.

Ich springe aus dem Kabäuschen, gerade als Annonciata aus der Wäschekammer kommt.
Annonciata, portugiesisches Zimmermädchen. Achtzehn Besen und ein Staubsauger.
Ich biete ihr an, ihn zu tragen. Sie wittert die Absicht.
»Laß die Finger von meinem Tornado«, sagt sie.
Ein flüchtiger Blick. Ein gebeugter Nacken. Und ein schräges Lächeln unter einem dünnen Schnurrbart hervor – prophylaktisch. Eins von der katholisch schamhaften Sorte. Erregend, finde ich, von wegen dieser vielen bedeckten Haut. Und dazu eine hohe Stirn, wie in alten Familienalben. Ein Briefmarkenprofil.
Aber Beine wie keine, vor allem.
Sie entfernt sich.
Monate geht das nun schon.
Weiße Schürze. Rote Uniform. Treffen einander auf den Gängen. Sie lächelt nur. Ein unsterbliches Lächeln.
Eines Tages werde ich sie flachlegen.

Und die 607, die an allen Ecken verrückt spielt.
Schon gut, schon gut! Ich komme ja schon. Beeile mich. Werde unterwegs zum Sklaven.
Ein Gast auf der Treppe? Mach ich mich unsichtbar.
Eine Tür, die schlägt? Halt ich glatt fest.
Ein Taxi in einer Stunde? Wird gemacht ...
Ich eile den roten Teppich entlang.
Ich eile zur 607. Ich eile zu Madame Abercromby.

Ich kann sie schon vor mir sehen, diese Chicago-Lady: schattige Wimpern, für den Auftritt geschminkt. Die Hände wie Nester unter den Brüsten.
Exaltierter Blick.
Und dieser beschissene durch die Nase gequetschte Middle-West-Akzent, der gleich meine Ohren vollschnurren wird.
»Edward«, (so heiße ich als Groom), »Edward! Sag misch, daas isch bin scheen!«
»Spitze für Ihr Alter, Pamela, Spit-ze.«
Ziemlich gestelzt. Acht Uhr in der Früh. Jeden Tag. Punktum.

Vielleicht dämmern Ihnen langsam die Qualitäten eines Grooms.
»Bittä, fahss misch an den Bausch! Streischle misch hier, nischt sssu schnell.«
»Meinen Sie nicht, das fällt eher in den Zuständigkeitsbereich von Monsieur Abercromby?«
Ein Wiehern, dann die Antwort:
»Hi, hi, hi, wie gomisch du bisss, Edward! Hurry up ... kleines Monster ... fahss misch an maine Muschi uhnn an maine Poppo. Poppo, sagt man das so?«
»Yes, Madame Abercromby. Poppo oder Furzloch, Schnurzepiepe, ganz wie Sie wünschen.«
»Isch wünsche, bitte!«, versichert sie.
Zwei Wochen ist sie jetzt in Paris. Eine irre Leidenschaft für Kraftausdrücke. Sie stürzt sich direkt in die Worte.
»Liebss du misch?«
»Yes, Madame Abercromby.«
»Nenn miisch lieber Pamela.«
»Yes, Pamela.«
»Leeg daine Hand auf maine Bausch. Los!«
Eine Röte überzieht ihren Nacken.
»Rubbel misch ordäntliesch ... Später du wirst begommen daine kleine Geschenk...«
Sie lacht.
Haben es mir angetan, ihre Krähenfüße. Aber ich werde mich hüten, es ihr zu sagen. Denn Pamela will es nicht anders, sie muß glauben, daß sie dafür blecht. Daß sie ausgenommen wird. Daß sie zur Prostitution gezwungen wird. Daß sie nur gevögelt wird wegen ihrer Dollars.
»Bitte mahh misch ein schläschtes Gewissen, daß isch bin Amerikanerin.«
Sonst kein Orgasmus, Pamela. Nix da.
Manchmal haben die Erwachsenen Schwierigkeiten, ihre natürlichen Funktionen aufrechtzuerhalten. Das jedenfalls hat mir Monsieur Bing erklärt, der in puncto Ausschweifungen eine ganze Palette mitgekriegt hat.
Ich allerdings, großherzig wie ich bin und ganz schön weit für mein Alter, denke, daß unsere Nächsten nicht für nichts und

wieder nichts da sind. Daß wir auf der Welt sind, um ihnen kleine Dienste zu erweisen. Und daß eine gute Tat nur selten für die Katz ist. Zumal, wenn man sie ins rechte Licht rücken kann.
So kommt es also, daß wir beide, Pamela und ich, uns Tag für Tag im Rahmen eines gemeinsamen Abkommens auf ihre Kosten einen Besuch im Empire State Building genehmigen. So nennt sie es, wenn man sie in die Luft schießt, die Pam America. Mit garantierter Ohnmacht. Und kostenlosem Aufenthalt auf der Terrasse.
Macht zehn Dollar für den Groom. Und einen Dank ans Personal.
Ich liebe es, dem Glück die Tür aufzuhalten.

2

Mit einer Salsa-Melodie im Kopf eroberte Sammy Soft von der Insel Marie-Galante, Guadeloupe, den Boulevard. Kam von den Antillen, lief mit Palmen-Krawatte und ausgeflippten Tretern über die Straße und hielt seine Krankschreibung in der Hand.

Drei Wochen arbeitsunfähig wegen seiner Leber, da kamen Sammy glatt Freudentränen. Urteilen Sie selber: Nicht mehr die Post austragen zu müssen bei dieser Kälte! Immer dieses Treppauf-Treppab durch die Wohnklötze, mein Gott. Und endlich etwas tun für die Gesundheit, das höchste Gut. Hihi, Sammy zog seine Dienstmütze vom Kopf. Fehlte nicht viel, und sie wäre im Rinnstein gelandet.

Kokett wie nichts, Gedankenstrich, dieser Kerl. Und die Taschen voller Rum. Winters, von morgens bis abends. Aber nie besoffen, das nicht. Nur gelbe Augen.

Wie er, sich selbst zitierend, einmal sagte: »Wenn der Hintern deiner Frau schön ist, laß ihn von anderen bewundern. Schon wird das Glück dir hold sein.«

Wie recht er hatte, dieser göttliche Zuhälter. Zumal, seit er ein Auge und noch etwas mehr auf die Nachfahrin von Madame Josépha geworfen hatte.

Madame Josépha, geben Sie acht, Frisuren aller Art. Toupets, Tönungen und sogar Afro-Look.

Eine Grande Dame, wie Sie sehen.

Viertelnegerin, kam aus Gosier, einer Gegend im Basse-Terre. Und hatte merklichen Erfolg in der Friseurbranche. Eine wahre Künstlerin, muß man sagen, mit viel Personal unter sich.

Die Haarschneider, alles Farbige. Und die Wäscherinnen, man höre und staune, lauter Weiße. Eine Attraktion, zwangsläufig. Außer Jépha.

Außer Jépha, Joséphas Tochter.

Milchkaffeefarben, die Haut. Eine ganz Durchtriebene. Gerade mal dreizehn. Aber schon superscharfe Äuglein. Und Brüste passend dazu, Ha! Lauter Ungehörigkeiten unter dem Kleidchen. Mädchenreste plus Erwachsenen-Verheißung.

Immer noch die geschwollenen Lippen, wie nach der Muttermilch; und bereitete sich auf das Haarexamen vor. Fünfzehn Tage Schule, fünfzehn Tage Salon. Abwechselnd, um es der Mutter nachzutun.
Während Sammy Soft den Boulevard hinunterging, überlegte er, was für herrliche Tage ihm bevorstanden. Verdammt herrliche Sonnen-Bauchtage.
Ein ganzes Ausschweifungsprogramm.
Ganz die Mama, die Durchtriebene. Hatte Begabung, die Kleine. Allein dieses Lachen, wenn er mit ihr redete: »Quia, Quia, quia!« Das Lachen der Inseln.
Und Grübchen, ganz wie die Mama.
Sammy Soft drückte die Salontür auf.
Ein starker Geruch von Haarlack und Aftershave drang ihm in die Nase.
»Hallo, kleine Kongo-Rose«, sagte er zu Jépha, die er beim Eintreten immer als erste anblickte.
Und stellte fest, daß sie ihn nicht beachtete. War viel zu beschäftigt damit, einem merkwürdigen Typen einen Umhang über die Schultern zu legen.
Einer bebrillten Bohnenstange.
Dessen Haare in alle Windrichtungen abstanden. Und dessen Augen beharrlich auf Jéphas Schenkel ruhten.
Jéphas Schenkel waren wie die Morgenstunde.
Sammy Soft kam näher.
Er setzte ein strahlendes Lächeln auf. Jépha war eine Frucht. Du pellst sie aus der Bluse und stößt auf das nackte Fleisch. Rundlich, wie nichts, und gut heiß verglichen mit draußen.
»Scheenste, wie heiß'« (Meine Schöne, wie heißt du?)
»Heiss ich Jépha«, kokettierte die Kleine.
»Untt wo wonn?« (Und wo wohnst du?)
»Missiöh«, lachte die Kleine, »ich lebe bei meiner Mama, und ich wüßte nicht, woher ich Sie kenne ...«
»Gib mir einen Kuß, Kleine!« beharrte Sammy Soft. »Ich bin der Bergeversetzer ...«
Sofort mimte das Mädchen die Ängstliche. Schwups, schon flüchtete sie hinter den Sessel.
Der Kunde verfolgte die Szene aufmerksam.

Er hob die Augen zu dem Antilleser und runzelte mißvergnügt die Stirn.
»Los, einen Kuß«, brachte Sammy Soft wieder hervor, ohne ihn eines Blicks zu würdigen. Und dann stahl er sich das Geforderte vom Nacken der Kleinen.
»Zwölf Uhr Mittag! Der Teufel erscheint!«, lachte Jépha. Und unabsichtlich stieß sie gegen den Ellbogen des bebrillten Langen. Der fiel in seinem Sitz merklich zusammen.
»Oh, entschuldigen Sie«, sagte sie prustend. Und weiter zu Sammy Soft gewandt: »Hi! Dickschädel! Laß mich weitermachen, zieh Leine, mieser Urwaldbewohner.«
»Ja, ziehen Sie Leine«, sagte plötzlich der Lange, »lassen Sie uns in Frieden.«
Sammy Soft leitete den Rückzug ein.
Hatte aus dem Augenwinkel den finsteren Blick von Mutter Josépha aufgeschnappt. Hatte ihn gepackt, dieser Blick, so wie der Typhus die Einwohner von Santo-Domingo.
Durfte er sich nicht verscherzen, die Gunst der Chefin. Genug mit der Kleinen für heute, und auch für morgen, nötigenfalls, schnell der Mama zugewandt.
Sammy steuerte mit freundlicher Miene den sicheren Hafen an. Madame Josépha, ein Tuch als Turban um den Kopf, schloß gerade die Lade ihrer Registrierkasse. Deutete mit ihrem Bleistift auf den Briefträger:
»Ich ve'biete di', mit dem Pe'sonal zu schäke'n«, trällerte sie. »Das ist nicht in O'dnung fü' die Kunden und schlecht fü' den 'Huf ...«
»War nicht das Personal«, argumentierte Sammy Soft, »war privat. Ich habe doch deine Jépha poussiert. Bleibt in der Familie.«
»Tthe! Ein Kind, lass sie«, trällerte sie weiter. »Schweink'am mit Minde'jäh'igen will ich nicht!«
»Schweinkram?« entrüstete sich der Zuhälter.
»Oh ja«, trällerte Madame Josépha und wackelte mit dem Hintern. »Oh ja, spiel nicht den Unschuldigen.«
Sie erhob sich hinter ihrer Kasse und ging auf Sammy Soft zu, ungeachtet des Aufsehens, das sie erregte. Sie hatte die Hand erhoben.

Er verdrückte sich.
Aus Erfahrung, wenn man so will.
»Sehen Sie sich den an, dieses e'bä'mliche Geschöpf. Glotzt mich an mit seinen 'oten Augen, die aussehen wie 'eife Pap'ika«, trällerte die Haarkünstlerin. »Windet sich wie eine Schlange«, flötete sie. »Dem sch'eit doch das Laste' direkt aus dem Gesicht! Tthe!«
Sie griff an.
Sammy Soft verdrückte sich hinter die Sesselreihe.
»Was redest du denn da?«, versuchte er, während er zu Jépha floh. »Die Kleine ist meine Tochter oder zumindest so gut wie.«
»So gut wie, und kein bißchen deine Tochte'«, trällerte Mama Josépha. »Pfoten weg. Ve'd'ück dich und zieh Leine.«
Sie ließ ihre Hände ins Leere sinken.
Ein Rasierer hing daran.
Der Zuhälter suchte das Weite.
Nichts für ungut, ihr Schnippler, lieber verliert man das Gesicht, aber nicht das Leben. Eine Sprühflasche flog durch die Luft. Sie zersprang. Es ist der Körper, der zählt, Zuhälter. Ist die Wut verraucht, kannst du jederzeit wiederkommen. Zwölf Rosen, etwas Sonne, du bist wieder da, und fertig.
Sammy ging in Deckung.
Nachdem Josépha endgültig den schändlichen Verführer öffentlich in die Flucht geschlagen hatte, schenkte sie dem großen umhangbetuchten Kunden ihr geschäftigstes Lächeln. Die Scheren drumherum taten längst wieder ihre Stufen-Arbeit.
»Sie müssen entschuldigen«, trällerte sie.
Hemmungslos bot sie ihre Zähne dar. Breitestes Lachen. Porzellan und so. Echt stark, diese Liebenswürdigkeit. Und dann, weibliche Brut, steckte sie selber ihre Hand in die Wirbel des Langen.
»Wünschen de' He' einen Haa'schnitt?« sang sie.
»Nein, eine Wäsche«, sagte der junge Mann mit der Brille. »Nur eine Wäsche«, fügte er hinzu und versank in dem Sessel, denn sie hatte die Hand nicht aus seinem Haar genommen.
Madame Josépha wollte unbedingt die verheerenden Folgen des Disputes bereinigen.

»Hie' ist de' Kunde König«, flötete sie. »Meine Tochte' wi'd sich um Sie kümme'n ...«
Sie tat zwei Schritte und war wieder hinten.
»Wollen Sie vielleicht etwas Heißes zum Aufmöbeln?« trällerte sie zu dem Langen.
Ohne auf die Antwort zu warten, klatschte sie in die Hände: »Bimbo«, trällerte sie zu einem jungen Haarschneider hinüber, »bitte b'ing uns zwei Punch, einen fü' den He''n hie' und einen fü' mich, die Chewin...«
Sie ging zur Kasse zurück. Aufgeräumt, wohlgelaunt und mit neuem Schwung, die Schenkel auf dem Stuhl, fast wieder die Alte. Ihr Insel-Tüll wallte. Das Tüddelmütterchen schwallte: »Kinder, da bin ich noch einmal davongekommen! Gut, daß ich es geschafft habe, diesen bösen Teufel, Sammy Soft, aus meinem Leben zu verbannen. Ach, da bin ich noch einmal davongekommen!«
Woraufhin sie ihre Finger mit den Cutex-Nägeln vor den Mund hielt und aus vollem Hals lachte:
»Sch'eckliche Zuhälte', hängen imme' nu' an de' Kasse! Tthe! Mein Schwimmbad mit dem t'aumblauen Wasse' hätt ich ja doch nie gek'iegt!«
Und zog eine Pfeife aus der Schublade, um sie zu rauchen. Sie rauchte gerne.
Erst in diesem Moment bemerkte sie, daß der zerzauste Kunde ein Gebrechen hatte. Er hatte einen Klumpfuß und warf ein Auge auf ihre Tochter.
Ehrlich gesagt, er sah merkwürdig aus.

3

Hotel Algonquin.
7 Uhr morgens, 2. November.

Oft liebe ich die Menschen dermaßen, daß sie gar mein Herz verschlingen. Und so bin ich noch bei ihnen, wenn sie mich längst vergessen haben.
Und Sie können sich gar nicht vorstellen, wieviel Zeit, Energie und Verzweiflung es mich kostet, immer neu an sie zu denken.
Einmal, sehen Sie, da hat Monsieur Fred Astaire, der unser Gast ist, nur für mich mehrere Entrechats gemacht.
Genau am Eingang, vor der Drehtür. Und da ich genügend Rhythmus im Blut habe, habe ich ihm mit meinen Füßen geantwortet. Tap und tappadam – Stepper, wenn man so will. Ein kleines Ballett, das Old Fred mit seinen 80 Jahren in gute Laune versetzt hat.
Das alles unter dem abgewandten Blick meines Uraltfeindes: Monsieur Satanas, unser Mann mit dem Goldenen Schlüssel.
Fred Astaire hat mir liebevoll den Arm um den Hals gelegt.
Auf dem Trottoir haben wir dann noch mehrere Figuren hingelegt. Recht schwierige, muß ich sagen. Tap, tap, tappadam – bis hin zum Taxi, das auf ihn wartete. Ich fühlte mich wie eine Gazelle. Kategorie Cyd Charisse, wenn Sie verstehen.
So als sei alles rosa angemalt um uns herum.
Und nichts wirklich schwierig.
Und was diesen Scheiß-Fred Astaire anbetrifft, es war wie ein Jungbrunnen für ihn, dieses Gefühl, dank eines Grooms wieder zu seiner Musical-Jugend zurückzufinden. Hatte plötzlich richtig Farbe im Gesicht, dieser Mistkerl.
Hat mir zehn königliche Dollar aufgenötigt. Nur für diese Türüberschreitung.
Eine Note der Gunst, gewissermaßen. Habe ich mir in meiner Bude einrahmen lassen, die Banknote.

Meine Bude.
Sechs Quadratmeter Autonomie, in Blumentapete gehüllt. Ein

Cosy Corner. Ein Schrank. Überall auf dem Boden Bücher verstreut. Marilyn als Poster, Sie wissen schon, das, wie sie auf dem Warmluftschacht steht und ihr Rock in die Luft fliegt? Und, wie ich schon sagte, die Note der Gunst von Monsieur Fred Astaire unter Glas, mit reinem Schweinsleder als Umrandung. Genau oberhalb der Seite.

Was sonst noch?

Diverse verdammt intime Dinge natürlich.

Schmutzige Socken unter dem Bett zum Beispiel, wie jedermann. Und Zigarren auf dem Nachttisch, wenn Sie in diese Richtung sehen.

King Size natürlich.

Das ist mein Stil.

Denn der Genuß von Tabak läßt einen einfach reifer erscheinen. Zufriedener. Ich weiß auch nicht, warum, aber irgendwie gewinnt man mit King Size und Blazer eindeutig an Bedeutung. Fehlen nur noch die entsprechenden Rauchschwaden, schon ist man mordsüberzeugend. Allein wenn man den Rauch so durch die Nase bläst, das erhöht eindeutig die Aufmerksamkeit der Mädchen.

Dann studieren sie zum Beispiel genauestens, wie man aussieht. Habe ich festgestellt. Und mit diesem vielsagenden Blick fühlt man sich prompt verdammt männlich. Und total sicher in all dem Schweinkram, der mit dem Geschlecht zusammenhängt.

Das Geschlecht, werden Sie mir sagen, sehr wichtig, wirklich. O.K. Ich werde auf dieses Thema noch zurückkommen. Aber ich rede nicht gerne darüber, wenn Sie es genau wissen wollen.

Was gibt es sonst noch in meiner verflixten Bude?

Platten, zwangsläufig. Unmengen von Langspielplatten. Wie können Sie nur hoffen, daß man ohne Musik leben kann? Sie trägt einen. Hilft einem.

Heute morgen, zum Beispiel, weh-geh drohendem Identitätsverlust zurück in die Federn geflüchtet — liege ich im Bett, wie Gott mich geschaffen und höre volle Pulle George Clinton. Und ich schwöre Ihnen: Diese plötzliche Funky-Stimmung in seinem Rhythmus ermutigt mich aufzustehen.

O.K., ich stehe auf.

Zumal Irma an meine Tür klopft. Irma, meine Mutter. Sie können nichts dafür. Aber auch Ihnen würde es nicht gelingen, ihr auszuweichen. Die Zuneigung, die ist unausweichlich. Die weicht einen einfach auf. Macht einen klein. Verhindert jegliche Initiative, aber sie ist da. Unausweichlich. Irgendjemandes Sohn muß man ja sein. Ein Drum und Herum haben. Eltern, und sie lieben einen ja fast alle. Eine Plage. Und ich gehe an ihr zugrunde.

Irma. O.K. Sie ist nun einmal da.

Nutzt es aus. Liebt mich. Zu sehr. Sehr. Ohn Unterlaß. Erstikkend. Und sie klopft an die Tür.

»Chaimie! Aufstehen!«

Eine Mädchenstimme. »Du kommst noch zu spät. Dein Kaffee steht auf dem Tisch.« Und so weiter, und so fort. Zwei Stück Zucker, zwei Croissants. Zähneputzen nicht vergessen.

Scheiß drauf.

Ich antworte nicht. Ihr zartes Trippeln entfernt sich.

Ich habe bereits meine zwei verflixten Beine in meiner neuen Hose. Die Angst steigt, sichtlich. Ich sehe in den Spiegel und bekomme mich mit voller Wucht ab.

Ein großer Typ um die fünfundzwanzig. Überall Wirbel, der arme Teufel. Ohren, die die Augen überschatten, würde ich sagen. Und einen Zinken. Nichts, womit man der weiten Welt entgegentreten könnte.

Nieder mit den Bullen bürste ich mir die Zähne. Doppelt Fluor 250. Und die Mundduschе von oral-B für den sympathischen Atem.

Ich überprüfe es.

Dazu muß man nur die Hand vor den Mund halten. Dann atmet man feste aus und sofort wieder tief ein.

Ich jedenfalls scheine heute morgen nicht so sehr zu stinken.

4

Als Chaim aus seinem Daf ausstieg, seinem Halbautomatik-Auto für Behinderte, hatte er schon ordentlich Angst in den Knochen. Beim Überqueren des Schulparkplatzes versuchte er es mit der Lässigkeit von Cary Grant und dem Gang von Henry Fonda. Aber es ging nicht so recht zusammen, von wegen seines verflixten Klumpfußes.

Er wußte schon, daß er nicht durchhalten würde.

Er wußte schon, daß es für die Katz war. Wie gewöhnlich. Daß er niemals der Zeichenlehrer des Collège Francisque-Sarcey werden würde.

Ebensowenig wie er es vor vierzehn Tagen geschafft hatte, der Zeichenlehrer von der gemischten Klasse der Fondation Bergson in Chantilly zu werden. Jedenfalls waren seine Beziehungen zu dieser Scheißwelt heute gewiß eher schlechter als damals, als die Schwestern der Heiligen Maria vom Kreuze seine Dienste erbeten hatten.

Überhaupt, wann war das gewesen?

Letztes Jahr nach den Osterferien. Um den Dreh rum. Oder Lichtjahre früher. Was weiß man schon. Die Zeit ist etwas so Merkwürdiges, wenn man genauer nachdenkt. Ein Gummi, das man zwischen den Fingern zusammenrollen oder wie eine Zwille spannen kann. So sanft wie nichts, oder eben grausam, das weiß man vorher nicht. Eine Waffe.

O.K.

Um auf die Lehrtätigkeit zurückzukommen, einen Beruf haben, sich festlegen – dieser ganze Leck-mich-auf-der-Couch-Schwachsinn – das war nichts für ihn!

Es gibt Anstrengungen, die kann man von den Leuten einfach nicht erwarten.

Chaim strich sich die Strähne aus der Stirn. Er stellte um, auf das Leben um ihn herum. Super-Spitzen-Scheiße. Angst. Jede Menge Angst. Und man brauchte kein bißchen extra-helle zu sein, um zu wissen, daß alles wieder von vorne losging. Sobald er den nächsten Schritt tat. Sie hätten die vielen Gesichter sehen sollen!

Aufgrund erlangter Gewißheit plötzlich, boing, subito, drehte Chaim sich um.
Und er war sich sicher, sie waren alle da, in seinem Rücken.
Wenn es einen Baum gegeben hätte, wäre Chaim hochgeklettert.

Im Hof wimmelte es von diesen monströsen Kindern, die ihn wie immer mit ihren blauen Augen umzingelten. Mit ihren blauen Augen und ihren verdammt sauberen Haaren.
Alles Mutanten.
Schwammen in ihrer Welt mit dem gleichen Wohlgefühl wie die Tylosaurier aus der oberen Kreidezeit im Meer.
Er hingegen, Chaim-der-Hinkende, dort tap, tap, ein Spinner. Ein armer Irrer, der sich in seiner Angst verlor. Und Augen, nebelig-trüb. Lediglich hier und da ein paar Aufheiterungen ob solcher Obsessionen, die nicht dem sechsten Gebot entsprachen. Petit-Bateau-Slip, Korsett, verstärktes Mieder. Ein immer wiederkehrendes Vokabular. Und dann, bei der Heiligen Maria vom Kreuze zum Beispiel, diese berüchtigten Prospekte, die er in seinem Pult versteckt hatte. Aufblasbare Puppen, Vibratoren, Berieselungen, Irrigatoren mit Gefühlsabstufungen.
Und Pater Joseph, ein Teufelskerl von einem Jesuiten, der darauf gestoßen war.
Ergo: gefeuert.
Desgleichen von der Fondation Bergson.
Das lag an Mademoiselle Burkalter. Eine Schweinerei, wie im Buche. Mit ihren gotischen Pobacken. Eine provozierend beleibte Frau mit viel Zellulitis. Feste Mieder und trotz allem Paarungsideen im Kopf.
Beweis, dieser folgenreiche Schreckensmorgen: Sie, die Chaim mit Gewalt auf den Mund geküßt hatte. Mehrmals. Mit Speichel und Pornographie. All das vor dem Hintergrund schreiender Kinder, mitten in der 11-Uhr-Pause. Ha! Himmelschreiend, das Ganze!
Ich schwöre Ihnen, er hatte sich schnellstens davongemacht.
O.K.
Und jetzt? Heute?

Chaim dachte an Irmas Rat für den Notfall: auf die Musik zurückzugreifen, wenn er merkte, daß sein Geist abdrehte. Seine Scheiß-Mutter hatte nicht immer unrecht.
Also begann er, als er um die Ecke der Wohncontainer bog, sich im Kopf eine heiße Melodie zu pfeifen. Bei Sugar Blues, da bekam er immer neuen Mut.
Und dann traute er sich, einen Blick auf dieses Schülervölkchen zu werfen.
Sie hatten alle irgendwelche Attitüden.
Die Haare fielen in die Augen. Das Vorbild prangte auf T-Shirt oder Blouson. Travolta, Dean, Halliday oder Pepsi-Cola. Eine Mischung aus »Die Grünen kommen« und »Eagles Chiefs«.
Alle musterten ihn, den Neuen. Mit dieser verflixten nagelneuen Zeichenmappe unter dem Arm hätte man ihn ebensogut für einen neuen Schüler halten können.
Hätte man, ohne weiteres.
Ein wahres Desaster.
Hinkend bahnte er sich einen Weg durch zwei sehr alte Schüler der 5D. Sitzengebliebene. Total coole Typen, die mit ihren dreizehn Jahren bereits Joints rauchten und mit grinsender Miene auf seinen Klumpfuß stierten. Schon Belag auf den Zähnen.
O.K.
Chaim grüßte den Direktor. Ein gottverdammter Kahlkopf im Dreiteiler. Der Schulleiter beachtete ihn jedoch nicht, denn er plauderte gerade einfältig lächelnd mit der Geo-Lehrerin. Einer Blonden mit himmelschreiender Schminke. Und Brüste, die hätten Sie sehen müssen.
Eine optische Aggression.
Alles Bluff.
Ein Büstenhalter mit Kreuzgummi und natürlichem Halt. Verstellbare Träger, O.K., und Polyester-Verstärkung. Größe 90, diagnostizierte Chaim.
Er legte einen Schritt zu.
Beim Betreten der Klasse hätte er beinahe das Gleichgewicht verloren. Klassische Falle, hätte er sich denken können. Erstags-Banane.
Unter dem stürmischen Applaus seiner vierzig Schüler, vierzig

grölender Mädchen und Jungen, mühte er sich ab, wieder Herr über die Lage seines Körpers zu werden.
Er stützte sich auf den erstbesten Tisch.
Fiel kopfüber auf die Knie.
Und landete ausgerechnet vor Jépha. Magisch irgendwie. Seit der Haarwäsche hatte er unaufhörlich an sie gedacht.
Und da war sie. Es war schlimmer als bei ihrer Mutter. Eine von den Antillen, gerade mal dreizehn, aber Sie hätten schwören können: eine echte Frau.
Sie lachte dröhnend mit empörend gesunden Zähnen.
Als Chaim die Augen niederschlug, erblickte er ihre Schenkel. Ihre Haut war so pfirsischweich, daß er keine Lust mehr hatte, sich wieder zu erheben.
Jahrhunderte vergingen.
Fordernd spreizte sie die Beine und sagte:
»Sie sollten nicht so bleiben, Herr Lehrer. Sie werden sich noch einen Zug holen.«
Und automatisch hagelte es Beifall, von allen Seiten.
Zwischen den Papierfliegern, die seine Stirn bombardierten, erspähte Chaim ganz unten in der Grotte der Kleinen ein nilgrünes Höschen. Modell elastisches Pikot, in der Ausführung mit Zackenlitze; endlich hatte er wieder genügend Kraft, sich aufzurichten.
Eine Wasserbombe explodierte auf seiner Stirn.
Er konnte noch so sehr seine Brille auf seinem Zinken zu halten versuchen und Ruhe brüllen, er sah nichts mehr.
Durch Lärm und Wasser erblindet.
Ein blauäugiger Typ um die vierzehn pflanzte sich vor ihm auf.
Er fragte geradeheraus:
»Willst du dich mit mir anlegen?«
Und da Chaim »Setzen Sie sich« brüllte, erhielt er eine Faust ins Gesicht.
Eisen mit Siegelring.
Im nächsten Moment schmeckte er das Blut unter seiner Zunge.
Er ließ seine Zeichenmappe fallen und wandte sich ab, um zum Podest zu gelangen. Die Höhe hätte seine Autorität sicher wiederhergestellt. Aber er kam nicht am Lehrerpult an.

Ein gestelltes Bein streckte ihn nieder, und anonyme Schläge bearbeiteten seine Rippen.
Cowboystiefel und Tennistreter, ein ganzes Schuhsortiment schlug ihm um die Ohren.
Er brachte seinen Kopf in Deckung. Der schmerzte oft dermaßen!
Ein Paar Stiefel machten direkt vor seinem Gesicht halt:
»Einen schönen Gruß von Käpt'n Molotov«, sagte eine Stimme. »Gratis-Warnung. Laß uns gefälligst in Frieden während der Zeichenstunde. Wenn du nicht spurst, wenn du kneifst, kriegst du meinen Abdruck an den Hals. Kapiert?«
Eine Fabrikkälte bemächtigte sich Chaims Körper.
Der nächste Schlag polierte ihm die Nieren.
Er dachte noch, sein Rücken sei tot, dann wurde er ohnmächtig.

Er erwachte in Jépthas Augen.
Sie stand über ihn gebeugt. Mitleid leuchtete ihm entgegen. Sie strich ihm über den Kopf. Sie sagte, die Typen seien alles Spinner.
Sie befanden sich im Erste-Hilfe-Raum.
Es stank nach Apotheke. Eine Mischung aus Äther und Vigor, denn während Chaim auf dem einzigen Bett lag, wischte eine Putzfrau die schwarz-weißen Kacheln.
»Sie sind in Ohnmacht gefallen«, sagte Jépha. »Und dabei haben Sie sich die Lippen aufgeschlagen. Die Aufregung. Soll vorkommen.«
»Kein Denken dran«, sagte Chaim und richtete sich auf. »Wo ist meine Brille? Man hat mich geschlagen.«
Jépha zwang ihn, sich wieder hinzulegen. Sie flüsterte:
»Sie sollten so etwas nicht sagen, Herr Lehrer. Sonst müssen womöglich einige der Schüler gehen. Und das ist keineswegs in Ihrem Interesse. Sie sollten nicht Ihre Zähne oder Ihre Rippen aufs Spiel setzen. Diese Jungs sind gefährlich. Die kriegen Sie dran, also hüten Sie sich.«
»Erpressung«, sagte Chaim. Er hätte sich beinahe übergeben.
»Ich hätte Sie warnen sollen«, seufzte Jépha.
Ihre Miene wurde schrecklich einnehmend, und sie strich ihm

wieder über den Kopf. Sah aus, als täte sie gerne, was sie tat.
»Ich habe viel an Sie gedacht«, sagte Chaim wagemutig. »Ich meine daran, wie Sie einem das Haar waschen«, verbesserte er sich.
Sie musterte ihn lachend.
Es war ein verdammt schöner Moment. Bockmist, noch nie hatte ein derartiges Teufelsmädchen Chaim so eindringlich angesehen.
Er sah sie nun seinerseits mit ganzer Kraft an.
Stundenlang hätte er ihr so zulächeln können. Länger noch möglicherweise. Die Zeit spielte vollends verrückt. Er hätte der Kleinen alles nur Erdenkliche machen können, sogar ein Kind. Er war sich sicher, mit ihr hätte es geklappt.
Er hätte können.
Plötzlich schlug sie die Augen nieder, Monsieur Bertoux oder Vertoux, jedenfalls der Direktor, kam herein.
Er hatte ein Bedauern im Gesicht. Und eine kleine alte Dame neben sich, die die Hände rang. Chaim drehte sich zu ihr hin. Irma hatte sich wieder in das abscheulichste Blumenkleid aller Zeiten gehüllt. Crêpe de Chine, zum Kotzen. Sommerkleid, ohn Sommerszeit. Ein Aufzug wie im Interregium. Sie klebte so fest an ihrer Haut, diese verdammte Vergangenheit!
Chaim haßte sie.
Er haßte seine Mutter.
»Alles in Ordnung, Irma«, erklärte er mit zuckersüßem Lächeln. »Ich bin nur ohnmächtig geworden.«
»Der Herr Lehrer ist mit dem Kopf auf das Podest geschlagen«, ergänzte Jépha.
»Gehen Sie wieder in Ihre Klasse!« befahl Monsieur-irgendwas-mit-toux.
Die Kleine war mit einem Satz auf den Beinen.
Ein Drehen des Röckchens mit Kehrtwendung, und, blitzschnell, zuguterletzt ein nilgrüner Blick zu Chaim. Eine Art Dank.
Dann entschwand sie, das Stuhlgeflecht auf der Schenkelhaut.

»Ich setze nie wieder einen Fuß in diese Penne«, erklärte Chaim, während die Betonstadt hinter ihnen verschwand.

»Ganz wie du wünschst, Chaimie«, seufzte Irma. Sie warf ihm einen kurzen, sorgenvollen Blick zu.
Die alte Dame saß am Steuer.
Einige Kilometer weiter dirigierte sie den Daf zum Angriff auf ein Dorf.
Es war das einzige seiner Art. Oben auf der Anhöhe gelegen überblickte es die Ebene. Getreide und Rüben. Rüben und Getreide – bis hin zu den Wohnklötzen.
Ein Boden, tief in die Ackerkrume hinein vom Dünger zerfressen. Vilmorin, als Brachland getarnt. Die Erntekurve sank bereits.
Und ganz hinten die Kuben, die aus Ton und Kalk herausragten. Die Kuben der Stadt. Eine Stadt wie Unkraut, das auf den umgepflügten Gemüsebeeten wuchs. Tausend Fenster, alle zur Ebene hin. Tausend gierige Blicke, die sich die Felder anverwandelten: Die Stadt.
Chaim ließ sie nicht aus den Augen.
»Riesen-Schlampe«, beschimpfte er sie, als wäre sie ein Mensch.
Irma schauderte.

Ihr Haus war ihr Fluchtpunkt.
Chaim schloß hinter sich alles ab. Mehrere Schlösser, ein Riegel und eine Sicherheitskette.
Sofort fühlte er sich anders.
»Ich gehe nach oben«, sagte er.
»Du solltest vorher etwas zu dir nehmen«, schlug die alte Dame vor. »Zwei Spiegeleier, was meinst du?«
Er machte sich steif, stellte sich auf seinen Klumpfuß.
»Nein nichts, ich gehe zu Monsieur Bing. Er hat alles, was man zum essen braucht.«
»Immer nur Konserven, ihr beiden, das ist nicht gut«, sagte Irma. »Iß doch zumindest einen Salat.«
»Laß mich in Frieden«, zischte er. »Und warte heute abend nicht auf mich.« Und dann: »Mein Gott, was bin ich fertig!«
Subito machte er sich auf und durchquerte hinkend die Halle.
Irma schickte ihm eine Frage hinterher:
»Und morgen? Wegen des Unterrichts? Wie machen wir es da? Soll ich dich wecken?«

»Nicht nötig, Irma. Nicht nötig. Sie haben meinen Sack von unten gesehen.«
Er stand bereits im Aufzug.
»Aber ... der Direktor wird anrufen ...«
»Shit, recht hat sie«, erkannte er und kam einige Schritte zurück.
Er rannte in den Salon und zur Garnitur. Mit einer heftigen Bewegung riß er die Schnur aus der Wand.
»So«, sagte er und schob die Brille auf seiner Nase hoch, »jetzt kann uns niemand mehr anrufen.«
Irma rang die Hände aufs neue. Chaim streckte die Hand aus.
»Oh, nicht nötig, bitte bedaure mich nicht, Irma«, sagte er und lachte sie an. »Du weißt haargenau, an Tagen wie heute bin ich wieder zwölf. In diesem Alter hat man kein Verantwortungsgefühl. Also bitte, hör auf! An einem Tag wie diesem könnte ich glatt eine Katze erwürgen oder mir den Finger in die Nase stecken.«
»Du brichst mir das Herz«, jammerte Irma.
»Schon möglich«, erkannte Chaim. »Aber ich merke es nicht.«
Er wandte sich ab. Sagte noch:
»Und außerdem brauche ich das Telefon für das Kabäuschen der Grooms. Dann kann mich Monsieur Satanas besser zur Ordnung rufen.«
Er schloß die Türe der Aufzugskabine und pfiff, während er in die erste Etage hinauffuhr, *Trouble in Mind* von dem alten Mance Lipscomb, einem Neger der Brazos Bottoms. Die ganze Baumwoll-Geschichte.
Chaim liebte es, wenn ihm Monsieur Bing von den Südstaaten erzählte.
Lauter Geschichten, die mit einer roten Sonne, einer Banjo-Melodie und einem außerordentlichen Furz anfingen.
Und mit einem Exportbier.

5

An meiner Stelle, die ich allerdings nicht räume, hätten Sie bestimmt keine Lust, Monsieur Bing zu töten.
Dieser Mann ist viel zu bedeutend.
Selbst im größten Elend hat er immer mit mir gesprochen. Das ist seine Kunst. Reden.
Heutzutage wird ja nicht mehr geredet. Nur noch monologisiert. Jedem seine Neurosen. Und nur Mut, seien Sie so aggressiv wie möglich. Sonst hört Sie niemand. Das ist wie die Toten in den Straßen der Stadt. Man steigt über sie, ohne sie zu sehen. Da möchte ich am liebsten laut losschreien!

Wenn ich Monsieur Bing in seinem kleinen Apartment aufsuche, strecken wir die Nase nicht vor die Tür.
Er ißt Konserven. Tonnenweise. Und ich bin dafür zuständig, ihn mit Nachschub zu versorgen.

Dann und wann, wenn ich mitesse, gibt es Gemüse. Nur Gemüse. Oder auch Früchte, aber das ist seltener. Denn Monsieur Bing ißt nichts anderes. Vegetables, wie er sagt. Aber drinking ist sein Problem.

Oh, Yes! Bier, Bier, Bier! Und Wein.
Monsieur Bing trinkt, um zu vergessen.

Wegen seiner Lebensweise, auf die ich später zurückkomme, werfen wir die Büchsen einfach irgendwohin.
Je nachdem, in welchem Zimmer wir uns gerade befinden.
Hinter uns. Über die Schulter. Wie es gerade kommt. Auf Hunderte von Dosen.
Und auf Möhrenkraut. Auf unzählige Weinflaschen. Auf zerknüllte Kartons. Auf Kubikmeter Unrat.
Mega-Stinker-Kubikmeter.
Und außerdem: besser, ich sag es gleich: Monsieur Bing leert niemals seinen Müll. Seit langem, wissen Sie. Er ist am ganzen Körper sauber, aber seinen Abfall entsorgt er nie.

Erst vor kurzem ist es mir gelungen, ihn zu überzeugen, und endlich haben wir in diesem verdammten F 4 Straßen angelegt. Die Solschenizin-Straße zwischen Eingang und Küche. Die Charles-de-Gaulle-Straße zwischen Wohnzimmer und Schlafzimmer. Und so weiter, ein Urbanisationsversuch, alles in allem.
Aber das Unangenehme ist der Geruch.

Monsieur Bing ist meine Säule der Weisheit.
Meine ganze Familie. Meine Person, die ich liebe.
Mit seinen 92 Jahren hat er es zu einem Dirigentenkopf gebracht. Eine Art Rubinstein, mit Humor bis zur Taschenuhr. Ein Mann, mit dem man seinen Spaß haben kann, ohne die Achtung vor ihm zu verlieren.
Und wenn ich die Ehre habe, Monsieur Bing nahezu für mich alleine zu besitzen, dann deswegen, weil er ein Verschwundener ist.

Selbst wenn Sie die Möglichkeit hätten, seine Neffen, diese Schweinebande von Erben — New York, USA —, zu fragen, wo er abgeblieben ist, könnte keiner Ihnen etwas antworten.
Uncle Bing has disappeared.
Eines schönen Tages. Einfach so. Unterm Sternenbanner. Mit Hosenträgern und Grock-Hose. Schleppte seinen Arsch über den hitzeweichen Asphalt. Durch das vor sich hin schwitzende Neu York. Er hatte sein Apartment in der Fifth Avenue verlassen. Yellow cab und gone, Bingo! Gone for ever.
Mit einem Slush-Plastik-Koffer, den gesammelten Werken von Weh Punkt Faulkner und zwei Gemälden von Soutine.
Soutine. Sie haben richtig gehört.
Denn bevor er arm und alt war, hatte er als Kunsthändler gelebt.
Sehen Sie nur in irgendeines dieser Bücher von Raymond Cogniat, mir egal welches, dort lesen Sie auf Seite 66:
»... die Seidenhemden von Soutine werden ebenso gerühmt wie seine Anzüge, die den angesehensten Schneiderateliers entstammen. Seine Allüren eines gehetzten Mannes jedoch verlor er nie gänzlich, auch wenn er sich chauffieren ließ. 1927

wird BING IHM SEINE ERSTE AUSSTELLUNG ORGANISIEREN. Doch die tiefe Unruhe blieb, trotz aller Erfolge ...«
Solcherlei findet man in allen Biographien über den Maler aus Smilowitsch.
Der alte Bing hat mir nachgewiesen, daß ich wirklich und wahrhaftig vorankomme.
Durch Worte. Und auch durch Artikel aus der Zeit.
Jedenfalls, löchern Sie mich nicht weiter: Ich habe keines dieser verdammten Bilder gesehen. Und ich habe auch keinerlei Fragen gestellt.
Selbst für so ein Intimkind wie mich gibt es, so scheint mir, Dinge, über die muß ich Diskretion wahren.
Ich hoffe nur für Monsieur Soutine (dessen Leben ich auswendig und aus einer trostlosen Monographie kenne), daß Old Bingo sie nicht vergessen hat unter unseren Tonnen von Unrat.

6

Hotel Algonquin.
8 Uhr morgens. 3. November.

Heute flackert die 607 an der Tafel. Wie gestern.
Die 607 flackert an der Tafel im Kabäuschen.
Die 607 flackert an der Tafel im Kabäuschen der Grooms.
Sicher wird Monsieur Satanas langsam nervös.
Ich bleibe seelenruhig auf meinem Hocker.
Ich beende das Geschäft meines Zeigefingers in der Nase.
Old Abercromby mit ihren 42 Jährchen, dem superflachen Bauch, dem Bacall-Aussehen und den verdammten Krähenfüßen in den Augenwinkeln, die mich verrückt machen, wird doch wohl noch zwei Minütchen warten können.
Einen Schnipser lang.
Ich erkunde meine Löcher.
Ich umkreise sie. Rauspulen. Fortflitschen. Fertig.
Frischer Atem, wenn man so will.

Die 607 flackert an der Tafel.
Die 607 bibbert an der Tafel.
Die 607 flimmert an der Tafel. Sicher stänkert Monsieur Satanas gleich im Kabäuschen.
Es bleibt nicht aus. Das Telefon schlottert vor Angst, und ich hebe ab:
»Bronstein«, poltert die Stimme des Portiers. »Sie haben genau vierzig Sekunden Zeit – stop! –, um Mrs. Abercromby dreizehn Betty Uprichard-Rosen zu bringen. Sollte diese Zeit verstrichen sein, betrachten Sie sich bitte als aus der Personalliste gestrichen.«
Ein Piepen im Ohr. Satanas hat wieder aufgelegt.
Wir vom Hotelfach haben alle, wie schon gesagt, eine solide Geschwindigkeitstradition.
Mit an der Livrée anliegenden Ellbogen und meiner Toque auf dem Kopf – hoppla! – schnell den Gang des Algonquins hinunter.

Ich spinnbeine durch die Drehtüre auf allen Vieren voran.

Als doing, doing der Klumpfuß auf der Treppe widerhallte, hob Irma den Kopf.
Eine ausladende Angst knitterte ihr die Hängebacken.
Von der Küche aus, wo sie gerade für Monsieur Bings Frühstück Möhren schälte, sah sie, wie Chaim hinkend die Halle durchquerte.
Da er die Eingangstür öffnete, griff die alte Dame nach den Zipfeln ihrer Schürze, in der die Schalen lagen. Sie rannte mit ihnen los, keine Zeit, sie erst in den Abfall zu werfen.
Chaim sprang bereits die Stufen zum Garten hinunter.
»Dreizehn Uprichards für Madame Abercromby«, informierte er sie über die Schulter hinweg.
Er drosselte das Tempo nicht, trotz allem.
»Hinten im Treibhaus rechts«, unterrichtete ihn Irma subito.
Sie war erleichtert, daß ihr Sohn nicht mit dem Auto fortfuhr.
Vom Treppenabsatz aus sah sie den langen Wuschelkopf ins Glashaus stürzen.
Sie begab sich wieder in die Küche.
Hatte so etwas wie Blei der Entmutigung an den Füßen. Schlappen, die Tonnen wogen. Schon so lange, daß sie so lebte. Ein tiefer Seufzer, arme alte Irma.

Chaim liebte den faden Geruch der Pflanzen.
Manchmal geriet er inmitten der Euphorbien ins Träumen. Und manchmal begab er sich auch auf alle Viere, seine Art, aus gewöhnlichen Gummibäumen Riesen-Jucarundas zu machen. Eine Frage der Perspektive.
Im Glashaus angekommen streifte er sich Gärtnerhandschuhe über.
Er nahm sich die Gartenschere und schlich durch die milde pflanzliche Feuchtigkeit.
Er hatte inmitten der langstieligen Rosen Monsieur Kissinger geortet.
Dear Henry war eine Siamkatze.
Gut und gerne vierzehn Jahre alt. Hatte einen soliden Ruf als Diplomatenkatze. Daher der Spitzname. Wenn Sie gewußt

hätten, wie sehr Chaim Katzen haßte, hätten Sie ermessen können, wie groß Kissingers Leistung war, überlebt zu haben. Sieben Katzen waren gestorben in jenem heißen Sommer, als man schier wahnsinnig wurde.
Unendlich sanft näherte sich Chaim der Siamkatze. Im letzten Moment öffnete Monsieur Kissinger ein blaues Auge. Er erwog die Flucht, doch zu spät! Chaim hatte ihn bereits mit beiden Händen an der Kehle gepackt.
Er würgte ihn, ausführlich.
Vergeblich bearbeiteten die Hinterpfoten des Tieres die Gärtnerhandschuhe. Diese waren Truffaut-gestählt, um den Dornen zu trotzen.
Schließlich verabschiedete sich Dear Henry von dem Gedanken zu leben.
Er schloß die Augen und übergab sich.
Chaim hängte ihn mit dem Schwanz an ein Strohgeflecht.
Er nahm die Gartenschere. Schnitt dreizehn Rosen ab. Dabei verwandte er besondere Mühe darauf, die mit den längsten Stielen auszuwählen.
Als er ins Haus zurückkehrte, schenkte er Irma sein sanftestes Lächeln.
Sie fürchtete sich.

7

Hotel Algonquin.
11 Uhr morgens. 3. November.

In meinem Fall, der mich beschäftigt – Groom, der es zum großen Verbrecher bringen will –, habe ich beschlossen, ein Tagebuch zu führen.
Nach meiner Vorstellung, die Monsieur Bing mit mir teilt, ist es nicht einfach, in die Haut eines Mörders zu schlüpfen.
Natürlich, der alte Bing hat mich vorbereitet. Die Psyche, die Psyche!
Und ich bin bereit.
Ruhig. Entschlossen. Kalt. Von einer großen Kälte.
Schließlich. Schließlich ist es ein Unterschied, ob man einen umbringt oder den Aufzug ruft. Auch wenn man beide Male nur auf ein Knöpfchen drückt. Man sollte den Schoß Gottes nicht mit dem Erdgeschoß verwechseln. Das hat mir Monsieur Bing oft genug gesagt.
Jemandem das Leben zu nehmen ist eine schwerwiegende Angelegenheit.
So wie geboren werden, lieben und nur ganz wenige andere Dinge, wenn man es genau bedenkt. Zumal bei dem Verbrechen, das mich anbetrifft, Monsieur Bing, das Opfer, ganz offensichtlich einwilligt.
Schlimmer noch.
Es hat sich selber dazu auserkoren. Und es fleht mich sogar ununterbrochen an, doch baldigst sterben zu können.
Der Fall von Liebe und Hochachtung, der uns eint, Monsieur Bing und Ihren Groom, ist ganz außerordentlich.
Er liegt schon diverse Monate zurück. Nicht mehr als sechs oder acht in Wirklichkeit. In Gestalt eines zufälligen Zusammentreffens.
Aber eines ziemlich folgenreichen, würde ich sagen.

Zu Beginn des ersten Mals ist dieser verdammte Bing im Hotel Algonquin – dem ehemaligen Frisco-Palace – angelandet wie

jedweder Ami, der seine box-calf auf das Pariser Pflaster setzt. Ganz einfach, weil der Ruf unseres Hauses nicht erst gemacht werden muß.
Zweihundert Betten und eine lange Tradition. Der Zimmerservice ist höflich. Die Gäste des Hauses vom Guten Ton.
Wir empfangen hauptsächlich Intellektuelle. Künstler. Die Entsprechungen zu Dorothy Parker, Robert Benchley und so, Alexander Woolcott. Leute, die in den 20ern den Ruf des Algonquin in New York ausgemacht hatten und für die wir in gewisser Weise der Hotel-Abklatsch sind.
Minus der literarischen Diners, versteht sich.
Aber kürzlich erst hat Monsieur Caldwell mit seinem Tropenhelm-Haarschnitt bei uns genächtigt. Und auch Monsieur Charyn, ein Krimi-Autor. »Marilyn the wild«, »Blue eyes« und sowas. Eine Lektüre, die ich Ihnen nur wärmstens empfehlen kann.
Nur damit Sie wissen, wie sehr die Berühmtheiten in Reichweite sind. Richtig aufregend! Dermaßen, daß Sie sie mit etwas Mühe sogar anfassen können. Eine Frage der Lebendigkeit natürlich. Für einen Groom sind die Augen so etwas wie für einen Jäger die Beine.
Jedenfalls, abgesehen von der Lebendigkeit, die dabei gefordert ist, liebe ich an diesem Metier insbesondere die privilegierten Beziehungen, die es einem verschafft. Und das niemals zu lange. So daß man nie jemandem zur Last wird. Und umgekehrt.
Allerdings, um ganz ehrlich zu sein, ist bei manchen Abreisen das Gepäck merkwürdig schwer. Weh-geh unbeherrschbarer Gefühle, würde ich mal sagen. Denn wenn man sich dermaßen aufreibt, bleibt an einzelnen Gästen zwangsläufig etwas von einem hängen.
Das ist vor allem bei Frauen der Fall. Man könnte meinen, daß sie leichter abfärben, wenn man sie berührt. Von wegen der Weichheit, wissen Sie.
Ich sage immer, daß man die Tür nicht ungestraft aufhält.

Nach einem Monat im Hotel Algonquin besaß Monsieur Bing keinen Heller mehr.

Ich habe die Situation sofort erkannt.
Noch vor der Direktion. Als Groom riechen Sie sehr schnell, wenn der Wind dreht. Wegen der abnehmenden Trinkgelder. Und der vorgetäuschten Vergeßlichkeiten. Und weil die Handflächen der verdammten ausgestreckten Hände unaufhörlich in der Luft bleiben.
Und immer noch keinen Heller und Pfennig in den Taschen.
Schließlich habe ich Monsieur Bing gesagt, was ich geschlossen habe.
Er hat mir ohne Umschweife seine schwierige Lage gestanden.
So bin ich Herr über ihn geworden.
Habe ihm unterbreitet, wie man in seine Person investieren kann. Eine Leibrente auf Zuwendungsbasis.
Monsieur Bing sah sehr interessiert aus. Hat mich mit geschlossenen Wimpern quasseln lassen. Null Fragen. Aber, als er die Augen wieder öffnete, sah ich, daß er wußte, wohin.
Er hat nur gesagt:
»Junger Mann, Sie konnten es nicht ahnen, aber Sie haben soeben Ihr Glück gemacht.«
Dann hat er mich nach meinem Vornamen gefragt. Und als ich ihm verkündete: »Chaim«, hat er gemeint, das Schicksal, das Leben, das Unglück, alles stünde im vorhinein in einem Buch. Man müsse nur wissen, wie man es aufschlägt.
Und dann hat er begeistert von meinen Ohren angefangen. Aber damals wußte ich noch nicht, warum.
Kurz und gut, ich habe Monsieur Bings Hotelrechnung bezahlt und angefangen, ihn auszuhalten.

8

Ich habe ihn in einem F 4 untergebracht.
Ganz oben in einem Turm. Genau gegenüber vom Algonquin.
Keinerlei Verdienst, das Ganze.
Ich wußte von Madame Goudénèche, einer masochistischen Kundin, daß das Apartment frei war.
Sie ist die Eigentümerin.
Diese Faschistin von Goudénèche kann mir nichts verweigern. Sonst, Achtung, Erpressung, verpfeife ich sie an Amnesty International. Wegen Mißbrauch eines jüdischen Kindes, Gewalt und Traumatisierung Minderjähriger, wiederholter Denunziation und chronischer vorsätzlicher Kollaboration, schließlich wegen schwärmerischer Regression in vergangene Zeiten.
Ganz zu schweigen von der Schande. Die will einfach niemand. »Sie wollen doch keine SCHANDE, stimmt's?« habe ich sie gefragt.
Das war eines Abends.
Nach der Arbeit, für die sie mich anstellt. Zweimal die Woche. Gegen Geld.
Sie war gerade dabei, die Netzstrümpfe von ihren faltigen Mistbeinen abzustreifen. Saß auf einer Tonne dabei, wie Marlene. Einen Zylinder auf dem Kopf und blaue Wimpern zur passiven Verteidigung.
Joseph von Sternberg streunte durchs Dekor.

Erlauben Sie mir bitte, hier einige Sätze einzufügen und Ihnen die Traumatisierungsrückstände zu erläutern, die sie mit sich rumschleppt.
Das Miststück von Goudénèche hat sich im Krieg schlecht benommen. Oh, sie ist nicht die einzige. Nicht jeder kann schließlich ein Widerständler sein. Das wäre zuviel. Und ich sage immer, niemand solle im vorhinein über seine seelischen Kräfte urteilen.
Das ist etwas, das kann man nicht tun.
Nur durch die Umstände kann sich Ihr Mut erweisen. Und

wieder nur durch sie Ihre Schwäche. Auf diese Weise also landen die Menschen in dem einen oder dem anderen Lager. Eine Frage der Umstände.
Vorher weiß man es einfach nicht.
So jedenfalls redet und schwafelt Goudénèche. Insbesondere wenn sie die Hände ringt oder Portwein aus der Karaffe süffelt. Sie erzählt, 43 habe ihr der Zufall ein jüdisches Kind in Obhut gegeben.
Einen Jungen mit blauen Augen, den seine Familie eines gräßlichen Morgens vor der Tür abgelegt hatte. Eines Razzia-Morgens.
Leute vom gleichen Stockwerk. Nachbarn. Ein Paar, deren letzte Lebensspur sich im Vélôdrom d'Hiver verlor.

Am späten Nachmittag war es dem Vater gelungen, ihr eine Nachricht zukommen zu lassen.
Ein unbekannter Radfahrer hatte sie überbracht. Ein Lebewohl mit Bleistift geschrieben. Ein einziger Satz, in eine Baskenmütze eingeritzt.
Dieser Satz besagte, Goudénèche sei ihre letzte Planke. Es war ein später Nachmittag und im Hof wurde geflüstert. Erstickte Geräusche im Gebäude.
Goudénèche sah den Radfahrer an. Dem Kerl schlotterte die Golfhose um die Hüften. Sie wußte gar nicht, was tun.
Alle standen auf dem Flur.
Im Halbdunkel. Das Kind, der Bote und die Goudénèche. In einem äußerst labilen Gleichgewicht auf dem Artistenseil der Umstände. Leute, die nicht dafür geschaffen waren, einander zu begegnen.
Sie musterte das Kind. Der Radfahrer bat sie, die Mütze zu behalten. Das Kind streckte den Arm aus. Es hatte eigenhändig entschieden. Sie umarmte es. Die Zeit kam zu keinem Ende.
Der Radfahrer war verschwunden.
Sie schloß die Tür.
Ein neues Leben begann.

Ein Leben in Angst.
Der kleinste Schrecken und Goudénèche verging.

Der leiseste Stiefeltritt, und sie sprang auf. Spitzel, wo sie ging und stand. Und an jeder Ecke Milizen.
Dieses Kind wurde zum Symbol dessen, was es zu retten galt, damit die Welt wieder lebbar sein würde. Sie würde es retten. Großziehen.
Bis zu jener Alptraumnacht.
Das erste Mal, daß sie schlief, nach all diesen durchwachten Nächten.
Schläge gegen die Tür.
»Gestapo! Aufmachen!« Doing, doing.
Goundénèche springt hoch.
Sie war eingeschlummert.
Sie nimmt das Kind. Versteckt es in ihrem eigenen Bett. Unter den Leintüchern. Die Tür gibt nach. Männer in schwarzem Leder stürmen herein.
Stoßen sie beiseite.
Werfen sie zu Boden. Schlagen auf sie ein. Foltern sie.
Noch heute rechtfertigt sie sich:
»Hat man Ihnen schon einmal einen Fingernagel ausgerissen? Den kleinen Finger gebrochen?«
Da ist es sehr unangenehm zu antworten. Vor allem, wenn Sie meine Generation sind. Wir haben noch keinen Krieg hinter uns, auch wenn er immer näher rückt.
Kurz und gut, Goudénèche ist umgefallen.
Sie hat ihr Leben gerettet. Doch auf Kosten des Kindes.
Offensichtlich hat sie an diesem Tag lebenslänglich bekommen. Einen Pakt mit der Hölle geschlossen. Möglicherweise. Ich glaube, es ist so.

Beweis. Einige Monate später, nach der üblichen Niedergeschlagenheit hat Goudénèche wieder angefangen auszugehen. Aber sie war nicht wiederzuerkennen.
Schminkte sich wie eine Nutte.
Lachte ununterbrochen. Ein Geräusch wie ein junges Mädchen. Wie eine Puppe, die kaputtgegangen ist. Sie verkehrte in den Schwarzmarktlokalen. Verließ sie am Arm deutscher Offiziere. Bot sich feil.
Einmal soll sie am Hals eines jungen blonden Leutnants

gehangen haben, ein andermal an dem eines alten Generals von der Division »Das Reich«.
Es war, als würde sie sich in ihren Niedergang hineinreiten. Als würde sie sich, statt mit Alkohol, mit Waffen-SS besaufen. Ein Nazi-Rausch.
Bis über den Durst. Der Adler, der ihr das Geschlecht fraß. Bis zum Überdruß. Promethische Abende. Ein Schoß, der jedem Sperma offenstand, und zwar bis zur letzten Minute des Regimes.
Bei der Befreiung ward sie geschoren.
Entging haarscharf dem Anstrich. Wie eine Parkbank. Ihr Aussehen hat sie gerettet.
Ihre Brüste, wie es scheint.
Ein junger amerikanischer Soldat, der mit Pattons Panzern vorbeikam, wurde Zeuge.
Er hieß Bronstein. War Jude.
Hat Irma 53 geheiratet, bevor er 54 starb. Krebs, wie es heißt.
Hatte es noch geschafft, ihr ein Kind zu machen.
Ein jüdisches Kind.
Seitdem versteckt sie ihn. Ich weiß, wovon ich rede.

Ich weiß, wovon ich rede, von wegen Kind der Sühne. Bronstein junior, das bin ich.
Zum Wohlsein!
So, jetzt klopft Irma an die Tür des Kabäuschens.
So, jetzt kann Irma wieder nicht mehr ohne mich auskommen.
So, jetzt klopft Irma an die Tür der Grooms.
Ich balle die Faust. Die Verärgerung, die mich dazu bewegt.
»Was? Was ist? Was willst du denn jetzt schon wieder?«
»Chaimie, du böser Junge!«
Sie klopft.
Hämmert.
Läßt ihre kaputte Stimme ertönen.
Lauthals posaunt sie spitz.
Unterbrochen von willkürlichen Schluchzern:
»Chaimie! Ich habe soeben Monsieur Kissinger gefunden. Totenstarr. Das ist sehr häßlich!«
»Och, komm! Mach keinen Aufstand! Du solltest nichts

bedauern, Irma. Kissinger war alt und zerfressen. Hinüber. Du solltest nichts bedauern. Wirklich, eine sehr schlechte Katze.«
»Du hattest mir versprochen, ihn zu verschonen. Die gewöhnlichen Katzen, den Perser, da habe ich nichts gesagt, aber wirklich, Monsieur Kissinger, das hättest du nicht tun sollen ...«
»Wo ist der Unterschied, mein Gott? Wo? Kannst du mir das sagen?«
»Er war ein Siam.«
»Siam? Und was ändert das?«
Die Tür ging auf.
»Er war reinrassig«, sagt Irma-Lady klar und deutlich.
»Rein arisch, Irma? Meinst du das?«
Die alte Dame schlug die Augen nieder.
Ihr Unterkiefer bewegte sich, ohne daß sie es merkte. Sie schob ihn langsam wie eine Schnecke Richtung Nasenspitze vor.
»Kiss hatte blaue Augen«, schmollte die alte Dame. »Blaue Augen«, beharrte sie. »Du hättest ihn verschonen können.«
»Augen wie Leutnant Schultz, Irma?«
Sie rang die Hände.
Er neigte sich vor, um sie zu umarmen. Ein Anfall von Zärtlichkeit.
»Schon gut, Irma. Weine nicht mehr. Ich verspreche dir, daß wir sehr bald einen Goudénèche-Abend machen. Damit du mir vergibst.«
Sie hob ihre vom Weinen geröteten Augenlider. Nie habe ich eine ähnliche Hoffnung in einem Paar Augen entdeckt.

Um für Sie darauf zurückzukommen: Von Zeit zu Zeit überkommt es sie und dann erwacht Goudénèche wieder zum Leben. Dann hat sie wieder Angst vor der Gestapo. Mit ihren 70 Jahren verlangt ihr Masochismus zwangsläufig seinen Teil. Gegen Geld, wie gesagt, kommt Ihr Groom zwei mal die Woche bis Mitternacht in Goudénèches Bett.
Sie hat mich im Algonquin rekrutiert.
Ich konnte mich dem Angebot nicht widersetzen. Und auch nicht der Möglichkeit, dem Glück die Tür aufzustoßen.
Goudénèche kleidet sich der Zeit gemäß.
Sie hat ihre ganze Garderobe aufbewahrt. Als ob ihr Leben

urplötzlich stehengeblieben wäre. In jungen Jahren, 1944 in etwa.
Jeden Dienstag und Freitag zündet sie sich – im Charmereine-Mieder – eine Naja-Zigarette an, und kaum ertönt das Neun-Uhr-Geläut ist sie bereits voller Sorgen, herausgeputzt wie ein Reliquienschrein.
Als Kleid nur eine Boa, die Federn auf dem Hund, ein Auf und Ab, und einen bittren Mund. Horcht nach jedem Laut, zittert und vergeht fast vor Angst bei jeder Kleinigkeit.
Gegen zehn Uhr schaltet sie den TSF Pygmy ein. Weißes Bakelit.
Tut so, als höre sie Radio London. Macht psst, man solle leise sein. Beugt sich mit ernster Mine über den Lautsprecher. Abgedunkeltes Licht. Dann erhebt sie sich. Nackte Beine, hingegebene Brüste, Füße in Schlappen. Sie läuft zu einer Europakarte und besteckt sie mit Fähnchen.
Sie sagt, wir seien im Jahr 43. Sie streicht mir über das Haar.
Die Zeit vergeht. Es ist elf Uhr.
Im Osten zieht Hitler sich zurück.
Sie nimmt mich zu sich ins Bett.
Sie zieht mich in ihre Arme. Sie riecht nach »Imprudence« von Worth. Oder nach »Amoudaria« von Révillon. Ich erwidere ihre Küsse.
Sie wünscht, daß ich ihren Busen küsse.
Um Mitternacht naht die Erlösung.
Die Gestapo rollt an. Zwei Schauspieler des TEP, die gegen die Tür bummern. Zwei blonde Pickelgesichter, die sie aus einem Brecht-Stück rekrutiert hat. Arturo Uri, und Kuchen für die Kostüme.
Sofort nach ihrem Bühnenauftritt schmeißen sich die beiden Mindestlohnverdiener des Show-Business in die U-Bahn und verdienen sich ihre Gage bei Goudénèche. Dreihundert Franken Zubrot. Nur dafür, daß sie kommen und mich verhaften.
Sie sagen, wir sollten das Stück doch öfter spielen.
O.K.
Heute abend gestapen sie wieder auf Teufel komm raus.
Ping, Doing, sie teilen einige Schläge aus, direkt auf das Nasenbein dieser alten Schachtel von Goudénèche. Sie verlangt mehr.

Noch nie so ein Bedürfnis nach Sühne gesehen. Vorwärts, nächste Runde, die beiden Nazis verpassen ihr ein paar Stiefeltritte in den Hintern, verdrehen ihr den Arm, und um das Maß voll zu machen, mißhandeln sie sie noch zwei oder drei Mal, wie es ihr gutes Recht ist.
Danach entdecken sie mich wie üblich unter der Bettdecke und verfrachten mich in einen plombierten Eisenbahnwaggon bei Nacht und Nebel.
Da die Aufführung gut war, bleiben sie noch auf einen Portwein.

Am Ende eines solchen Abends habe ich einmal großspurig eine Fluppe angezündet. Und meine Bedingungen gestellt: Monsieur Bing in der leeren Wohnung gegen meine kostenlose Teilnahme an dem Theater.
Goudénèche spreizte ihre Beine.
»Kleine schmuddelige Judensau«, trällerte sie.
Ihre gierigen Augen ließen mich nicht mehr los.
Ihre Kehle faszinierte mich nachgerade im Scheinwerferlicht, unter der Hakenkreuzfahne. Eine seltsam junge Kehle auf dem Körper einer alten Frau. Sie atmete laut. Ihre Guêpière hatte ihr Fleisch sanft-eisern im Griff. Vielleicht war sie einmal schön gewesen. Ich stellte mir vor, wie sie Männer umarmte.
»Ul-ti-ma-tum«, sagte ich fest entschlossen. »Entweder ›Ja‹ oder ich verpfeife Sie.«
Sie rollte die Augen unter ihrem Zylinder.
»Himmler! Goebbels! Zerreißt diese Mißgeburt!« schrie sie. Und ich war fest überzeugt, gleich würde sie die Dobermänner auf mich hetzen.
Aber nichts dergleichen geschah.
»Ach, ihr Juden«, hauchte sie schließlich. »Ihr werdet dafür büßen. Hundertfach. Man wird euch vergasen! Euch eine Spritze verpassen! Die Öfen wieder anwerfen! Seid ihr etwa immer noch da?« seufzte sie noch.
Dann stürzte sie, vom Ekel gepackt, hin zum Bidet, um sich die Geschlechtsteile zu waschen. Gluck, gluck, das Geräusch eines alten Abflußrohres.
Wie dem auch sei, sie war hinüber.

O. K.
Das also wäre Monsieur Bing und seine Einrichtung.
Anfangs geht alles gut. Ideale geographische Lage.
Im Falle einer Gefahr, von wegen eines Herz- oder sonstigen Anfalls — Äthylismus oder Verzweiflung —, brauchte ich nur über die Straße zu gehen.
Schließlich erlaubte es mir meine Groom-Tätigkeit idealerweise, die Fenster zu überwachen. Ein roter Schal, und schwups! schon kam ich angerannt. Bingo fühlte sich beschützt.
Das war nötig für einen Mann in seiner Lage. Nach Europa getürmt, inklusive Wohnortwechsel und Entscheidung für ein unerwartetes Lebensende.
Denn, wie gesagt, hatte Monsieur Bing den ausdrücklichen Wunsch zu verschwinden.

In der ersten Zeit hielt sich Monsieur Bing genauestens an die Vorschriften.
Er ging nie aus.
Aber seit kurzem hat er sich in den Kopf gesetzt, die letzten Sonnenstrahlen seines Lebens zu genießen.
Also zieht er los.
Eine Serie ungebührlicher Ausflüge. Aufsuchen einer jungen Prostituierten in der Rue de la Gaîté. Und ähnliches. Die Lust, sich seinen alten, ausgefransten Pinsel von einem jungen Ding wieder in Form lecken zu lassen.
Eine Sorgenlatte von altem Mann, alles in allem. Eine Abweichung in der Phantasie, die Old Bingo dazu bringt, eine beschissene Einstellung an den Tag zu legen.
Anfangs habe ich ihn beschimpft.
Dann, da das nicht reichte, habe ich ihn geohrfeigt. Er hatte mich selbst darum gebeten:
»Hau mich! Schlag mich, Chaim, Liebling! Fester! Ich bin ein alter Dummkopf!«
Dann hab ich ihm ordentlich eine verpaßt. Pech für sein Gebiß.

Monsieur Bing möchte sich auf keinen Fall an eine Frau binden. Er sagt, er habe schon zu viel durch sie gelitten.
Und ich bin wild entschlossen, ihn daran zu hindern, sich an

andere Personen zu binden, zumal ich den Verdacht hege, daß Bingo einen Schatz sein eigen nennt.
Viel Geld für einen Groom.

Eigensüchtig? Wie bitte? Ich möchte Sie mal an meiner Stelle sehen! Ich bin streng. Mehr nicht. Streng und wachsam. Der alte Bingo ermahnt mich selbst dazu.
Wie oft hat er nicht schon zustimmend geguckt, wenn ich ihn gesäubert habe.
»Wasch mich nur gut. Rubble, recht so, Chaim, Liebling. DU MUSST DEIN KAPITAL PFLEGEN.«
Und ich schrubbe ihn mit Palmolive.
Trotz der ganzen Scheiße um uns rum. Trotz der Kothaufen und der fauligen Abwässer.
Trotz der Stinke. Trotz der Knofel-Tomaten und trotz der verfaulten Kartoffeln.
Denn so ist es eben. Denn es gibt da noch ein Laster.
Denn man kann noch so unanständige Dinge denken und alles genauestens geplant haben, bis auf eine Kleinigkeit, und ausgerechnet die unterläuft einem dann: daß man sich nämlich an jemanden bindet.
Und schon – Herrgottsack – egal wie pfiffig Sie sich vorkommen, Sie sitzen einfach in der Tinte. Selbst wenn Sie – wie ich – genau wissen, daß Sie ein echter Großverbrecher in spe sind, der sich seines kindlichen Äußeren bedient, um der Gesellschaft nur umso besser eins auszuwischen – ein Kerl in direkter Linie von Petiot und Landru abstammend – trotzdem sind Sie angeschmiert. Keine Chance.
Denn irgendwo lieben Sie.
Das ist das Laster, von dem ich sprach.
Lieben. Sich binden. Für jemanden da sein. Als ob man sich nicht genug wäre zum Pläne-Schmieden.
Und ich wüte, weil ich einen Alten liebe.
So einer ist spinnert. Schmuddelig. Hat feste Vorstellungen. Und letzte Wünsche.
Manchmal im Leben gehen die Rechnungen nicht auf.

9

Am nächsten Morgen ging Chaim früh aus dem Haus.
Die Dringlichkeit der Einkäufe erschien ihm bedeutender als der Widerstand dagegen, seine Nase vor die Tür zu stecken.
Wie heftig Irma vor Verzweiflung auch die Arme rang, er begab sich hinter das Steuer seines Daf, Nase gen Paris.
Nachdem er das hohe Verkehrsaufkommen, den Périphérique und das ganze Gewühl überstanden hatte, fuhr er geradewegs ins Zentrum. Auf dem Boulevard Bonne-Nouvelle ließ er das Auto stehen.
In seinem Hinke-Tempo und mit wackelndem Arsch wie ein Glockenschwengel ging er die Rue Saint-Denis hinauf.
Schnellen Schritts und den Kopf voller Pläne.
An der Ecke Rue Blondel machten ihm ein, zwei Mädchen, zwei Überlebende besserer Zeiten, die üblichen Avancen.
Er beachtete sie nicht.
Aus Rache warfen sie einen verächtlichen Blick auf seinen Klumpfuß.
Er merkte es nicht.
Er begab sich in einen Sex-Shop hinter einer düsteren Fassade. Hier pries man in Ausverkauf-Weiß die Sinneslust, daneben in Neongrün eine Show, rund um die Uhr.
Zehn Minuten später trat Chaim wieder aus dem Laden.
Ein Paket unter dem Arm. Als er an einer schwarzen Nutte vorbeiging, strich er sich die Strähne aus der Stirn.
Er hielt an, denn sie erinnerte ihn nicht von ungefähr an Jépha.
Sie sagte ihm den Preis und nannte ihn Liebling. Ekelhaft.
»Geh vor«, sagte er schließlich.
Sie stiegen die baufälligen Stufen eines Wohnhauses hinauf. Das Mädchen schwenkte ihre Umhängetasche durch die Luft. Eine beschissene Lässigkeit. Sie ging vor ihm her. Wendel. Klosetts auf dem Zwischenstock. Kommas aus Scheiße auf den Wänden. Welch entwürdigende Zeichensetzung. Soziosexuelle Graffitis. Wie »Tod den Juden« oder »Ich habe eine Riemola«. Alles durcheinander und Wählen Sie selbst.
Chaim wurde von einem nervösen Lachen befallen.

Ein seltsames Glucksen.
Die Hurenperson drehte sich um:
»Du zumindest bist guter Dinge«, bemerkte sie.
»Glauben Sie es nicht«, klärte Bronstein sie auf. »Ich bin von einer verrückten Traurigkeit.«
Sie glaubte kein Wort von dem, was er sagte.
Dann ließ sie ihn in ein Zimmer eintreten. Es war eins von der großen, schäbigen, üblichen Sorte. Bidet & Co. Ekelhaft.
Er öffnete die Türe des Spiegelschranks, um seinem Spiegelbild nicht zu begegnen.
Danach legte er die 300 Mäuse, die sie verlangt hatte, auf den Nachttisch.
Das Mädchen sah ihn an.
Sie zog sich den Scheiß-Pulli über den Kopf.
Ihr Beha kam zum Vorschein.
»Calin«, mit eingearbeiteten Stäbchen, Elastikrücken und Doppelverschluß, diagnostizierte Chaim. »Größe 95«.
Das Mädchen musterte ihn aufs neue. Ihre Nase war platt.
»Du kennst ja ne ganze Stange«, gestand sie ein.
Dann wandte sie ihm den Rücken.
Hakte die Corsage auf.
Und mit ihr ging alles dahin. Alles. Sie entblätterte sich.
Sie sprang über ihre Kleidung, und sanft wie ein Puff entschied sie sich für ein hieroglyphisches Profil, um sich ins rechte Licht zu setzen.
»Und, was sagst du dazu, mein Süßer?« fragte sie und reckte stolz die Titten. »Die sind so fest, das kannst du dir nicht vorstellen. Einige haben sich schon daran verletzt, so hart sind die.«
»Sie sollten damit an die Öffentlichkeit gehen, da würden Sie alle Buckligen um Längen schlagen«, riet ihr Chaim.
Er stellte sich aufrecht auf seinen Klumpfuß. Und er schwieg, denn die Dinge begannen, den üblichen Lauf zu nehmen, und überhaupt.
Echt ekelhaft.
Stürzte sich plötzlich auf ihn, diese Nutte. Hurrikan, Windstärke 9. Umgab ihn mit stinkiger, gekünstelter Zuneigung.
»Lassen Sie Ihr Höschen an«, flüsterte er.

»Aber dann wird's doch nie etwas, großer Loulou«, antwortete ihm die Ebenholz-Lady. Und biß ihn neckisch ins Ohr.
Ihre schweren blaugefärbten Wimpern vollbrachten ein vertrauensseliges Zwinkern. Vom Klimpern der Ohrringe untermalt, balancierte sie zuguterletzt ihre Handfläche nach vorn, Conquistadore und Arabeske.
Sie hatte es auf sein Geschlecht abgesehen.
Er wich zurück.
Er fand sie ansehnlich.
Erschreckend.
»Slip ›Super-Look plus‹, 100 % Polyamid!« brachte er hervor, so als besäße die Diagnose die Zauberkraft, das Vordringen der Dom Toms hinauszuzögern.
Aber nichts dergleichen geschah.
Sie schritt weiter voran. Eine Spezialistin in Sachen Hosenschlitz.
Zip.
Er wich zurück und landete auf dem Bett.
Alles roch plötzlich nach Kopra und Kakaobutter. Oben, in den Bäumen, lärmten die Affen. Der ganze Dschungel, der sich auf den Doppelfederkernen breitmachte.
Eine Hand fraß die Zeit und bemächtigte sich seines kindlichen Geschlechts.
Das Zimmer begann sich zu drehen.
Eine Mischung aus Schuldgefühlen und diffuser Teilhabe.
Ganz plötzlich verlor er seine Worte.
Unmöglich, etwas zu äußern. Alle Sätze der Welt purzelten in seinem Kopf durcheinander. Nur daß sie keine Ordnung mehr hatten. Ohne Sinn und Verstand. Ganz zu schweigen von dem gesunder Menschen.
O.K.
»Wunderbar, was du da tust«, flüsterte er der Hetäre.
Danach gab er sich dem Vergnügen hin, mit geschlossenen Augen.
Genüßlich saugte die Negerin ihm die Kraft aus im Inneren ihres Mundes.
Und schwups, schlang sie das Zeugs hinunter.

Lange danach, als Chaim wieder auftauchte, hätte er sie am liebsten erwürgt.
Aber sie war nicht mehr da.
Die Hände des großen Typs griffen ins Leere, und er dachte an Jépha.
Er war besessen von ihr.

In Kitsch und Stahl, so lag der Frisiersalon auf der anderen Straßenseite vor ihm.
Chaim stieg aus dem Daf und überquerte die Straße. Vor dem Schaufenster angekommen stellte er sich auf seinen Klumpfuß. Um die Spiegelungen zu vermeiden, legte er die Hand gegen die Scheibe und erkannte inmitten der Spraydosen die Umrisse der vier Haarwäscherinnen.
Nackte Arme, Bluse drüber und nichts darunter – so beugten sie sich über die Männer.
Sie, die Typen, tief in die Sessel gedrückt, sahen aus, als hätten sie den Kopf verloren.
In den rosafarbenen Umhängen, mit den starr nach hinten überdehnten Körpern und den geschlossenen Augen erschienen sie einem wie Menschen auf dem Höhepunkt der Lust.
Chaim wippte auf der Stelle hin und her.
Er hatte plötzlich das Bedürfnis, daß man ihm – ich will auch mal – das Haar kraulte. Und mehr als alles andere wünschte er sich, daß niemand anders als Jépha ihm diese doppeldeutige Zärtlichkeit zuteil werden ließ.
Egal mit welchem Alibi, ob Gegen Schuppen, oder Gegen trockenes und strapaziertes Haar, er hätte sein Leben darum gegeben, sich noch einmal so aufgewühlt zu fühlen wie beim letzten Mal.
Plötzlich, in einem Gefühlsausbruch, spürte er wieder die Hände dieser Süßen, die sinnlich seinen Hals hinunterstrichen. Ganz zu schweigen von der Wärme. Schweißgeruch, der sich bei jedem Atemzug mit einem hartnäckigen Rest Parfümduft vermengte.
Und einmal hatte sich Jéphas Nest an seinem Ellbogen angelehnt. Triangel zwischen den Beinen. Warme Auster nur für ihn. Und das Herz, das zu zerspringen droht.
Er betrat den Salon.
Madame Josépha an der Kasse hob ihr Tuch.
Sieh an, der Behinderte. Sie erinnerte sich an seinen Fuß.

Der Lange ließ sich in einen der Sessel fallen. Das Skaileder machte Tschitt und nahm ihn auf.
»Sie wünschen, mein He'?« trällerte die Antillen-Lady und deutete mit dem Stift auf ihn.
»Eine Haarwäsche, bitte«, brachte Chaim heraus. Er fühlte, wie er rot wurde. Nur eine Haarwäsche.
»Eine Haa'wäsche«, sang Josépha. »Victoi'«, trällerte sie an eine schwarz gekleidete Frau gewandt, »kümme'n Sie sich bitte um den He''n.«
»Ist Mademoiselle Jépha nicht da?« fragte Chaim. »Sie kümmert sich sonst immer um mich ...«
»Mademoiselle Jépha macht Schula'beiten«, trällerte die Mutter Josépha streng. Kein Widerspruch möglich.
Der Kunde schien verärgert.
Er stand ruckartig auf und schob Victoire zur Seite, die ihm gerade einen Umhang umlegen wollte.
»O.K., auch gut«, sagte er nervös. »Dann komme ich ein andermal wieder.«
Er begab sich hinkend zu der Theke mit den unechten Haaren. Ohne zu zögern wählte er eine Frauenperücke aus. Tiefbraune, kurze Haare im Afro-Look.
Er sagte:
»Ich möchte diese hier. 100 % Modacryl.«
»Ein schönes Modell«, sang Josépha. »Eine Luftkammer mit dehnbarem Tüll.«
»Unwichtig«, flötete Chaim und wiegte sich hin und her. »Ich nehme sie so, wie sie ist.«
»126 F'ancs«, sang Josépha.
Und – kling – drückte sie auf die Tasten der Registrierkasse. Die Schublade öffnete ihr Maul.
»Sie sind wirklich sehr streng mit ihrem Fräulein Tochter«, bemerkte Chaim.
»Thhe! Ich will schließlich nicht, daß sie sich vorzeitig ein Kind einfängt«, trällerte sie zurück. » ... 50, 100.«
»Ich danke Ihnen«, sagte Chaim.
Er hatte es eilig, nach Hause zu kommen.

11

Hotel Algonquin.
4. November abends.

Als Jépha kam und mir schniefend unterbreitete, daß sie ein Kind von mir erwarte, war ich binnen Sekunden der Verzweifeltere von uns beiden. Angeschissen wie nichts.
Stimmt, ich habe mit ihr geschlafen. Immerzu, wenn Sie es genau wissen wollen. Und zum beiderseitigen Vergnügen.
Ich glaube, anfangs hat mich einfach ihre teuflische Jugend verführt.
Ein dreizehnjähriges Mädchen, wenn man selbst gerade mal zwölf ist, das wälzt einen ganz ordentlich um, zwangsläufig. Vor allem, wenn sie nur Sie will. Und zwar wie wild. Und sonst niemanden.
Jépha ist nicht wirklich hübsch.
Aber sie ist von einer höllischen Sanftheit. Eine eigene Art, einen zu fragen:
»Wie geht es Ihnen?«
Zuckerrohr in der Stimme. Und sie ist wirklich geistreich.
Sie steckt einen in die Tasche. Das zählt, ganz enorm.

Ich habe sie bei Teddy Broom kennengelernt, meinem amerikanischen Arbeitskollegen. Teddy ist ein schwarzer Hausdiener. Im Algonquin, genau wie ich.
Er lacht immer. Wenn dieses Kind eines Mistkerls nicht gerade mit rauher Stimme etwas mitteilt, dann pfeift er unablässig Jazz-Melodien. Richtig heiße Nummern. Bei denen man am liebsten sterben würde vor Glück. Und ich wünsche Ihnen nicht, daß Sie ihn nach dem Dienst in der Garderobe antreffen. Denn, wenn er seine Lackschuhe gegen seine Turnschuhe tauscht, dann pfeift er dermaßen grausam, daß es Sie mitten ins Herz trifft. Probieren Sie es mal und bitten Sie ihn, für Sie George Adams zu imitieren, diesen Heuler mit dem heiseren Saxophon, da bin ich sehr gespannt, was Sie sagen!
Aber am meisten mag ich seine Fröhlichkeit.

Er sagt, er sei dermaßen dunkelbraun, daß er nachts nicht einmal versucht, ein Taxi anzuhalten. Die Sorte Witz, aus der man ersehen kann, daß er ganz schön Distanz gewonnen hat zu seiner Abstammung.
Aber Teddy kann so viel lachen, wie er will, ich merke, welch eine Gewalt in ihm steckt. Manchmal kann man direkt fühlen, wie sie in seiner Halsschlagader pulsiert.
Und manchmal, an besonders bescheuerten Tagen, zittern seine Hände sogar.

Teddy ist nach Europa gekommen, weil er glaubt, daß dort weniger nach Hautfarbe unterschieden wird. Er hat mir erklärt, daß er anfangs, als er in Frankreich ankam, mit besonderem Eifer Bus fuhr. Nur um sich zu vergewissern, daß Neger sich hier überall hinsetzen dürfen. Neben irgendwelchen weißen Idioten sitzen und linke Blätter lesen dürfen. Er war direkt überdreht, als er ankam. Irre überdreht. Für nichts und wiedernichts hätte er Ihnen ein Messer in die Kehle gerammt. Immer unterwegs, tagelang. Unersättlich. Nur um sich dank der Allgemeinheit der Verkehrsbetriebe das genüßliche Gefühl zu verschaffen, nicht minderwertig zu sein.
Und ich denke, Sie wissen Bescheid, wenn ich Ihnen sage, daß nicht alle Leute, die unterwegs sind, dasselbe Ziel haben.
Teddy Broom hat einen Halbbruder.
Einen nicht ganz gewöhnlichen also. Ein Typ, der mit Teddy zwar die Mutter, nicht aber den Vater teilt.
In puncto Vater haben sie jeder einen eigenen. Jeder seinen eigenen miesen Nigger-Daddy. So reden sie immer und sind guter Dinge.
Wenn sie guter Dinge sind.
Denn nicht jeder Tag hat die guten Dinge auf dem Programm.
Mitunter hat Teds Bruder Angstkrisen.
Dann schreit er. Droht. Schimpft. Haut um sich. Grölt, er wolle Frauen ficken. Und zwar alle Frauen. Sein Glied sei das dickste der Welt. Eine Kanone. Das Glied Amerikas. Und dann befiehlt er, auf alles, was sich im Dschungel bewegt, Napalm zu schmeißen. In solchen Fällen sieht er überall nur Dschungel. Die Erinnerung, die Lianen wachsen läßt.

Und dann, von einem Moment zum nächsten, fängt er ohne Übergang an zu weinen. Er bekommt eine Kinderstimme und gibt zu, daß er ein einziges Wrack ist. A wreck.
Deshalb hat Ted ihn zu sich nach Paris geholt.

Teds Halbbruder heißt Thelonius.
Sergent Horace Sidney Thelonius Harsh.
Wir nennen ihn Thel oder Sid. Oder Harshi, wenn wir mit ihm einen heben. Dann ist er ganz entspannt.
Aber meistens reagiert Teddys Halbbruder nur, wenn wir ihn Vicious nennen. Sonst sieht er einen nicht an.
Vicious heißt wütend auf Englisch, wütend.
Sid ist BLIND, und wütend. SID VICIOUS.

Letzthin habe ich unangemeldet bei Teddy vorbeigeschaut. Wir hatten beide frei. Und da sah ich den abgefeimten Broom vor seinem Spiegel stehen. Stiefel in den Farben der amerikanischen Flagge, eine Schirmmütze verkehrt herum, ein T-Shirt mit der Aufschrift »Cocaine« und Hochwasserjeans.
Zwei Monate ist Broomie jetzt schon zugange. Er überlegt, in welchem Aufzug er zum Konzert seines Idols George Clinton im Pavillon de Paris gehen will.
Als er mich sah, hat er sich auf seine Arme gestützt. Gekrümmt. Ein Trippeln auf der Stelle. Seine Fäuste, nach innen gewandt, taten den Großteil der Arbeit. Man konnte sehen, daß er ein Affe war.
Haargenau ein Affe.
Dann hat er losgeplärrt:
»BE FUNK! Be as funk as me, man! FUNK is a way of life! A way back to the animal!«
Bevor er wieder seine normale Körpergröße annahm, wiegte er sich hin und her. Sie hätten sehen sollen, wie er seinen Körper bewegte. Dann ging er zum Verstärker und unterbrach die gräßliche Entfesselung, die einem aus den Boxen entgegendröhnte.
»Vor fünftausend Jahren wurde der Funk geboren«, informierte er mich ernsthaft. »Im oberen Niltal.«
Ich dankte ihm für diese genaue Auskunft. Dann holte ich mir

eine Zigarette samt Streichhölzer und so aus der Tasche und begann, mich in Rauch zu hüllen. Ich glaube, das macht einen etwas älter. Ich hatte das Gefühl, das würde ich brauchen für diesen verdammten Abend. Und ich mag das.
»Weißt du eigentlich, daß die Pharaonen die ersten Funkies waren?«
Ich gestand ihm meine ganze Unwissenheit.
»Aber ich würde gerne mehr über das Zeugs erfahren«, beeilte ich mich zu versichern.
Broom ist keiner von den Typen, die man gerne verärgert. Because der Gewalt.
Er hob die Schultern. Dann plötzlich ging er in die Hocke. Eine Flasche erschien in seiner Hand:
»Einen Schuß Coke, man?«
Konnte ich noch nie ausstehen, dieses Gesöff. Ich sagte es ihm. War ihm aber wurscht. Coca-Cola war nicht sein Problem. Etwas anderes erweiterte seine Pupillen. Funkadelic Acid.
»Kennst du zumindest den Doktor Funkenstein? Und dessen Klone«, fragte er mich subito.
Angesichts meines uneingeweihten Blickes konnte er nicht umhin, sein Mißfallen auszudrücken.
»Glaubst du wenigstens an die tiefe Magie der supergroovalisticmösifunkstacation?«
Ich blieb die Antwort schuldig.
Grenzenloses Mißfallen seinerseits.
»Ich verstehe«, brach es aus ihm heraus. »Ich verstehe! Deine Ohren sind längst anästhesiert von diesem snooze gun von Sir Nose of Voiddofunk! Du bewegst dich in einer Welt ohne Funkmusik. Es ist Zeit, daß du anfängst zu leben, man!«
Und dann warf er einen Stapel Illustrierte auf meine Knie, in denen man die wundersamen Erlebnisse von STARCHILD und seinem beängstigenden bop-gun nachlesen konnte.
»Herrgottsack, lebe FUNKy, Chaim! Lebe funky! Come on, weißer Groom, get ready to funk! Ob milchweiß oder kakaobraun, egal wie, Ihr Männer und Fraun. Die Oper des Lebens ist kosmisch. Der Frieden und der Sex, sie sind kosmisch. Los, tu, was ich dir sage. Laß dir alles egal sein. BE FUNK! Satanas ist debil, du bist debil, ich bin, wir sind debil. Und auf alle Fälle

sind wir es weder weniger noch mehr als Erdnuß-Präsident Carter oder son-of-a-bitch-Ayatollah Khomeini. Flip, man! Sag es wie George Clinton, sprich mir einfach nach, mir deinem Teddy-Broom: ›I am ... ‹«
»I am ...«
»I am full of shit.«
»I am full of shit.«
»Right, man. You are full of shit. Everybody's full of shit! Ich bin voller Scheiße, ihr seid voller Scheiße, alle Welt ist voller Scheiße!«
Er ließ die Klinge seines Messers unter dem T-Shirt hervorschnellen. Völlig hinüber. Die Spitze drückte er gegen meinen Hals.
»Sag es noch einmal«, meinte er. »I am full of shit.«
»I am full of shit.«
»Schrei doch, mein Gott! I AM FULL OF SHIT!«
Ich schrie.
Das schien ihm zu genügen.
Er klappte sein Messer wieder zu. Beruhigte sich. Wischte sich den Schweiß von der Stirn.
»Good!«
Und nachdem er sich den Mund abgewischt hatte:
»Nimm es an, daß du voller Scheiße bist. Lach drüber, dann bist du funk, dann hast du den Funk endlich intus.«
Er wandte sich ab.
Krümmte sich. So als würde seine ganze Energie von ihm weichen. Plötzlich schüttelte ihn ein Schluchzer von Kopf bis Fuß. Er schwankte, der Kopf stieß gegen die Wand. Das Geräusch einer Orange, die auf einen Steinfußboden fällt. Keinerlei Schmerzempfinden.
»Oh shit«, brach es aus ihm heraus. Und er wankte.
Dann begann er, an der Tapete zu kratzen.
»Oh shit! Ich sage dir, wenn Vicious den Funk gekannt hätte - Scheiß der Hund auf diesen verdammten Bruder! —, dann hätte er nie Ja zum Krieg gesagt. Dann wäre er heute nicht blind!«
Funkadelic Teddy wandte sich mir wieder zu.
Er kauerte sich vor mich hin und betonte jeden einzelnen Satz. Mit seinem langen biegsamen Zeigefinger trommelte er sich

auf die Handfläche der anderen Hand. Ein Tam-Tam weißer Punkte, die sich langsam auflösten.

»Dann wäre er heute nicht blind, Scheiße! Dann könnte er sie jetzt alle sehen, diese gottverdammten miesen Nutten, die er über die Jahre so fickt.«

Plötzlich stand er wieder völlig aufrecht und vernünftig vor mir.

Und an diesem Abend hat er mir bei einem Joint Sid Vicious' Geschichte erzählt.

12

Verbrechenstagebuch vom 8. November.
Geschichte von Sid Vicious, niedergeschrieben von Chaim Bronstein, Groom. Nach einem erlebten Bericht.

1963.
Sergent Harsh und seine Abteilung springen in Vietnam in der Gegend von Da Nang aus einem Helikopter. Fünfzehn Marines dringen in ein kleines Dorf auf einer Waldlichtung ein. Eine Operation, die so eingespielt abläuft wie die Wachablösung vor dem Capitol.
Sauber. Ordentlich. Effektiv.
Das Dorf ist verlassen, nur die Frauen sind da.
Alle Männer sind ausgezogen, den amerikanischen Riesen zu besiegen. Einen Faustschlag in den dicken Bauch von Uncle Sam, etwa dreißig Kilometer entfernt, danach werden die Buschkämpfer wieder zu ihrer Basis zurückkehren.
Harsh beschließt, an Ort und Stelle auf sie zu warten.
Die Maschinengewehre werden postiert. Die Umgebung des Dorfes wird vermint. Die Rationen werden ausgeteilt. In kleinen Gruppen campieren sie in den Hütten. Sie vergewaltigen die Frauen.
Thelonius mag den Krieg.
Wenn die Viets in ihr Dorf zurückkommen, werden Harsh und seine Abteilung aus den Strohhütten heraus ganze Arbeit leisten. Wer den Minen entkommt, den werden die Maschinengewehre niedermähen.
Dann werden auf einen einfachen Funkruf hin die Helikopter über den Bäumen auftauchen, und die boys werden weiterziehen, woanders weiterkämpfen.

Während Thelonius und seine Männer warten, ficken sie.
Sie haben etwa zwei Dutzend junge Frauen vorgefunden. Und sich einfach bedient. Harsh fickt. Die boys of America vertilgen ihre Rationen und ficken.
Die Frau, die Sidney sich ausgesucht hat, ist klein und schmal.

So mag er sie, die Frauen. Sie ist 18 Jahre alt. Sie heißt Cho Hueng Tri. Und ihr Name bedeutet ... Vielleicht so etwas wie BLUME-von-irgendwas oder sogar KLEINE-BLUME-von Gott-weiß-was. Teddy weiß es nicht mehr so genau. Und zum Teufel, wenn das irgendeine Bedeutung hat. Teddy jedenfalls tut so, als habe es keine. Er zündet sich einen Joint an und wiederholt, es sei nun wirklich völlig unbedeutend für diese verdammte Geschichte.
Was zählt, ist, daß Sidney Cho in seine großen schwarzen Arme nimmt. Und er nimmt sie wie eine aufblasbare Puppe. Genau so.
Außer ihrem Namen hat die Kleine keinen Ton gesagt.
Sie weigert sich zu sprechen. Aber guter Gott, Sid kann sie ja schließlich auch abfüllen, wenn sie nichts sagt. Er füllt sie ab. Er füllt sie mit seinem Samen und dann schläft er. Und wenn er wieder aufwacht, fängt er wieder von vorne an.
Das ist es, warum die Leute ihn so mögen, den Krieg.

Cho läßt es geschehen.
Keine Klage.
Kein Aufbegehren.
Nur, daß sie wegguckt. Wie abwesend.
Und Sidney bedient sich. Ihr Pech, wenn sie abwesend ist. Er bedient sich ihres Körpers. Ihres Schlitzes.
Die Tage vergehen.
Die Viets kehren nicht zurück zu Weib und Hütte. Die boys sind entnervt. Die Rationen gehen zu Ende. Ein Typ hat die Ruhr. Ein anderer hat sich geschnitten und die Wunde suppt. Harsh fickt.

Eines stumpfsinnigen und vom Sirren der Mücken erfüllten Nachmittags ist Chaim wieder einmal drauf und dran, sich mit Chos Körpers zu vergnügen.
Erstmals in all diesen Tagen scheint die junge Frau die Präsenz des großen Schwarzen wahrzunehmen. Sid hat sich gerade auf sie gelegt. Eine Masse. Sie bewegt den Kopf. Mustert seinen nackten Oberkörper. Starrt auf eine damned Mücke, die den Mann genau oberhalb seiner linken Brustwarze sticht.

Plötzlich zerdrückt sie das Insekt.
Einen Moment lang läßt sie die Hand auf der Haut des Mannes. Sie spreizt die Finger, wie bedauernd. Die Mücke hat einen blutigen Fleck hinterlassen. Just dort, wo das Herz ist.
Sid beginnt zu lachen. Er ist überzeugt davon, daß Cho durch diese Bewegung mit ihm kommunizieren will. Daß es ein Sieg ist. Daß ihr Verhältnis von nun an anders sein wird.
Er lacht strahlend. Aus vollem Halse.
Und nachdem er sich die Augen gewischt hat, die vor Lachen tränen, begegnet er erstmals dem Blick der jungen Frau.
Es ist ein Blick, den er nicht interpretieren kann.
Er hat es gesagt. Wieder und wieder.
Cho hat ihn angesehen wie noch niemals zuvor. Lange. Ausgiebig. Er, Sid, war so erstaunt, daß er ihre Lippen genommen hatte. Er hatte sie zärtlich geküßt. Ganz zärtlich. Und erstmals seit langen Monaten hatten seine Muskeln sich entspannt gehabt.
Als er den Kopf hob, um sie wieder anzusehen, hat sie ihn angelacht. Er fühlte sich ganz schwach in den Beinen.
Er wußte nicht, daß Chos Lächeln sich gerade UNAUSLÖSLICH in sein Gedächtnis einschrieb.
Er wußte nicht, daß Cho sein letztes Gesicht war. Ja, sein würde. ER WUSSTE ES NICHT.
Dann hat sie ihm die Säure in die Augen geschüttet.

Sergent Harsh schrie, vier Tage lang.
Seine Schreie waren im Dschungel so weithin zu hören, daß die Buschkämpfer nicht ins Dorf zurückkamen.
Am Ende des vierten Tages haben dic Boys Sergent Harsh von seinem Bett losgebunden. Sie haben Cho zu ihm gebracht.
Sid hat ihr sein Bajonett in den Bauch gerammt.
Sie hat es geschehen lassen.
Ist gestorben, ohne noch ein Wort hervorzubringen.
Kein Wort, das war ihre Art zu hassen.
Die Amerikaner haben alle anderen Frauen umgebracht. Weil sie so schrien.
Dann sind die Helikopter über den Bäumen erschienen.
Der Krieg ist ohne Sid weitergegangen.

An diesem Tag war er VICIOUS geworden. Wütend.

So.
O.K. Ich schließe mein wertvolles Heft und gähne vor Müdigkeit.
Teddy Broom, der mir gegenübersitzt, drückt seinen Joint aus. Er verwahrt ihn in einer Blechdose.
»Irre wütend, verstehst du?«
»Yes, Teddy Broom. Let's be funk!«
Aber Broomie antwortet nicht.
Er hat den Saal bereits verlassen. Die ganze Welt sogar. Den Planeten und den ganzen galaktischen Schnickschnack.
Speed voraus landet er mitten im Himmel seiner Sternenstiefel.
Ich, Chaim, bin hellwach.
Eine seltsame Arbeit vollzieht sich ohne mein Wissen in meinem Kopf. Irgend etwas Diffuses entsteht.
Und plötzlich, messerscharf, nagt ein Schmerz hinter meinen Augen. So als wäre ich Sergent Harsh.
Es ist elf Uhr abends. Zeit der Wirklichkeit.

13

Nichts würde mehr so sein wie vorher.
Chaim dachte an die blauen Augen Jean Gabins. Er schloß die seinen. Blitzschnell. Schwarz. Um dem, was er sah, zu entkommen.
Das Reklamelicht schuf in dem kleinen Zimmer des Motels eine Beleuchtung à la Marcel Carné. Ein schicksalsträchtiger Duft schwebte über dem schäbigen Bettüberwurf. Es schneite gegen die Scheiben. Weiße wütende Tränen, die Richtung Kitt Trübsal rannen.
Nichts würde mehr so sein wie vorher.
Über sein Opfer gebeugt, öffnete Chaim wieder die Augen.
Er wagte es nicht, seinen Würgegriff zu lockern. Baßerstaunt ob seines wütenden Wahns betrachtete er seine Hände.
Shit, er hatte den Hals der jungen Frau gewürgt, und zwar mit einer irren Gewalt. Einer Gewalt, die NICHT DIE SEINE WAR.
Sergent Thelonius Harsh war es, der ihm diese Kraft verlieh. Ihm eine dermaßene Tötungswut einflößte. So etwas kann man sich gar nicht ausdenken.
Ein Schauer des Erstaunens schüttelte ihn.
Er betrachtete die Tote eingehend. Vor einer Stunde noch hatte er sie nicht einmal gekannt. Er hatte sie auf der Straße getroffen. Sie hatte mit ihrem Auto genau vor ihm angehalten. Sie hatte ihm höllisch zugezwinkert. Sie war eine Nutte, O.K. Aber vor allem TRAFEN BEI IHR ALLE UMSTÄNDE ZUSAMMEN. Sie war jung, indonesisch, und weil sie ihre Muschi, ihr Dreieck, ihren Schlitz feilbot (Wie kann man – fragte sich Chaim – den Einsatz der eigenen Löcher tarifizieren?), hatte sie eingewilligt und war mitgegangen, egal wohin. Widerwärtig.
Es gelang ihm nicht, gleichmäßig zu atmen. Als ob er gerannt wäre. Sein blödes Herz, das er nicht unter Kontrolle bekam. Schluß mit der Tachykardie. 150 Schläge pro Minute.
Er kam zu Atem.
Im gleichen Moment gewann Sergent Harsh Gewalt über sei-

nen Körper. Über seine Reflexe. Chaim hörte auf, er selber zu sein. Seine Augen brannten, wie die seines Vorbilds.
Er lockerte den Griff.
Es war, als wären die Gelenke seiner Daumen zersprungen.
NORMALERWEISE hätte er jetzt schreien müssen.
HARSH HATTE GESCHRIEN, als er in dieser Lage war.
Chaim ließ seinen unruhigen Blick über das exotische Tapetenmuster gleiten. Palmen und Lianen in allen Formen. Das hatte ihm das nötige Ambiente für sein Verbrechen verschafft. Aber die Tiefe des Dschungels war künstlich. Nichts als hohle Steine hinter dem Vinyl. 15 x 20 x 30er, die einen gerade mal von den Nachbarbidets abtrennten. Dahinter andere Typen, die wie er auf anderen Nutten lagen. 200 Francs pro Durchgang. Gefäße. Wenn er es hätte tun müssen, er hätte sicher nicht gekonnt. Er spürte, wie der Ekel in ihm hochstieg.
Plötzlich schaltete Harsh völlig um.
Chaim, der Behinderte, gewann die Oberhand. Er riet, lieber nicht zu schreien. Wie es aussah, war es ratsamer, sich anzupassen. Der Hinkende war zwar verachtenswert, aber man konnte seinem Urteil trauen.
O. K. Harsh würde nicht schreien.
Er erhob sich unter dem Leichnam.
Die Matratze gab einen Stoßseufzer von sich.
Cho, die Vietnamesin, schien zu schlafen. Ein mieser Traum, in Seitenlage.
Chaim brannten wieder die Augen. Aus Sympathie. Ja, stechend geradezu. Harsh stand teuflische Schmerzen durch.
Er ging zu seinem Trenchcoat. Er zog sein amerikanisches Bajonett aus der Innentasche. Das, das er im Realkauf von Saint-Ouen erstanden hatte.
Er öffnete wieder die Augen.
Chaim, der Behinderte, achtete sehr genau darauf, daß er seine Handschuhe anbehielt. Ja, er hatte sie nicht ausgezogen. Gärtnerhandschuhe.
Hinkend trat er ans Bett. Er schloß die Augen wieder. Ganz Harsh. So.
Im selben Moment ergriffen der Schmerz und die Wut wieder Besitz von ihm. Er schwang das Bajonett über seinem Opfer.

Dann stach er zu.
CHO WAR GESTORBEN, OHNE ZU KLAGEN, OHNE EIN WORT HERVORZUBRINGEN.
Er stach zu.
Siebzehnmal. Ein Augenblick, der nicht verging. Eine Tätigkeit, die nicht endete. Dann wurde Sergent Harsh der Arm zu schwer.
UND ALLES WAR, WIE ES SEIN SOLLTE.
Chaim bückte sich und fühlte tastend nach dem Blut, das aus dem Bauch der Toten quoll. Er beschloß, es wie warme Tinte zu benutzen. Die Handschuhe behielt er an.
Ohne die Augen zu öffnen, tauchte er den Zeigefinger in die Quelle. Wollte noch länger Harsh sein.
Blind sein.
Mit ausgestreckten Armen ging er zur Wand.
Er stieß gegen die Tapete und begann, mit dem Blut zu schreiben. Immer wieder ging er hin und zurück, steckte er den Finger in das Bauch-Tintenfaß. Hin und Zurück. Tap tap, hinkte er. Klumphinkte er.
Und in seiner Wut schrieb er immer ein und dasselbe Wort:
VICIOUS, VICIOUS, VICIOUS.
Vicious, wie wütend.
Wahnsinnig wütend.

14

Eine Viertelstunde später war Chaim wieder bei sich zu Hause. Intakt. Ruhig. Ein anderer. Herr seiner selbst. Seiner Persönlichkeit.
Er fuhr seinen Daf in den Schuppen. Ein Halbautomatik-Auto. Für Behinderte. Er haßte es. Als er ausgestiegen war, verpaßte er ihm noch einen Tritt in die Flanke.
Seine Liebe, seine große Liebe galt einer Japanerin.
Einer 1000er Kawasaki mit Einspritzmotor. System Bosch L. Jetronic. Sie stand auf ihrem Ständer und strahlte in vollem Chrom.
Er streichelte sie.
Dann, plötzlich, aus einem Impuls heraus, stieg er auf. Wie öfter. Kawa-Männlichkeit. Z 1000 full injection mit 8000 Umdrehungen/Minute.
Auf seinem Sitz mit Rückenlehne gut festgekeilt, beugte er sich über die Maschine. Er nahm sich den Integralhelm, der auf dem Tank lag, und setzte ihn auf.
»WWWRRRUUUMMM«, simulierte er mit den Lippen, als ob der Motor dieses mechanischen Monsters auf allen Töpfen liefe. »WRUM, WRUM.«
Er drehte sich nach dem imaginär vorbeirauschenden Verkehr um, den es zu beachten galt, dann betätigte er den Blinker und tat so, als hätte er Tempo drauf.
»WRRUUUMMM, WWRUM«, entschied er und gab ein Zeichen, daß er sich rechts einordnen wolle.
Und nachdem er mit einer kurzen Bewegung das Gas gewissermaßen hinuntergedreht hatte, stieg er von der Maschine.
Er verließ den Schuppen und ging über den Hof.
Dabei hob er den Kopf. Durch das Plexiglas seines Helms erkannte er die viereckigen Umrisse des Hauses. Seines Hauses. Des Bauchhauses. Dieses Hauses, das seine Mutter ihm vermachen würde. Wenn sie einmal tot sein würde. Wenn dieses Miststück von Irma einmal tot sein würde. Er haßte seine Mutter.
Er seufzte.

Im zweiten brannte Licht. Bei Monsieur Bing. Höchstwahrscheinlich der Krebs, der ihn nicht schlafen ließ.
Chaim setzte seinen Hinkegang fort.
Der Schnee blieb langsam liegen. Machte den Boden glatt. Steckte den Heckenkämmen Sahnehäubchen auf. Girlandierte die Weiden. Es würde sicher die ganze Nacht schneien. Das hauchte Chaim Vertrauen ein. Der November, der seine Arbeit tat, der alles fortwischte. Eine geschlossene Welt, und nicht der Schatten eines Geräusches.
Zuletzt sprang Chaim den Absatz hoch. Er klopfte die Schuhsohlen gegen die Zarge der Eingangstür. Vor allem die rechte. Die dickere. Die Keilsohle. Die orthopädische. Was für ein schreckliches Wort! Und sie war so schwer zu tragen.
Eilig betrat er sein Zuhause.
Kaum war er drinnen, schloß er sich ein. Drei Umdrehungen. Sorgfältigst. Zwei Riegel. Eine Kette. Und den Drehriegel.
Im selben Moment war er nicht mehr allein.

Das Haus war riesig.
Voller Erinnerungen. Viele andere hatten es bereits bewohnt. Familien. Es war hundert Jahre alt. Hundertzwanzig. Der Stiefelmacher Napoleons III. hatte es erbaut. Ein Haus des Schuhs.
Chaim schmiß seine Latschen wütend in die Garderobenecke. Er zog seine Handschuhe aus. Er entkleidete sich vollständig. Am besten, wenn er die Kleider verbrannte.

Im Loshinken streifte er sich seine Groom-Uniform über. Ein enganliegender Anzug mit goldenen Knöpfen über einer roten Kordelhose. Und eine Toque auf dem Kopf. Hoppla.
Er kam an Irmas Zimmertür vorbei. Sofort ging unter der Tür das Licht an.
Seine Mutter fragte:
»Chaim? Bist du es, Judenjunge?«
Eine ängstliche Stimme. Aber er antwortete nicht. Er strich sich nur sein Miststück von einer Strähne aus der Stirn.
Er eilte zu dem alten Aufzug. Ein gewisser Doktor Abt, der zweite Bewohner des Hauses, hatte ihn einbauen lassen. Ein Mann des Fortschritts, der das Haus für seine Frau zu anstren-

gend fand und deshalb im Jahr 1910 das Treppenhaus den technischen Neuerungen geöffnet hatte.
Chaim begab sich in die hydraulische Kabine. An einer nicht vorhandenen Säule entlang erhob er sich langsam in die erste Etage.
Ins Hotel Algonquin.

Die Gänge waren mit bordellroten Teppichen ausgestattet. Verliefen im rechten Winkel. Mit Kreide nummerierte Zimmer gingen von ihnen ab.
Chaim betrat in Windeseile das einzige Zimmer, das, wie man lesen konnte, dem Personal vorbehalten war.
Ein extrem winziges Kabäuschen. Eine Art Kamin, der durch ein Dachlukenfenster mit dem Himmel verbunden war. Man konnte den Schnee im Wind tanzen hören.
Er machte Licht. Es war rot und weit oben angebracht.
Der Ort war mit Besen, Tabletts und schmuddeligen Gläsern vollgestellt und enthielt einen Eisschrank. An den Wänden hingen Schlüssel. Unmengen von Schlüsseln.
Mit präzisen Bewegungen nahm Chaim den Ort in Besitz.
Er beugte sich vor und langte nach einem kartonierten Schulheft, das auf dem Sicherungskasten lag.
Dann servierte er sich ein Minzgesöff. Saß eine Weile mit verschränkten Armen da. Eine Inkubation.
Plötzlich langte er mit seinem Arm nach der Schalttafel. Eine von der Sorte, mit der man das Personal rufen kann. Aus der Zeit, als es noch Hauspersonal gab. Er drückte auf ein Knöpfchen, und die Lichter der Tafel leuchteten auf. Eine Zahl erschien und begann zu pulsieren. An und aus, begleitet von einem beängstigenden Blinkgeräusch.
Es war die 607.
607, 607, 607.
Chaim trank einen Schluck Minzgesöff. Er knöpfte seinen Bolero auf und nahm eine ungezwungene Haltung ein. Er dachte an den Zimmerjungen des Malers Soutine. Er öffnete sein Heft und fuhr mit dem Finger über den Titel der ersten Seite. Dort stand:

GROOM

Verbrechenstagebuch, aufgezeichnet von einem Kind dieses Jahrhunderts.

Er wartete noch eine Weile.
Er hatte es eilig, wieder 12 Jahre alt zu sein und Teddy Broom und Sergent Harsh zu treffen.
Er schrieb:

Hotel Algonquin.
2 Uhr morgens. 9. November.

Um auf meine Vaterschaft zurückzukommen, die mich konsterniert: Angefangen hat alles im letzten Sommer. In meinem Groom-Zimmer. Im Algonquin, unter dem Dach. In jenem heißen Sommer, als man schier wahnsinnig wurde.
Jépha hat mich geradeheraus angesehen.
Sie hatte bereits ihren dritten Punsch intus. Sie hat mir gesagt:
»Ich liebe Ihre Zurückhaltung. Aber vermag der Anblick meines Korsetts Sie überhaupt nicht zu erregen?«
Erregung? Das war ungefähr das letzte, was ich empfand. Dafür hatten wir viel zu viel Alkohol getrunken.
Ich erinnere mich noch. Wir hörten Radio, ohne zuzuhören. Eine Sängerin betrieb eine aufreibende Beschäftigung mit ihrer Stimme. Als sie schwieg, kam ein Typ ans Mikro und sagte, daß wir soeben Fanta Damba, eine Bambara-Sängerin gehört hätten. Außerdem fügte er hinzu, daß sie zu Beginn ihrer Karriere islamische Suren gesungen habe.
Ich hätte gerne das Wort Suren im Lexikon nachgeschlagen. Aber Jépha sagte:
»Wenn Sie wünschen, daß ich mich ausziehe, brauchen Sie nur das Licht auszumachen. Ich möchte, daß Sie sich rundum wohl fühlen, wenn sie es tun. Denn ich habe Sie auserkoren, der erste zu sein, der mich lieben darf.«
Eine höllische Sanftheit.
Unglaublich, wie sie sprach!
Ihre herrlich großen Augen näherten sich der Nasenspitze.

Man konnte sagen, sie konzentrierte sich, und überhaupt. Ich hatte weiche Knie. Ihr Blick lag tonnenschwer auf mir. Und das Miststück von einem Glas in meiner Hand.
Zu jener Zeit, vor acht Monaten etwa, waren die sexuellen Dinge noch ein großes Mysterium für mich. Keinerlei Traute, sie anzugehen oder so. Mein Körper ein unbekanntes Wesen. Oder jedenfalls nahezu. Außer, daß ich nachts häufig wach wurde. Dann teilte ich meinem Marilyn-Poster meine Erregung mit, wenn sie hochkam. Marilyn sah nicht aus wie jemand, der schlecht über die Menschen denkt. Nach dem Masturbieren schlief ich wieder ein.
Jépha hat ihr Glas ausgetrunken.
Schlürf. Sie hatte einen großen Mund. Ihre teuflischen Schenkel bewegten sich im Licht des Lampenschirms. Ich fand meine Stimme nicht.
»Sollte ich Ihnen etwa dermaßen mißfallen?« fragte sie.
»Nein, ich versichere Ihnen«, stammelte ich.
Ich fühlte mich in einem miesen Zustand. Es handelte sich sogar um eine Art Bauchschmerzen, wenn Sie die Wahrheit wissen wollen.
»Was dann? Dann legen Sie doch los. Damit ich so schnell wie möglich erfahre, worauf es hinausläuft«, seufzte Jépha.
Sie war es, die das Licht löschte.

Am Sonntag hat Monsieur Bing mich aus den Tiefen seiner adriablauen Augen angesehen. Dort, wo Sie, wenn Sie sich vorbeugen, einen Schimmer reinen Lichts entdecken. Eine beschissene Güte. Völlig unbekannt. Sie geht durch einen durch. So rar ist sie.
»Erzähl mir die wunderbare Geschichte deines Lebens, Chaim, Junge«, hat er zu mir gesagt.
Und dann hat er sich an der Ecke Solschenizin-Straße auf einen Stapel fettiges Papier gesetzt.
Aber ich hatte keine Lust zu reden.
»Wie geht es deinen Frauen?«, beharrte Monsier Bing.
»Gut geht es ihnen.«
Ich fand meine Konversation ziemlich verkommen. Nicht spannend zuzuhören, kein bißchen .

»Mein Gott, Chaim! Du wirkst ja ganz krank!«
Er befühlte meine Stirn. Seine Hände waren sanft und tot. So ist sie nun mal, die Haut der alten Leute. Aber die Güte! Die war da.
»Hast du nicht vielleicht ein dickes Fieber?«
»Ja. Das mach ich mir ABSICHTLICH.«
»Warum, großer Gott?«
»Aus lauter Unglück, daß ich niemandem gehöre«, antwortete ich.
Ich hatte das nur so hervorgebracht, um etwas zu sagen. Manchmal will man sich einfach nur interessant machen. Und es haut hin.
»Was erzählst du mir da? Was erzählt er?« entrüstete sich Monsieur Bing. »Kein Mensch gehört einem anderen.«
Er regte sich übers Grundsätzliche auf. Noch nie jemanden getroffen, der sich darüber dermaßen aufregen kann.
»Das wäre völlig ungerecht«, posaunte er heraus. »Das wäre reinste Sklaverei. Und wir wollen doch niemandes Sklaven sein, nicht wahr? Oder doch?«
Ich gab das flaueste Lächeln von mir, das ich fand.
»Ist schon gut, Monsieur Bing. Sie in ihrem Alter dürfen Ihre Zeit nicht mit mir vergeuden. Jede Minute zählt.«
In Wirklichkeit wollte ich Monsieur Bing nicht mit meinen persönlichen Problemen belästigen. Noch weniger ihm die Wahrheit sagen bezüglich meiner Sohn-Vater-Lage. Der alte Bing hat schon genug zu tun mit seinem Krebs, der in ihm rumort. Und mit seinen Erben außerdem. Hunde, die ihm hinterherschnüffen und von denen ich noch reden werde: Golda Goldberg und der stinkige Judas Makkabäus, seine Neffen, die nur im Kopf haben, wie sie ihren Onkel ausnehmen können.
Also erfand ich irgend etwas. Ich sagte:
»Es geht nur um meine verdammte Mutter, die mir manchmal fehlt. Seit sie mich verlassen hat, habe ich sie genau ein Mal gesehen. Ich war doch noch jung, gerade mal sieben Jahre alt. Bockmist! Sie war die Art Frau, die ich hätte lieben können. Sie hatte glänzende Haare. Schwere, verstehen Sie?«
Das verstand Old Bingo:
»Deine Mutter, O.K., das mag angehen. Eine Mutter, das ist in

Ordnung. Aber der Rest der Familie, wie bitte? Den kann man sich schenken«, beharrte er.
Er biß in eine Möhre.
»Nimm mich zum Beispiel, mein Junge. Ich habe alles hinter mir gelassen.«
Er lächelte rosig und bleckte die Zähne.
»Bin ich etwa nicht der Beweis, daß man gut leben kann mit denen, die man sich selbst erwählt hat. Du? Und Teddy Broom? Und Mister Faulkner zum Beispiel?«
Möhre, Möhre, Möhre.
Als er im Kraut angekommen war, küßte er mich plötzlich auf die Stirn.
O.K.
Und nachdem er das einmal getan hat, habe ich den ganzen Sonntag geweint.

Ich sitze im Kabäuschen und gucke hoch.
Die 607 flackert nicht einmal mehr.
Sie ist hängen geblieben. Ein rotes Auge, oberhalb meiner roten Silhouette, die wie ein Häufchen auf dem Hocker sitzt.
Die Position des wachen Träumers.
Ich entfalte mich. Meine Firnis quietscht.
Ich knöpfe meine Groom-Uniform langsam wieder zu.

Um das mit dem alten Bing zu beenden: Am Sonntag habe ich ihm endlich alles erzählt.
Von wegen Vater-Werden und so weiter diesbezüglich, und daß es mir beträchtlich auf die Nerven geht. Es habe einfach kein Recht dazu, das Leben, einfach aufzuhören, bevor es angefangen hat. Und außerdem die Geschichte mit Jépha, der Antillen-Schönheit mütterlicherseits, geboren in Marie-Galante, stock-katholisch, und zwar dermaßen stock, daß ich mich bestenfalls mit Familie und schlimmstenfalls mit einem Haufen Ärger herumschlagen muß.
Bingo hat zugestimmt.
Nachdem er mir wirklich zugehört hat, so verständig wie nie, hat er sein Banjo gezupft. Ganz nahe am Thema, aufgrund von Mimetismus und Attraktion, hatte er sich einen Negerschädel

zugelegt. Mit schwarzer Wichse. Al Johnson, wenn Sie verstehen. Erdalgebräunt, um mich aus der Scheiße zu ziehen.
Er hatte einen alten Deckel hinten auf seinem Schädel plaziert. Und aus reiner Zivilität die Fenster geöffnet. Denn mit der Zentralheizung, zwangsläufig, da stank es wie die Pest.
Ranzig, modrig, geronnen, erkaltet und kotig, alles durcheinander. Vermengte sich. Schmiedete Komplotte der Gerüche um unsere Personen herum.

Der alte Bing atmete weiter frei heraus, gewohnheitsgestählt. Aber ich, ehrlich gesagt, bei aller Zuneigung, ich traute mich nicht, eine Bronchie vor die andere zu setzen.
Monsieur Bing verjagte eine aufdringliche Fliege von seinem Banjo. Hatte sich zwei Mal schon auf die E-Saite gesetzt. Ein dicker Brummer. Eine Nachsaisonsfliege. Er spielte Arpeggien. Hob den Kopf. Fragte:
»Muß ich weiter ...?«
»... Arpeggien spielen!« antwortete ich aus reiner Tradition zwischen uns beiden.
Aber ich war kurz davor, mich zu übergeben. Der Magen lief mir über.
Danach machte sich Bingo an »Trouble in Mind« und ermahnte Mance Lipscomb, sich gut zu halten. Er würde schon hören, was er zu hören bekam.

Dann hat er angefangen zu singen.
Die ganze Geschichte von dem Baumwollkäfer spazierte in seinem Gesang vorüber. Die Dialekte der Sklaven gelangten von den Ufern des Brazo-Rivers, Navasota, zu uns und landeten wie ein Stein in der Gegend von Montparnasse Bienvenue.
Monsieur Bing sang mit geschlossenen Augen.
Wenn er sie öffnete, aß er. Wir haben diesen ganzen mistigen Nachmittag gegessen, ich habe geweint und er hat gesungen.
Wie tiefgründend das Leben doch ist!

O.K.
Das Telephon brüllt, und ich springe auf.
Bingo entschwindet, und ich hebe ab.

»Wenn Sie nicht in 10 Sekunden auf 607 sind, Bronstein, dann entlasse ich Sie«, bringt die Stimme von Monsieur Satanas hervor.
Eine miese Honigstimme, wenn Sie verstehen.
Er hängt auf, und ich weiß, daß er meint, was er sagt. Satanas ist ekelhaft. So steht es auf den Lokuswänden.
O.K.
Ich erhebe mich.
Meine Hosenträger sind fest. Meine Toque auf dem Kopf. Hoppla.
Und auf gehts, ihr Grooms.

Sechste Etage.
Otis-Pifre läßt die Schiebetür aufgleiten.
Erster Gang links. Ich kurve.
Halte vor der Tür. Atme ein. Ganz tief.
Wie Teddy Broom immer sagte, was er von George Clinton hatte, dem Star mit den wenigsten Starallüren im amerikanischen Show-Business:
»Free your mind and your ass will follow.«
Ich klopfe bei Zimmer 607.

Pamelas Stimme dringt sofort an mein Ohr.
Eine Klage. Ungeduld. Angst.
»Oh yes, little man! Step in, for christ sake!«
Ich gehe hinein.
Es ist schlimmer als sonst.
Als ich eintrete, lüftet sie ihren Zylinder in den Farben der Vereinigten Staaten, der auf ihren platinfarbenen Haaren thront.
Sie trägt schwarze Handschuhe. Und ebensolche Hosenträger.
Sieht auf mich herab, aus der Höhe ihrer 12 cm hohen Paillettenabsätzen.
Ansonsten wie Gott sie geschaffen.
»Hello, Ed!«
»Hai, Pam!«
Sie greift nach ihren Brüsten und zeigt sie mir. Eine Art Fruchtkorb.
»How do you find this? And this?«

»Great.«
»Dann los, bring mich hoch, on the top of the world«, haucht sie.
Und schon will sie rot anlaufen.
Ich stoppe sie mit einer Bewegung:
»Moment! Ich bringe Sie hoch, aber vorher brauchen wir eine Rechtfertigung für meine Abwesenheit.«
Sie geht drüber weg. Nimmt meine Hand. Legt sie geradewegs auf ihren Bauch.
Ich schließe sie zum Zeichen meines Mißfallens.
Beharre:
»Was brauchen Sie heute?«
Sie seufzt. Ganz weich.
»Schucker? Geh und hol mir Schucker.«
»Nein, das hatten wir doch erst gestern.«
»Dann Briefpapier.«
Ich deute: nein.
Sie schließt die Augen. Längst woanders, noch ein Vorschlag:
»Postcards?«
»Auch nicht. Keine Postcards, die hatten wir Donnerstag.«
Ich ziehe meine Hand zurück.
Sie schaltet wieder um. Öffnet die Augen. Es ist hart für sie, diese Unterbrechung. Sie sammelt sich.
Sie sagt:
»Ich weiß nicht. Ich weiß nicht.«
Sie regt sich auf. Sie regt sich auf. Ihre Hände winden sich wie Propeller. Aber ich bleibe fest.
»Nun denn, es muß einem doch etwas einfallen.«
»Oh ja, etwas«, äfft sie mich nach, »etwas, egal. Fass mich an! Das ist das Entscheidende.«
»Nüscht da.« Ich bleibe standhaft. »Meine Arbeit ist das Wichtigste. Monsieur Satanas hat mich auf dem Kieker. Er will mich rauswerfen.«
»Also eine Cola, sag einfach Cola, scheiße!« schnappt sie über.
»Anything, but schnell!«
O.K., Pamela. Eine Coke auf 607.
Und gaaanz smooth, surre ich los.

15

Chaim schloß sein Heft. Er sprang vom Hocker auf seinen Klumpfuß. Immer setzte er erst das behinderte Teil auf den Boden. Wie ein Ballast. Wie ein Kiel.
Er brach aus seinem Kabäuschen hervor.
Er mußte diese verdammte Coca-Cola für die alte Abercromby holen.
Beinahe hätte er Annonciata auf dem Gang umgeworfen.
Das portugiesische Zimmermädchen war eine aufblasbare Puppe mit einer frivolen Spitzenschürze. Die Nylonhülle, aus der sie bestand, verlieh ihr einen häßlichen weißlichen Teint. Sie stand im Flur an die Wand gelehnt. Lediglich ihre Backen hatten ein Recht auf zwei zinoberrote Rundungen. Über ihrem Mund war ein dünner Schnurrbart aufgemalt. Mit Genauigkeit und Kugelschreiber. Und ihre Armstümpfe hatten sich in die Konstriktor-Spiralen eines Staubsaugerschlauches verwickelt.
Im Vorübergehen schlug Chaim ihr auf die Pobacken.
»Laß die Finger von meinem Tornado«, witzelte er. Dann verschwand er im Aufzug.
Als er im Erdgeschoß losfuhr, sah er verärgert aus. In der Halle brannte Licht.
Diese große Helligkeit durchkreuzte seine Pläne. Seine Vorstellungskraft. Es war für ihn besonders strapaziös und schwer, weiter der Chaim mit den 12 Jahren zu sein (der völlig beweglich auf seinen Beinen war), wenn er an den Wänden immer dem grotesken Schattenbild dessen begegnete, der er in Wirklichkeit war: ein verkleideter Hinkender. Das brachte ihn ordentlich durcheinander.
Folglich löschte er das Licht in der Halle.
Dann durchquerte er den Salon, den Irma nicht mehr benutzte. Die Sessel, dieses Geistervolk, standen weißverhüllt an Ort und Stelle vor dem ascheüberhäuften Kamin. Säcke verbargen die Kopfteile, und so warteten sie, wie wirkliche Personen. Chaim bog in einen Gang und gelangte zur Küche.
Dort erwartete ihn eine weitere Enttäuschung.
Er stieß auf seine Mutter, die am Tisch saß. Sie knabberte an

einem Zwieback. Trocknete ihre alten gelblich schimmernden Haare unter der Lampe. Chaim kam der Gedanke, ein Streichholzer daran zu halten, wie unter einen Strohballen.
»Du krümelst, Irma«, sagte Chaim mit einem guten Stück Bösartigkeit in der Stimme.
Dabei lachte er sie an.
»Ich konnte nicht schlafen«, antwortete Irma.
Und rieb weiter die obere gegen die untere Gebißhälfte. Ein Geräusch wie am Futtertrog.
»Und du, Chaim, warum schläfst du nicht?«
Er zeigte auf seine Groom-Uniform.
»Du siehst doch, ich bin noch im Dienst«, sagte er.
Er war genervt.
»Mein Gott! Wann ist endlich Schluß mit diesen Mätzchen?« stöhnte Irma.
»Mätzchen«, bäumte Chaim sich auf. »Mätzchen, das mir, wo ich Nachtdienst habe. Bei so einem Wetter. Hast du eigentlich schon gesehen, daß es schneit?«
»Hab ich.«
Sie sah ihn vorwurfsvoll an:
»Und du bist aus gewesen. Das war es ja, warum ich nicht schlafen konnte. Hoffentlich hast du zumindest keine Dummheiten gemacht?«
Sie hatte einen Krümel an der Unterlippe hängen. Chaim dachte an die blauen Augen von Jean Gabin. An die Leuchtreklame des Motels. An die Ebene im Schnee. Seine Augen brannten. Ein kurzer Schmerz.
»Ich habe nur eine Runde durch die Stadt gedreht«, sagte er, um Sergent Harsh zu schützen. »Scheiss-Stadt! Ich habe niemanden getroffen. Jeder in seinem Käfig. Fernseher. Plastikblumen. Also bin zurück gekommen.«
Irma krümmte die Hand zu einer Schale. Sie begann, die Krümel an einer Ecke des Tisches zu häufen. Als Ausdruck ihrer Verärgerung schob sie das Gebiß langsam Richtung Nase.
»Du hast wieder im zweiten das Licht brennen lassen«, bemerkte sie.
»Das war nicht ich«, flötete er, »sondern Monsieur Bing. Und er ist auch nicht im zweiten. Er wohnt im 18. Stock, in einem

Turm. Gegenüber vom Algonquin. Das Algonquin«, fuhr er fort, »ist ein ruhiges Hotel mit Chic am Montparnasse. Eine genaue Kopie des New Yorker Algonquin aus der 44th West Street. Das solltest du langsam wissen.«
Irma zuckte mit den Schultern.
»Das macht doch alles keinen Sinn«, seufzte sie.
Er warf ihr einen wütenden Blick zu. Er haßte sie auf den Tod, wenn sie sich weigerte mitzuspielen. Man hätte meinen können, sie wolle ihm die ganze höllische Nacht verwüsten. Chaims Faust schloß sich.
Er lachte sie an.
Er beugte sich über seinen Klumpfuß.
»Old Bingo erleidet ein wahres Martyrium«, informierte er sie, um das Thema zu wechseln. »Sein Punk weitet sich aus.«
»PUNK?«
»Ja. So nennen wir seinen Krebs.«
Plötzlich rannte er geschäftig zum Eisschrank.
»Zwei Cola für Mrs. Abercromby!« verkündete er. »Sie trinkt nichts anderes.«
»Und dann geh endlich schlafen«, sagte Irma.
Sie erhob sich mit einem tiefen Seufzer.
Ihr Morgenmantel nutzte die Gelegenheit und gab einen Blick auf ihre Brüste frei. Zwei außerordentlich jugendliche Brüste am Körper einer alten Frau. Chaim, der gerade die Flaschen öffnete, hielt inne. Er sah gebannt aus.
»Geh schlafen, Judenjunge«, sagte Irma noch einmal.
Sie zog ihren Morgenmantel zurecht. Strich ihm über den Kopf.
»Schon gut. Bis morgen, Irma«, sagte Chaim. »Schlaf gut. Ich muß mich beeilen«, fügte er im Hinausgehen noch hinzu, »wegen Monsieur Satanas. Er will mich entlassen. Aber er schafft es nicht ...«
Als Chaim im Aufzug hochfuhr, dachte er wieder an seine Fahrt in die Stadt. Er fragte sich, ob er morgen der Versuchung würde widerstehen können, hinzufahren und an Ort und Stelle nachzusehen, wie die Polizei mit seinem Verbrechen zurande kam.

Undeutlich stieg eine Aufwallung von Stolz in sein Gesicht, während er die Gänge des Algonquin entlangeilte.
»Hier! Hier!« rief er, und rannte fast mit seinem Tablett.
Vor einer der Türen hielt er inne und klopfte.
607 stand dort mit Kreide.
Er klopfte noch einmal.
Da die alte Abercromby ihm nicht antwortete, trat er ein.

Läufige Hündin!
Sicher wartete Pamela schon lasziv dahingebreitet auf ihrem Bett. Eine Hündin. Tausend und abertausendmal. Er ging ins Schlafzimmer.
Genau.
Die sexuelle Fallgrube war ausgehoben. Eine Falle. Um acht Uhr morgens. Geschlossene Volets. Und das Licht gedämpft durch ein Baumwolltuch, das über der Nachttischlampe hing. Abertausendmal Hündin.
Im Näherkommen entdeckte Chaim die Umrisse von Mrs. Abercromby, die sich in ihre Stars-&-Stripes-Bettücher gewikkelt hatte.
Mit einer plötzlichen Bewegung riß er die Tücher hoch, tat einen Satz und landete mit dem ganzen Körper auf dieser schändlichen aufblasbaren Puppe, die er sofort zu bearbeiten begann. Sein Mund rutschte wie wild hin und her auf den rot aufgemalten Lippen von Guerlain, und wie besessen zerknitterten seine Hände das Nachthemd aus Crysal, 100 % Polyester aus den Galeries Lafayettes. Sein Puls raste.
»Schließ doch zumindest deine blauen Augen!« flüsterte er. Ihre aufgemalten Pupillen sahen starr zur Decke.
Und dann begann er, an dem abwaschbaren, dehnbaren Dropnyl-Schlitz zu kratzen, der als Geschlecht fungierte.

Draußen, in der wirklichen Welt, war es vier Uhr morgens. Es schneite auf die Gartenhecken. Wie auf die gesamte Plaine de France. In der Gegend von Villiers-le-Bel, hinter einer Armee von Hochspannungsmasten pulsierte die BETONSTADT in malvenfarbenem Licht.
Paris, hinter ihr, ruhte nie.

Auf einer Nationalstraße in jener Gegend hatte ein Mann, vom Schnee gänzlich erschöpft, soeben sein Auto vor einem Motel gestoppt.
Der Nachtwächter teilte ihm Zimmer 7 zu. Er war einer jener Wächter, die es nie zu einem Dienstalter bringen würden. Ein Wächter, der nicht wächterte. Er las Charlie-Hebdo und mampfte Marzipanhörnchen. Die Füße pantoffelten im Warmen, und die Langwellen seines Transistorradios waren auf das nächtliche Gejammer verlassener Homosexueller eingestellt, derweil er speiste, der Benedeite. Eine Mischung aus Marzipan, Coluche-Aphorismen und Nach-68er-Kummerkasten.
Er war der festen Überzeugung, daß der Arsch einer Frau ein sichereres Refugium war als der Dollar, daß die Armen immer dumm bleiben würden, und daß sein hinterer Backenzahn eine Zahnhalskaries hatte; und er kümmerte sich einen Dreck um den Neuankömmling. Hier, Ihr Schlüssel, die 7, ganz am Ende des Gangs. Das letzte Zimmer vor dem Parkplatz.
Der Erschöpfte nahm seinen Koffer. Er fand sich vor der Glastür der Eingangshalle wieder. Mit dem Schlüssel zwischen den Zähnen. Ziehen! Er zog.
Er verschwand in der Nacht. Schneesturm & Co KG.
Der Wächter zerkrümelte das Marzipanhörnchen auf der Zunge und schluckte. Er hob wie automatisch den Kopf. Mist und nochmal Mist, immer noch zog es kalt herein, und die automatisch schließende Tür machte dem nur sehr zögerlich ein Ende.
Der erschöpfte Mann, 52 Jahre, Cholesterinspiegel 5,8, Lebenserwartung 63 Jahre, kürzte durch den Park ab. Jungfräulicher Schnee. Knirsch, knirsch. Ein Gefühl der Freude. Die Kindheit, die irgendwo aus seiner Tiefe hervorkroch. Proust läßt grüßen und so. Von kurzer Dauer. Schnell weggewischt.
Ein saures Aufstoßen erinnerte ihn mehr an die Hammelbohnen aus dem undefinierbaren Mittagsmahl. In der Gegend von Brive-la-Gaillarde. Der Mann lachte in die Dunkelheit und schickte Brassens einen heimlichen Gruß, von wegen Gorilla – er versuchte, sich zu orientieren. Zimmer 6, Zimmer 7. Hier, er war angekommen.

Er gähnte.
Er hieß Albert Caillou. Er war glatzköpfig. Und um das Verslein abzukürzen: Er trug eine Drückeberger-Perücke. Gerade als er dieses Haarteil strikter Petain-Gefolgschaft ausziehen wollte, entdeckte er Sergent Harshs Verbrechen.
Eine Frau, nackt, blutüberströmt, erwartete ihn im Zimmer. Grün oder Malve, je nach An und Aus der Leuchtreklamen; sie schienen im Neonrhythmus zu atmen.
Der Schrei des Gänse-Confit-Vertreters drang bis nach Saint-Denis.

16

Wenn Sie hören wollen, wie ich meine erste Untersuchung getätigt habe, dann wollen Sie sicher als erstes wissen, welche Art Bulle ich bin. Wie ich heiße. Ob ich eine Begabung habe. Und so.
Sarah Doddledooe, ist die Antwort.
Inspektor Sarah Doddledooe, 85, 60, 87 meine Maße. 9 mm das Kaliber meiner vorschriftsmäßigen Automatik. Sarah, wie meine Mutter aus der Rue des Rosiers. Doddledooe, wie Papa, ein Irrer von einem Iren. 85 mein Brustumfang, 60 die Taille, und 87 meine verdammten Hüften. Alles Zentimeter.
Was, welche Augenfarbe?
Grün.
Schmutzig. Ganz und gar tiefgrün.
Und nun hängen Sie Ihre verdammte Geilheit in den Schrank. Stecken Sie Ihre Marschallknüppel wieder in ihre Eminences zurück. Und da ich keinerlei Lust verspüre, Ihnen meine Mistautobiographie in dieser Art von Blizzard zu präsentieren, noch sonst was, belassen wir es dabei. Wir sollten erst den Schneepflug vorbeilassen, einverstanden?
Ach, Herrgott! Sie können sich nicht vorstellen, wieviel Schnee dieser Tage heruntergekommen ist. Ich habe mir an der British-Petroleum-Tankstelle Spikes an meinen VW machen lassen.
»Ein hübsches Cabrio, haben Sie da«, sagte der Tankwart und sah schmeichelnd unter seiner Mütze hervor.
Und keine Ahnung, was ihn gepackt hat, als er mich sah in meinem malvenfarbenen Shetlandpulli und meiner Jacke.
»Soll ich noch nach Ihrem Öl sehen?« hat er gefragt.
Sein Kopf sah merkwürdig aus, so zur Seite geneigt. Man hätte gut und gerne auf einen steifen Hals getippt. Oder auf geschwollene Lymphknoten. Der Schnee begann wieder zu flocken. British Petroleum sprach laut. Aber wie verzögert, wenn Sie verstehen. Wie asynchronisiert um zwei drei Bilder. Kam von dem Unwetter. Alles war weich. Weich und unwirklich. Überhaupt, was hatte er gesagt?
Er hat mir ein Zeichen gegeben, ich solle mit hineinkommen in seine Baracke.

Wir haben die Schuhe abgeklopft. Seine Ohren waren rot. Seine Hände tasteten in den fingerlosen Handschuhen um die Kanister herum. Noch nie habe ich Hände gesehen, die so hektisch auf einer 30 SAE herumklimperten.
Er hat seinen verfluchten Rotz hochgezogen. Eine Eigenart. Dann hat er in die Hände gehaucht. Und gesagt:
»Die Kälte, und dann die Reaktion, das erregt mich immer. Jedesmal dasselbe. Sobald ich ins Warme komme, überfällt es mich und ich bin völlig erregt.«
Er hatte sich zur Seite gedreht, damit ich es würdigen konnte.
»Merkwürdig, ne?«
Ein feuchtes Lachen. Eine Erektion, die die Stoffbahnen seines Overalls aufgeilte.
»Wollen Sie anfassen?« bot er mir an. Mit einem Unterton der Verwöhnung in der Stimme.
Sieben Uhr morgens. Minus drei Grad. Mitten im Winter. So etwas hätten Sie nie für möglich gehalten. Es wurde gerade hell in dieser Scheiß-Stadt. Keine Menschenseele auf der Straße. Nur gelbe Lichter, die Richtung Paris entschwanden.
Er zeigte mir seine Sorgenlatte, sein Gepränge.
»Und Sie, haben Sie bei so einer Kälte nicht auch Lust, das Kindlein ein bißchen ins Warme zu lassen?«
Das Kindlein? Das war so ungefähr das letzte Wesen, das ich gerne ins Warme lassen wollte. Zumal ich im Dienst war. Und ein Verbrechen am Hals hatte, wenn Sie es genau wissen wollen. Mein erstes Verbrechen. Dort gegenüber, auf der anderen Seite der Nationalstraße. In diesem miesen, dem Wind ausgesetzten Motel. Und dieser Spinner hier, dieser multigrad übersteigerte Italo, versuchte doch glatt, mich an der Scheiß Toilettentür in die Enge zu treiben. Ehrlich gesagt sah er nicht mehr besonders freundlich aus. Völlig konzentriert auf das, was er tat. Und dieser Silberblick.
Daraufhin hat er einige Idiotien unter meinem Blouson angestellt. Vulgär und überhaupt.
Ich habe mein Knie hochgezogen.
Ich habe zugetreten, fest und mitten hinein. Genau so, wie wir es in der Polizeiausbildung in Reims gelernt hatten. In die Kugeln, wie sie dort sagten.

British Petroleum sah nun noch dümmlicher aus.
Er hat sich über sein Gepränge gekrümmt. So, als würde er kotzen.
»Das tut weh. Können Sie sich nicht vorstellen«, seufzte er schließlich. Zusammengeklappt wie ein Taschenmesser.
»Ich habe doch schon eine Sinusaffektion, einen Meniskus, der spinnt, und eine Psoriasis vor lauter Ärger. Das war wirklich nicht recht von Ihnen!«, wiederholte er.
»Sie haben Ihre verfaulten Zähne und Ihre dreckigen Nägel vergessen«, bemerkte ich noch. »Wie heißen Sie? Und nennen Sie mir die Marke Ihres Fleckentferners«, fügte ich hinzu und wischte mir über den Oberkörper.
»Charly Panfido, Madame«, hauchte er hervor.
»Auf Wiedersehen, Charly. Und denken Sie an die Rechnung. Mein Gott, was hat Sie nur dazu gebracht, Ihre schmutzigen Pranken auf meinen Shetland zu legen?«
»Sie machten mich an, weil Sie so anders sind.«
»Sehr gut. Und was finden Sie an mir so ›anders‹?«
»Seit ich Mädchen befummle, habe ich noch nie eine getroffen, die mich dermaßen erregt hat.«
»Schon gut, Charly, mal halblang. Haben Sie nicht in letzter Zeit ein bißchen zu ausgiebig Fernsehen und Video geglotzt?«
Er hob den Kopf. Begann zu reden. Zungenfertig und überhaupt. Seine Hände umhüllten seine Ideen.
»Ich meine, die Mädchen, die ich so kenne hier aus den Sozialbunkern, sind so gefügig und so. Also dachte ich, Sie könnte ich sicher auch rubbeln.«
»Rubbeln, was?« sagte ich ungläubig. »Wie alt sind Sie, Charly?«
»Achtzehn nächsten Monat.«
»Das erklärt nicht, warum Sie sich so aufführen bei dieser Kälte.«
Er begann zu flennen.
»Mein Geschlechtsleben stinkt zum Himmel!« schrie er los. »Ich werd es nie schaffen!«
Und ich dachte bei mir, daß ich wirklich von lauter Bekloppten umzingelt bin. Im Büro, in der Brigade, auf der Straße, überall. So, als ob ich überall, wo ich langgehe, Besessene säen würde.

Man könnte meinen, das Leben sei ein riesiger Hintern, der sich auf die Welt gesetzt hat.
Ich sah Richtung Motel.
»Kennen Sie jemanden von dort drüben?« fragte ich Charly.
»Den Hausmeister, von weitem. Er hat einen Porsche. Ich mache ihm immer den Ölwechsel.«
»Und die Mädchen, die hier anschaffen, kennen Sie die?«
»Eine oder zwei. Sie kommen manchmal vorbei. Alles Nutten.«
»Gehen die im Auto auf Kundenfang?«
»Ja, aber im Winter kommen sie natürlich ins Warme.«
»Und dann dürfen sie ins Motel?«
»Die Bullen drücken ein Auge zu. Das ist die beste Art, sie im Griff zu haben.«
Charly hielt mir meine Quittung und mein Wechselgeld unter die Nase.
»Brauchen Sie einen Stempel?«
Ja, in Gottes Namen, soll er mir doch einen machen.
Und dann mußte ich unbedingt rüber zu Kommissar Antoine Valachi.
Du Gott der Polenten! Wenn Sie dieses Schwein gekannt hätten, wäre er Ihnen jetzt sofort präsent.
Er sah gewiß schon eine ganze Weile genau alle 15 Sekunden auf die Uhr. Zog her über die weiblichen Bullen. Verpatzte sich den Teint. Bereute es bitterlich, mich in seine Brigade aufgenommen zu haben. Und schluckte sicher diese Dümmlichkeiten von Magentabletten. Maalox oder so.
Immer eine Apotheke in Reichweite.
»Schon gut«, sagte ich zu Charly. Dann ging ich Richtung Stufen.
»Scheiße, Sie verlieren wohl nie den Kopf, oder?«
»Doch doch«, gestand ich, »aber nur bei über 20 Grad Celsius.«
Und ich wußte haargenau, als ich im Schnee davonging, wohin er sah. Das würde ihnen erst dann vergehen, wenn ihnen eines Tages die Frauen wie selbstverständlich einen Klaps auf den Hintern geben würden.
Sie brauchen einfach die Bestärkung, die Kleinen.

17

Wenn ein Tag verquer anfängt, darf man sich keine Wunder erwarten. Dann ist das Scheiß Dasein bis zuletzt ein Schlamassel. Dieser Logik gemäß habe ich mir prompt meinen Blouson in der Autotür eingeklemmt. Ein umgedrehtes Lammfell, Geschenk von Tante Judith. Scheiße mit Riß.
Auf der anderen Straßenseite, es mußte so kommen und es ist wie verhext, bin ich auf einer gefrorenen Pfütze ausgerutscht. Gerade, als ich aus dem Motel-Parkplatz kam, Doppelaxel und Toeloop.
Chaim hat mir sofort die Hand entgegengestreckt.
Ich nenne ihn beim Vornamen, weil er sich fast als erstes vorgestellt hat. Noch während er gerade über mich gebeugt war. Ich hatte ihn nicht kommen sehen. Wahrscheinlich strich er um die Autos herum. Außerhalb des Lichtkegels der Lampe.
Er war groß und hatte ein ausnehmend sympathisches Gesicht. Markante Gesichtszüge unter einem ungebändigten Haarschopf. Eine Strähne vor dem Auge. Sah aus wie ein Student. Seine eher lange Nase, eingezwängt von einer kleinen runden Metallbrille, schien in der Gegend herumzupicken. Er hatte einen unförmigen Trenchcoat an. Und hielt ein Buch in der Hand. Der Titel: *Abstufungen des Wahnsinns*, von Professor Léon Michaux.
Nach einem Wie geht es Ihnen, und: ich hätte ja ein grünes Höschen an, fragte er mich, ob ich Charlie »Bobo« Shaw und Luther Thomas Blank kennen würde. Da meine Antwort negativ ausfiel, ließ er meine Hand los. Voll des Bedauerns und mit viel Getue.
Ich landete wieder auf meinen vier Buchstaben.
Chaim hat gegrinst. Sarkastisch und überhaupt. Er hat sich wieder meinem Höschen gewidmet. Mit einem teuflischen Schimmer in den Augen. Er hat erklärt, warten Sie, Luther Thomas Blank sei ein Orchester, das durch echt einschlagende Inventionen ein Funk-Klima verbreiten würde.
Und wenn Sie seine verächtliche Miene gesehen hätten, wäre Ihnen das Nichtwissen schnellstens vergangen.

Nach all dem hat er zugesehen, wie ich mich erhob. Mit gerümpfter Nase. Er schien entzückt von meiner Vorderseite.
»Ich gebe zu, daß Sie, wenn Sie erst aufgestanden sind, recht groß sind.«
Er senkte die Augen. Und fügte hinzu.
»Sie haben sogar recht hübsche Beine. Aber das kommmt vielleicht von den Absätzen. Die über 6 Zentimeter runden einfach alles, egal was.«
»Ich habe nicht ›egal was‹ an Stelle von Beinen. Und außerdem habe ich wirklich genug davon, mit Typen wie Ihnen zu reden.«
Erst jetzt bemerkte ich seinen Klumpfuß.
Und schon stand er darauf. Eine Herausforderung.
»Ich bin behindert, aber mein Charme ist riesig«, spaßte er. »Ich bin beispiellos witzig und irre entschlossen.«
Er lachte. Ein sehr angenehmes Lachen.
»Kein Zweifel«, bestärkte ich ihn. Und machte Anstalten, mich zu dem Bullentrupp in der Rezeption zu begeben.
Er hielt mich am Arm zurück.
»Sind Sie im Bilde, was hier passiert ist?« fragte er.
»So in etwa. Nehmen Sie Ihre Hand von meinem Arm, wenn ich bitten darf.«
Er tat es. Lachte. So als habe er nicht gemerkt, daß er zu feste gedrückt hatte.
»Ich«, sagte er, »habe es schon lange gewußt, daß jemand die Chinesin, die, die tot ist, eines Tages ›verbrechen‹ würde.«
Er erkannte sofort mein Interesse.
»Welche Chinesin? Welche Tote?« fragte ich ihn. »Da wissen Sie mehr als ich.«
Er sagte mir nur, ich solle ihn nicht drankriegen.
Man solle die Jugend von heute nicht für Kinder von gestern halten. Und wenn ich hier sei, eine Rothaarige wie ich, frisch aus der Kiste gequält und fertig geschminkt, und bei so einem Sauwetter schon unterwegs, dann doch wohl, weil ich eine Rolle spielen würde in diesem verdammten Mummenschanz von Zimmer 7. Sicher sei ich Journalistin oder so. Und ich würde doch nur die Unwissende spielen, um ein bißchen Heu zu ergattern.

Er fügte noch hinzu, Naivität sei schließlich nicht mehr angesagt für ein Kind in seinem Alter.
Ich sah ihn mißtrauisch an. Man gab ihm gut und gerne um die 24.
»Wie alt sind Sie?« fragte ich ihn.
»Zwölf«, antwortete er ernsthaft. »Nun, ich gebe gerne zu, daß Kinder wie ich nicht über einen so beachtlichen Erfahrungsschatz verfügen wie die Erwachsenen.«
Er trat gegen den Schnee. Aus Trotz. Oder aber, weil ein Aufbegehren von ihm Besitz ergriff.
Er bemerkte, diese große Erfahrung würde hauptsächlich daher rühren, daß die Erwachsenen bereits das Glück gehabt hätten, Weltkriege zu erleben. Und andere namenlose Gräßlichkeiten. Und außerdem Fälle von Rassismus. Er geriet in Fahrt und fügte hinzu – ein totaler Sprengsatz der Wut –, daß nach seiner Meinung, von der er wollte, daß ich sie teile, die Jungen mit Fug und Recht hoffen konnten, daß ihnen bald dieselben Schweinereien unterkommen würden. Alle Anzeichen sprächen dafür, daß es bald von vorne losgehe. Kriege um nichts und wiedernichts, meinte er. Die Gewalt sei längst wieder gegenwärtig, zumindest in den Sozialbunkern. Und Pogrome gebe es auch überall. Herrgottsack! Ergo wäre er, Chaim, wenn es ihm gelänge, durchzukommen und überhaupt, von wegen Atom und Umweltverschmutzung, dann jedenfalls wäre er guter Hoffnung, daß er in Kürze genauso erfahren sein würde wie die vorherigen Generationen.
»Verstehen Sie, was ich Ihnen erkläre?« schrie er schlußendlich.
Übererregt irgendwie. Hielt mich am Arm und drückte wieder sehr fest.
Ich gab ihm zu verstehen, daß ich ihn sehr wohl verstand.
Ich begann gerade mir zu sagen, daß mir, armer kleiner Sallie, heute morgen aber auch alles über den Weg lief, was diese bekloppte Vorstadt an Verrückten zu bieten hatte. Mit besonderer Dichte in Haus 2. Und ich erwog bereits einen Nahkampf, um ihn zu neutralisieren.
Nur der Gedanke an seinen Klumpfuß hielt mich davon ab, ihn in den Schnee zu verfrachten.

So als wäre er meinen Gedanken gefolgt, ließ er mich los.
Ein freundliches Lächeln legte sich wie ein Band um sein Gesicht. Er lüftete seinen eingebildeten Hut zum Gruße und zog ausgiebigst den Rotz hoch.
Er dankte mir, daß ich ihn nicht darauf hinwies, daß er sein Taschentuch vergessen habe. Das sei ein Pluspunkt für mich.
Wir standen da und sahen uns tief in die Augen, und es schneite ganze Kopfkissen auf uns nieder. Er atmete tief ein. Pflanzte seine Augen in die meinen. Ich hatte das Gefühl, als lägen Tonnen von Federn auf meinen Wimpern. Eine angedeutete liebevolle Bewegung Richtung meines Gesichts. Ausgestreckte Hand, so als wolle er es streicheln.
»Ich mag Sie passabel genug für ein erstes Mal«, erklärte er. »Ihr Aussehen ist mir angenehm, und ich vertraue darauf, daß Sie mich wiedersehen.«
Ich antwortete ihm, ich würde hoffen, dies sei schon bald der Fall.
»Warum?« mißtraute er sofort.
Ich lachte ihn an, um ihn zu beruhigen. Ich hatte nur noch ein Bedürfnis. Diesen Idioten möglichst sanft loszuwerden.
»Weil ... ich mag Leute, die sich ereifern können«, sagte ich ihm. »Ja, das mag ich. Sie sind außerordentlich fesselnd, Chaim. Außerordentlich.«
Er warf mir einen gräßlich düsteren Blick zu.
»Ich habe nichts vorzuweisen«, sagte er. »Ich bin bereits schrecklich mutiert. SCHRECKLICH. Ich erfinde, nur um mich zu schützen. Was für ein Schicksal, so überempfindlich zu sein. Scheißdreck. Nicht gerade eine Erleichterung des Lebens, dieses Schicksal.«
Er ballte die Faust.
Es herrschte ein mieses Schweigen zwischen uns. Wind. Schnee. Und Stimmfetzen, die durch die Entfernung verschluckt wurden. Ein Lärm, der von dort kam. Von dort, wo auch die in Blaulicht gehüllten Polizeiautos standen.
Chaim schauderte. Er steckte die Hände in die Taschen und machte einen Buckel. Er wandte sich zur Nationalstraße hin. Der Tag brach gerade an über der STADT. Ein von tausend Fenstern durchlöcherter Wall.

»Die Kinder in meinem Alter werden wieder Schneebälle nach mir werfen, wenn ich an ihnen vorbeigehe«, seufzte er. »Das ist nicht gerade ein Vergnügen.«
Jemandem anderen hätten Sie jetzt gerne gesagt, er solle Schluß machen mit dem Quatsch. Aber nicht ihm. Nein. Und während ich so dastand und mich fragte warum, derweil Tonio Valachi sicher gerade die Krempe seines Borsalinos wiederkäute, und noch während ich so dastand und diesem Typen zuhörte, dämmerte mir plötzlich das Offensichtliche: WEIL ER NÄMLICH EINEN AUFRICHTIGEN TON HATTE. ER TÄUSCHTE NICHT.
Er wandte sich zu mir um.
Immer noch dieses Lachen. Ein Lachen, das einen umbringen konnte. Das alles wieder einholte.
»Gegen ein oder zwei Unternehmungen mit mir«, sagte er, »ins Kino zu Anfang – und wenn Sie versprechen, mich wie ein Kind zu behandeln, könnte ich Ihnen den Namen des Mörders verraten.«
Ich gestand ihm, daß diese Information bei meinem Beruf durchaus sehr wertvoll wäre.
Sie hätten sehen sollen, wie klein seine höllischen Augen plötzlich wurden. Und sie hätten außerdem sehen sollen, wie er seine Brille die Nasenkrümmung hochschob. Und sich hin und her wiegte.
Erst später, als ich ihn besser kannte, habe ich erfahren, daß er immer, wenn er sich unwohl fühlte oder es ihm gefährlich schien, so tat, als wolle er Pipi machen.
»Was machst du denn? Ich meine, womit verdienst du deine Brötchen?« trällerte er.
Ich nahm keine Notiz von dem neugierigen Du. Ich erläuterte ihm lediglich, daß ich Polizistin sei.
Seine Reaktion war äußerst lebhaft. Ganz spontan.
Er demonstrierte mir, wie weit er spucken konnte, wenn die Verachtung ihn mitriß. Und er spuckte weit. Phttt! Über meine Schulter. Wie eine Viper. Noch nie habe ich eine solche Präzision gesehen.
Er erklärte, die Bullen, danke sehr, danke recht herzlich.
Er fügte noch hinzu, ich könne mich auf den Bahamas in die

Sonne legen. Bronzor-Spray nehmen. Oder mir eine Ganzkörperbräune zulegen. Er würde mich nie wiedersehen.
»Ein Bulle«, sagte er mitgerissen. »Bullen sind das schlimmste Gesindel. Kein Entkommen.«
Eine Heftigkeit, die einem den Atem nahm.
Er machte Anstalten, als wolle er gehen. Ich erwischte ihn auf dem Gehweg.
Ich fragte ihn nach Namen und Adresse. Der Bulle, haargenau, gewann wieder die Oberhand. Er sah, daß ich nicht spaßte.
Er zeigte mir das Buch, das er in der Hand hielt.
Er lachte heraus und sagte, er sei der Sohn dieses Mistkerls von Professor Michaux. Sein Vater sei eine Größe unter den Paranoikern, so daß ich seine Adresse im Telephonbuch finden könne.
Er schob ab.
Er sah nicht sehr wirklich aus. So groß. So zerbrechlich. Und er hinkte wie der Teufel. Nach etwa zehn Schritten wandte er sich um. So als wüßte er, daß mein Blick noch auf ihm ruhte.
Er lachte und bedeutete mir mit den Armen seine Ohnmacht. Wie ein Clown. Dann hielt er seine gegeneinandergepreßten Finger an die Schläfen. Als hielte er einen Revolver. Und erschoß sich. Päng. Päng. Zwei Mal. Und dabei lautmalte er das Zischen der Kugeln. Er hatte sich erwischt. Er fiel vom Blitz getroffen aus ganzer Höhe hinab. Lag völlig verrenkt im Schnee.
Ich raste zu ihm hin. Er öffnete die Augen. Begann, sich lustig zu machen.
»Sie bringen mich um! Sie bringen mich um!« sagte er. »Ihre Augen, Ihre Brüste. Alles an Ihnen. Ich werde ununterbrochen daran denken müssen. Ich muß Sie unbedingt irgendwo in meinem Leben unterbringen.«
Er stützte sich auf einen Ellbogen. Ganz wohlig, wie in der Badewanne.
»Wie heißen Sie?«
Da ich ihm nicht antwortete, zuckte er mit den Schultern ein Dann-eben-nicht.
»O.K., O.K.«, gab er auf. »Ich sage Ihnen alles, wir sagen uns alles. Ich arbeite gegenüber, an der Tankstelle. Dort. Zufrieden?«

Er erhob sich und wischte sich die Hände ab. Er deutete mit dem Kinn auf die andere Straßenseite.
»Ehrenwort. Wenn ich lüge, bin ich schon in der Hölle. Ich finanziere mir damit mein Studium. Medizin. Sechstes Semester. Mittelloser Student, wenn Sie wissen, was ich meine... Sie glauben mir nicht? Nun, wenn ich Ihnen von meiner Winzbude erzähle, dann flennen Sie bestimmt vor Mitleid ...«
Jäh ergriff er mich am Blousonkragen und zog mich zu sich heran. Ich spürte seine Hitze.
»Hören Sie, Bullin, auf die Gefahr hin, daß Sie mir etwas antun werden: Sollten Sie eines Tages ein zwölfjähriges Kind ins Flanades-Kino ausführen wollen, dann hinterlassen Sie mir eine Nachricht. Einverstanden? Zwischen zwei Ölkanistern. Ich werde angehinkt kommen.«
Er wartete die Antwort gar nicht erst ab. Beendete seinen Satz mit einem blöden Lächeln. Entfernte sich schwerfällig. Schon war er auf der Nationalstraße. Pech für die Autos.
Ich Idiotin blieb alleine zurück mit seinen Spuren im Schnee. Eine lange, eine kurze.
Als ich plötzlich in meinem Rücken Kommissar Toni Valachi bellen hörte, blieb mir das Herz im Munde stecken.
Schreck laß nach!

18

Sie hätten Tonio Valachi von einem einzigen Schauspieler spielen lassen können. Nur von einem einzigen Schauspieler. Aber der wäre gegangen. Orson Welles, wenn Sie es wissen wollen. Antoine Baptiste Valachi sieht haargenau so aus wie dieser Misthaufen von Bulle in »La Soif du mal«. Die gleichen teuflischen Alkoholikeraugen. Das Gesicht selbst ist feiner, wenn sie es getrennt betrachten. Die Nase, zum Beispiel, ist klein. Aber in ein talgiges Fett getaucht. Außerdem ein Doppelkinn. In dritter Reihe auf einem schmuddelig weißen Hemdkragen geparkt. Dazu abscheuliche, wie Feudel gewrungene Krawatten. Schreiend nach Kakadu-Art. Und eine unerträgliche Korpulenz, zumal wenn er einen unglückseligerweise auf dem Gang in die Enge treibt.

Aber ich habe noch nie einen Dickwanst gesehen, der sich so schnell fortbewegt. Und ich schwöre, er hat eine unerhörte Kraft, wenn es darum geht, etwas kleinzukriegen.
Valachi hat mir Angst gemacht, kaum daß ich ihn gesehen habe.

»Guter Gott«, poltert seine Stimme, die ich nur zu gut kenne, weil sie alles übertönt, »wo bleiben Sie bloß, Doddledooe? Muß ich wirklich selber kommen und Ihnen die Strümpfe anziehen, damit Sie aus dem Bett finden, oder wie?«
Ich drehe mich um.
Er ist nicht zu sehen. Typisch.
Erst zwei, drei Sekunden später kommt er aus dem Schatten hervor.
Ich trete ihm ungefähr so energisch gegenüber, wie wenn man mich zwänge, mich mit einer Schwimmweste in den Krater des Ätna zu stürzen.
»Darf ich es erklären?«
Er unterbricht mich.
»Es gibt nichts zu erklären.«
Der Koloß tritt heran.
Dicke Handgelenke, die niemals ganz von den Anzugärmeln

gehalten werden. Füllige Hände mit gepflegten Nägeln. Und, ich weiß es, einen häßlichen Revolver unter der Achsel. Kohlrabenschwarz. Mit Holzschaft. Und drei messergeschnitzten Kerben.
»Schon eine halbe Ewigkeit von Stunde warte ich hier auf Sie mit den Jungs vom Labor«, stößt er hervor. »Eine halbe Stunde stehen wir hier bereits vor dem Leichnam, und der ist alles andere als ein Butterhörnchen.«
»Ich schwöre Ihnen, wenn Ihnen das hilft, daß ich heute auch schon meinen Tee intus habe.«
Aber versuchen Sie mal, die Mona Lisa zum Lächeln zu bewegen.
»Doddledooe, Sie wurden vor kurzem in die Verbrechensbekämpfung übernommen, nicht in eine Girls-Revue. Und meine Hand an den Arsch, wenn Sie ihn nicht ein wenig mehr in Bewegung setzen!«
Er schickt sich an zu gehen.
Schnipst hinter seinem Rücken mit den Fingern. Eine kuriose Art und Weise, einem mitzuteilen, man solle ihm folgen. Ich lasse es mir nicht zweimal sagen. Vom Nacken her besehen ist das Miststück von Valachi noch unansehnlicher als von vorne.
Ich laufe durch den Schnee, um ihn einzuholen.

Als ich in die Brigade kam, haben die Wachtmeister mir gesagt, Valachi habe schon mehrere Morde begangen. Außerhalb des Dienstes.
Ich laufe durch den Schnee, um ihn einzuholen.
Schwer abzuschätzen. Die Gerüchte – was weiß man schon. Einige Leute erzählen, er habe seinem einzigen Freund eine Kugel mitten zwischen die Augen verpaßt. Wegen Untreue mit der eigenen Frau. Lange her. Damals, als Valachi noch jung war. Und Tonio dünn.
Ich laufe durch den Schnee, um ihn einzuholen.
Wie dem auch sei, diese Leute jedenfalls hassen den Kommissar zweifellos. Und ich lege keine Hand für ihre freundliche Grundstimmung ins Feuer. Außerdem schweigen sie sich immer promt aus, wenn man wie ich versucht, genaueres zu erfahren. Muto, Madame. Zugenäht. Faden drüber. Sie müssen

schon selber herausfinden, was ist. Die Leute sagen, es gebe Asche, die solle man nicht aufwühlen.
Ich laufe.
Metaphern der Vorsicht. Wegen erneuter Brandgefahr, die immer lauert. Das jedenfalls reden sie über Valachi.
Ich laufe und stolpere durch den Schnee, um ihn einzuholen.
Männer sind ängstlicher als Frauen, wenn es um Verantwortung geht, habe ich festgestellt. Ein Mut zur Meinung, der ihnen offensichtlich nicht den Atem raubt. Aber glauben Sie nur ja nicht, daß ich sie deshalb weniger liebe. Doch, doch, ich liebe sie, diese Miststücke von Männern! Aber für anderes als für ihre Feigheit. Und zwar mit Hingabe.

Plötzlich, am Ende des Weges, hält Valachi inne und wartet auf mich.
Ich laufe durch den Schnee und hole ihn ein.
Was ist er mit seinen 52 Jahren? Wer ist er hinter seinem Dickschädel? Unter seinen Borsten. Schwer und brutal. Allein und ohne Freunde.
Er starrt mich aus seinen Schweinsaugen an. Lächelt fast. Fängt an, Schokolade zu mampfen. Stopft sich ohn Unterlaß voll Schokolade. Eine Kompensationsfreßsucht. Riegelweise. Als Ganzes in den Rachen geschmissen. Und Herrgottsack! so kommt es nicht von ungefähr, daß sein Lächeln das niederträchtigste ist, das man sich denken kann.
Kakao, Valachi.
Und wenn er sich nicht mit Kakao zugrunde richtet, dann schüttet er weiße Tabletten in sich hinein. Vergipst sich den Bauch. Polstert sich die Innenwände. Ein merkwürdiges Leben. Eine Schicht Kakao, eine Schicht Gips.
Ein merkwürdiges Leben, dieser Valachi.

19

Chaim war verärgert.
Am Steuer seines gottverdammten Dafs trieb er durch die Weite der STADT.
Am Steuer seines Daf.
Mit mieser, nichtiger Halbautomatik. Der 5 CV der Behinderten. Ein Geschenk von Irma. Er trieb dahin. Mußte es schließlich nehmen. Bei diesem Sauwetter.
Am Steuer. Tauwetter und Scheibenwischer. Seines Dafs. Bei diesem Sauwetter. Bockmist. Verdammte Automatik. Ein Geschenk von Irma für einen Behinderten. Chaim trieb dahin, bei diesem Sauwetter, irgendwo in der FENSTERSTADT.
Er war verstört.

Das lag an diesem roten Mädchen.
An ihren Pobacken. Ihren Brüsten. Ihren gottverdammten Hüften. Eine unverschämte Körperlichkeit. Es gelang ihm nicht, sich davon zu lösen. Sie zog ihn einfach an, diese fleischliche Wirklichkeit. Erschreckte ihn außerdem. Dieses rote Mädchen, eine Frau aus Fleisch und Blut, mit Körperwärme. Und lachenden Augen. Nicht diese starren, aufgemalten Pupillen wie bei der blöden Aufblas-Abercromby. Diese Scheiß-Puppe mit dem Geschlecht aus 100 % Polyamid. Die Rote hingegen! Und dazu noch eine süße Gefahr, diese Bullin, und drängte sich ohne Vorwarnung in seine Phantasiewelt.
Das erste Mal, daß jemand von außen in seine Welt eindrang. Normalerweise hätte er das nicht geschehen lassen. Nicht zugelassen. Wie bei Irma. Sie mischte sich niemals ein. Das hätte er auch nicht ertragen. Kein bißchen. Er hätte sie umgebracht. Monsieur Bing hätte das verlangt. Wie alle im übrigen. Teddy und Thelonius, Annonciata und Goudénèche. Und selbst dieser abgefeimte Satanas. SIE HÄTTEN ES VERLANGT.
Eine heikle Welt, wenn Sie verstehen.
In der man frei ist, natürlich. Ausufernd frei. Aber unter der Bedingung, daß man sie nicht verläßt. DASS MAN NICHT MIT DER ANDEREN VERBINDUNG AUFNIMMT.

20

Wir stehen vor Zimmer 7. Dem Zimmer des Verbrechens.
Valachi gibt mir ein Zeichen, ich solle als erste eintreten. An dem Bett im Hintergrund arbeiten ein halbes Dutzend Typen an den Fingerabdrücken. Aber sobald ich über die Schwelle trete, unterbrechen sie ihre Tätigkeit. Es ist das erste Mal, daß sie mich sehen.
»Kommen Sie doch herein, Madame«, sagt der eine.
Er deutet auf die Ausstattung.
»Legen Sie ab. Fühlen Sie sich ganz wie zu Hause.«
»Inspektor Doddledooe«, verkündet Valachi in meinem Rükken.
Das ist nicht gerade dazu angetan, die Gemüter zu beruhigen. Spöttisches Lächeln tapeziert die Gesichter. Es scheint so, daß, je gräßlicher ein Verbrechen, desto größer das Bedürfnis dieser Typen, Zoten zu reißen. Dampf abzulassen.
Das ganze Blut. Und diese Graffitis auf der Tapete. Mehrmals wird mir schummrig vor Augen. Das würde ihnen gefallen, den Typen vom Labor.
Bertrand, ein kleiner Dunkelhaariger aus der Brigade, der einzige, den ich hier außer Valachi noch kenne, pflanzt sich in den Rahmen der Badezimmertür.
»Sieh an!« meint er.
Und erbarmungslos leistet er sich den Luxus, durch die Zähne zu pfeifen. Wie zur Bewunderung. Und starrt mich in Höhe meiner Reichtümer an.
»Beugen Sie sich nicht über das Bett, Madame«, gibt er schrecklich spitz von sich.
Und ohne zu lachen fügt er hinzu:
»Angesichts der Tatsache, wie sehr Sie überhängen, laufen Sie Gefahr, sich schmutzig zu machen.«
Erfolg garantiert. Alle Pol-Enten hinter sich.
Ich drehe mich zu dem Dicken um. Brauche keine Skizze. Ich verstehe sofort, daß Walach-Miststück nichts unternehmen wird. Er zieht eine Tafel Schokolade aus der Tasche. Zeit für den Zwischendurch-Happen. Das Spektakel kann beginnen.

Ich gehe auf den Gimpel zu. Frage ihn, ob er wirklich dermaßen zu kurz gekommen sei.
»Kein bißchen, Madame«, versichert er lächelnd. »Ich habe alles, was ich brauche. Zu Hause Vévette. Alles.«
»Nun, das sollte man nicht meinen. Sie sehen aus, als fehle Ihnen was.«
Der Kerl hat sein Publikum. Er darf mich nicht verfehlen. Er muß überzeugen.
»Das kommt daher, weil ich so unersättlich bin«, schiebt er nach.
Wieder ein kleiner Erfolg für ihn. Krack, Valachi nimmt seine Côte d'Or mit ganzen Mandeln in Angriff.
Ich sage mir, meine liebe Sallie, jetzt mußt du etwas unternehmen. Wir Frauen, wir haben einfach irre Schwierigkeiten, in der Polizei ein Bein auf die Erde zu kriegen. Die Typen neigen dazu, ihre 8-Schuß-Manhurin mit ihren Geschechtsteilen zu verwechseln. Steht ja schon auf den Anwerbungsplakaten: »Polizei – ein Beruf für wahre Männer!« Ich für meinen Teil glaube, ich habe ein Recht auf Abreibung, wie andere auf Abtreibung.
Ich gehe auf Bertrand zu.
Noch bevor er Uff sagen kann, lege ich ihm den Arm um den Hals. Chant d'Arôme von Guerlain wickelt sich gleich dreimal um seinen Schneuzer. Das haut ihn glatt um. Trotz meiner Abneigung beiße ich ihm ins Ohrläppchen. Lege meine wärmste Stimme auf:
»Wie oft kommst du so pro Woche zum Einsatz, Dickerchen?«
»7 von 7, mein Herzchen.«
Zäh, der Idiot.
Ich turtele. Flüstere. Fange noch einmal davon an. Eine Stimme wie eine Oase:
»Wirklich und wahrhaftig?«
»Amtlich.«
»Du machst mich fertig. Und wie oft pro Sitzung?«
»Dreimal mindestens. Und bei Überdruck auch ein viertes Mal.«
Den ganzen Zuschauerraum auf seiner Seite, zwangsläufig.

Und Valachi, Krack. Ein glücklicher Kakaomund dank glücklicher Kühe.
»Was bist du für ein armseliger Wicht«, ruckedikuhe ich um seinen widerwärtigen Mund herum. »Weißt du eigentlich, daß du unter dem nationalen Durchschnitt liegst?«
Dieser Idiot will und will einfach nicht abkratzen:
»Macht nichts, Madame. Vévette ist es genug so. Aber wenn Sie zur Embolie neigen und einen Hieb unter Ihren Petit-Bateau-Schlüpfer benötigen, dann mache ich gerne ein paar Überrunden mit meinen Hüften. Meine Gesundheit erlaubt mir das. Und für Sie wird's der reine Genuß sein!«
»Wie sollte es.«
»Wird es.«
Ich umarme ihn, den Drecksack. Angewidert. Angeekelt.
»Einen wahren Goldknüppel mußt du da haben«, ermuntere ich ihn.
»Das hast du gesagt, Schlampe.«
»Tu nicht so, du Verführer.«
»Selber Hure.«
Jetzt geht es nicht weiter.
Onkel Valachis Tafel ist fast alle. Ohne Vorwarnung hebe ich mein Knie mit aller Gewalt zwischen die Beine dieses Polizisten. Dann verpaß ich ihm subito und ohne Aufschub einen Fußtritt, der ihm beinahe das Schienbein bricht. Und als er sich bückt, mache ich ihn mit einem Handkantenschlag in den Nacken unschädlich.
Plop macht der Polyp.
Valachis kleine Ferkelaugen glänzen vor Befriedigung. Er wirft das Silberpapier weg.
Dann bemerkt er gelassen: »Man springt eben nicht so leicht auf Inspektor Doddledooe wie auf ein Polizeifahrrad.«
Er holt sich eine neue Tafel aus seiner Tasche:
»Doddledooe, ich übertrage Ihnen diesen Fall«, entscheidet er. »Sie haben 48 Stunden Zeit für einen Bericht. Wenn Sie bis dahin nichts vorlegen können, dann schicke ich Sie vor die Schulausgänge ...«
Er schickt sich an hinauszugehen. Zwinkert mir zu.

»Lassen Sie sich von Bertrand unterstützen. Ich bin ein Anhänger des Wettstreits.«
Und den Mund voller Kakao macht sich der 250-Kilo-Valachi auf und davon.
Ich wende mich der Toten zu.

Sie zeigt ihren Bauch der gesamten Welt.
Sie ist so tot, daß es ihr völlig wurscht ist, daß ihre Beine gespreizt sind und ihr Venushügel jeglicher Verführung Tür und Tor öffnet.
Ihre Welt liegt jenseits ihrer glasigen Augen.
Sie ist mehrere Tode gestorben. Streckt allen, die auf ihren zwei Beinen stehen, die Zunge raus. Der Gleichgewichtszustand, für den sie sich entschieden hat, ist von anderer Sorte. Ein anmutiger, wenn man so will. Einer, der am Halse aufgeknüpft ist. An einem Nylonfaden, genau gesagt. Ihr Mörder hat sie am Haken des Kronleuchters aufgehangen.
»Erwürgt, erschlagen und aufgehangen«, kommentiert ein Typ vom Labor. »Die Tat eines Psychopathen.«
Chaim kommt mir plötzlich in den Sinn, ich stürze zur Tür.

21

Chaim war verärgert.
Er hätte nie nach draußen gehen dürfen. Nie sein Verbrechenstagebuch Harshs Verbrechen aus der Wirklichkeit gegenüberstellen dürfen.
Niemals.
Eine Stimme rief ihm zu, er müsse jetzt nach Hause. Sonst verliere er seine Freiheit.
Stattdessen fuhr er nach nirgendwo. Ein totaler Zombie.
Mit der rechten Hand trommelte er gegen das Lenkrad. Nicht sehr fest, aber eben unaufhörlich. Eins, zwei, drei, Ha! Eins, zwei, drei, Ha! Ausgeklinkt. Ein Rhythmus. Er dachte an Teddy Broom. Sagte mit lauter Stimme:
»Everything's going crazy, man.«
Und er erkannte seine verdammte Stimme nicht wieder. Noch einmal sagte er:
»Dein Sound klingt nicht. Heb ab, man. Heb ab. Spreng deinen Bullshit in die Luft.«
Er trommelte weiter gegen das Lenkrad. Etwas schneller. Etwas stärker. Und vor seinen Augen, die auf die STADT gerichtet waren, flimmerte es. Windstoßweise hier und da ein paar lichte Momente der Wahrnehmung ...
Der Scheibenwischer. Die rote Ampel. Irgendwelche Idioten auf Zebrastreifen. Leute, auf dem Weg zu Haltestellen, Bahnhöfen. Lauft, lauft, ihr Schafe.
Teddy Broom sagte:
»Fürchte dich nicht davor, etwas falsch zu machen. Jeder macht mal einen Fehler. Sogar die Rechner. Man muß sie nur zu nutzen wissen. Irgend etwas nie Dagewesenes aus ihnen machen. Etwas nie Gehörtes. That's funk too. Black can be white and white can be black, okay?«
True, Teddy Broom. Wahr. Nur, die Wörter! Was für ein Brei! Was für ein Brei! Chaim führte die Hand zum Kopf. Er tat ihm so weh.
Er dachte wieder an die Rote.
Ihre Augen. Grünes Licht. Klumpfuß. Halbautomatischer Daf.

Verstört. Verstört.
Die rote Katze, O.K.
Er hatte sie erwürgt. Und zerkratzte Hände hatte er im übrigen. 90%iger Alkohol, wenn er zu Hause war. Töff, töff, Scheibenwischer. Die Katze, O.K., er hatte sie erwürgt, aber es ging ihm weniger um die moralische Seite, rote Ampel. Die moralische Seite, bullshit, wie Koffer-Teddy-Broom sagte. Da war etwas, das ihn mehr beschäftigte. Vollbremsung. Fußgänger. Scheißdreck, er könnte die ganze Welt über den Haufen fahren! Da war etwas, das ihn viel mehr beschäftigte als die moralische Seite.
Da war diese Rote, die er einfach nicht aus seinem Bilder-Kopf beseitigt bekam. SIE ERSCHIEN IHM IMMER WIEDER. DIE ROTE HATTE SICH IN IHM EINGENISTET.
Beweis: Er konnte sie sich hersagen. Augen, Apfelbäckchen. Und ihre Brüste vor allem. Nackt.
Nackt? Wie waren sie? Nackt. Nackte Brüste. Nackt, was für ein seltsames Wort. Nackt, nackt, nackt. Manchmal erkannte Chaim die Worte nicht wieder. Dann erschienen sie ihm so fremd wie Menschen, die er noch nie erklibbt hatte. Eh, 'tschuldigung: erblickt natürlich.
Jetzt ging das schon wieder los mit diesen Vertauschungen. Techschles Zeichen. Er wandte die Augen von der Straße, kippte seinen Susluk-Spiegel herunter und sah sich darin tervräumt und verdankengeloren an.
Lauter Brei im Kopf.
Mit Gewalt und unerklärlichen Schlägen zentrifugiert. Wirre Gefühle. Keinerlei Selbstanalyse. Wahrnehmung – nada. Töff, töff, Scheibenwischer. Hin, her. Her, hin. Besen, die auf den tränenden Scheiben verrücktspielen. Marshall-Flimmern. Scheinwerfer überall im Gehirn. Und zudem Matsch auf der Straße. Rutschen über tauendem Schnee. Unkontrollierbares Schleudern. So als hätten Sie vorn eine Aufhängung vom Typ MacPherson, mit großem Ausschlag. Und eine Verteilung der Masse, die es Ihnen unmöglich macht, die Kurve im Lenkrad zu halten. Medea Medea. Der Kopf, der sich davonmachte. Zahlt die Zeche! Haltet die Flüchtigen! Ein Klempner. Ein Psy. Rote Zone. Überhitzung, *Achtung* Explosion!

Plötzlich blieb Chaim stehen.
Er war schweißgebadet, trotz der extremen Kälte. Irmas Stimme befahl ihm, hereinzukommen.

22

Ich, Sarah Doddledooe, mit meinem Herzen, das tausendfußt, ich überquere die Nationalstraße. Im Laufschritt. Im Gleitrutsch. Diese Absätze, unbequem. Und diese Pfützen, mein Gott! Langsam, ihr Kutschen.
Die British Petroleum von der anderen Seite wirft ihr Licht auf den Asphalt. Ein Neonpfeil gleitet die Fassade entlang. Er irokisiert, ich solle folgen. Verschwindet, kommt wieder, läuft, blitzt auf, sagt: psst, psst, psst.
Ich stürze mich in Charly Panfidos Raum.
Ich finde ihn weinend vor. Und nicht nur ihn, eine alte Dame ist mit von der Partie. Rindviecher. Ein Wettstreit der Rindviecher. Jeremiaden auf Italienisch, und dabei Hände und alles zum Himmel erhoben. Ein theatralischer Kummer imo pectore. Im Brustton, wenn man so will.
Und auf dem Tisch eine rote Katze.
Totenstarr. Struppiges Haar. Mattes Fell. Gekappter Schnurrbart. Glasige Augen. Quer über Schlüsselhalter, Luftdruckmesser und Kassenbon gelegt.
Kaum daß Charly mich sieht, kreischt er los.
»Mamma, Mamma! Eccola! E lei la ragazza dai capelli rossi! Eccola!«
Er streicht um die Weinende herum. Seine Augen sind blutunterlaufen. Seine fauligen Zähne schieben sich in den Vordergrund. Er läßt seine ekelhaften Hände über meinem sonnengesproßten Kindergesichtchen kreisen. Sein Mund ist voller Spucke vor Empörung. Blasen, die einem von der Zunge her entgegenlachen. Die alte Dame bietet sofort die ganze Palette.
Eine Serie schriller Klagen, gellender Kontertöne, die ins Moll abgleiten.
Charly grölt:
»Was hatte er ihm getan, dieser Guiseppe? Heh? Was hat er ihm bloß getan, Ihrem Bruder, dieser Guiseppe?«
»Non a fatto nulla, Guiseppe!« sang die Mamma im Hintergrund. »Comme adrebbe potuto fare qualche cosa? E soltanto un gatto, Guiseppe! Non una persona!«

»Mamma hat recht!« heulte Charly. »Wie hätte Guiseppe etwas Böses tun können. Er war ja eine Katze, kein Mensch!«
Die Mamma überbot:
»Le persone solamente fanno del male! Guiseppe ha un cuore grande cosi!«
Sie greift sich an ihre üppigen Titten. Um zu illustrieren, wie schwer ihr das Herz ist, schwingt sie sie bedrohlich vor meinem Gesicht durch die Luft.
Charly Panfido unterdessen spielt Mühlrad mit den Armen und müht sich ab mit der Wagenschmiere.
Ich orchestriere die transalpine Furie auf meine Weise.
Übertöne sie mit meinem Organ:
»Welcher Bruder? Scheiß Trottelhaufen! Welcher Bruder?«
Charly wird hysterisch:
»Che fratello! Che fratello! Il vostro, guarda!«
Ich schreie, daß ich, Herrgottsack, keinen Bruder habe.
Charly senkt den Kopf mitten im Satz.
»Keinen Bruder«, wiederholt er. Mit voller Wucht erwischt.
Darob erhebt sich die Alte. Sie schiebt ihr Kindlein zur Seite.
Eine Stille gräbt sich zwischen uns. Zuallererst legt Mamma ihre Hände auf meine Schulter. Sie zwingt mich, mich hinzusetzen. Zieht sich selber einen Metallstuhl heran. Setzt sich neben mich. Legt ihre alte Hand auf die meine. Auf meine Knie.
Damit wir zu einer Person verschmelzen.
Sie fängt an zu reden, und ihre Stimme ist ein einziger Seufzer:
»Guiseppe non era un gatto qualumque, Signora.«
»Guiseppe war nicht irgendein Kater, junge Frau ...«
Charly übersetzt Wort für Wort. Die gleiche Intonation. Alles.
»Era il gatto del mio povero marito ...«
»Er war die Katze meines armen Ehemannes ... darum trägt sie seinen Namen ...«
Die Alte drückt meine Hand:
»Perché bisogna ché lei seffia: mio marito é morte ...«
»Sie sollten wissen, sagt sie, daß ihr Mann tot ist ...«
Die Alte hebt ihre beiden Arme gen Himmel und ruft ihn zum Zeugen an.
»Abbiamo avuto tutte le disgrazie!«
Charly wiederholt:

»Uns ist alles Unglück der Welt widerfahren.«
Ich interessiere mich herzlich wenig für das Unglück der Panfidos.
Ich versuche, dem drohenden Ende zuvorzukommen. Ich wende mich an Charly und sage:
»Bitte, hören Sie auf! So kommen wir nicht weiter! ... Es interessiert mich herzlich wenig, wer Guiseppe war. Ich möchte nur wissen, wo dieser große Typ hin ist, der hier arbeitet ...«
Aber Charly ist ein guter Sohn. Ein unerbittlicher. Er macht deutlich, daß seine Mutter ausreden muß.
»Di tutto, mamma!«
Und böse wendet er sich mir zu:
»Lasciate parlare mia madre, voi! Das tut ihr gut: zu reden. Wegen ihres Kummers. Schließlich ist Ihr Bruder an allem schuld.«
Er zeigt auf die tote Katze.
»Da ist es doch das mindeste, daß Sie zuhören, oder?«
Nun schreie ich offen heraus:
»Aber, ich sagte doch schon, Sie verbohrter Mistkerl, ich habe keinen Bruder!«
Ein Dickkopf, dieser Panfido. Kopf durch die Wand. Doing!
»Ja, aber Mamma hat Kummer. Und Gatto ist tot.«
Und das hat er sich schließlich nicht ausgedacht.
Und machen Sie ein Kreuz hinter die Vernunft, jetzt jedenfalls ist die Mamma wieder im vollen Gange.
Eine monochorde Tonlage, von Schluchzern unterbrochen. Und Charly, ganz Sohn, rezitiert ihr nach. Mit einer Intonation wie in der Kirche. Credo, das Leben des Panfido. Ein armseliges Emigrantenschicksal, das sich in meinen Kopf hineinfrißt.
»Guiseppe era il primo violino al ›Grande Gaffé Chioggia‹ ...«
»Guiseppe war die Erste Geige im ›Grande Café Chioggia‹ ...«
»Conosce Venezia, Signora?«
»Ja, ich kenne Venedig.« Ich hätte besser nichts gesagt.
Die Augen der Alten leuchteten in neuer Heftigkeit. Sie drückt wieder meine Hände. Die Einführung:
»Mio marito era un artista ... Suonava difronte al Palazzo dei Dogi ...«

»Mein Mann war ein Künstler, er spielte vor dem Dogenpalast ...«
»Dopo le barcarole é lui ché salutava ... un artista!«
»Nach den Barkarolen war er der nächste, der salutierte ... Ein Künstler!«
Charly wiederholt:
»Mein Vater war ein Künstler.«
Ich versuche, den Mund aufzubekommen. Die Mutter seufzt in sich hinein. Knetet meine Hand. Schreit:
»E lui è morto! Morto! Totalmente morto! Ha!«
Und Charly übersetzt. Nicht der Schimmer einer Beteiligung.
»Und jetzt ist er tot. Ganz und gar. Ha!«
»Nella nostra casa della Calle della Pietà, al numero mille sette cento ...«
»In der Calle della Pietà, tausendsiebenhundert ...«
» ... dici otto ...«
»... Achtzehn...«
Und Charly fügt hinzu:
»Direkt neben der 2024, denn bei uns in Venedig gehen die Nummern nicht der Reihe nach.«
Mir geht langsam jegliche Geduld aus. Ich streiche der alten Frau über die Hand. Ich tröste sie.
Und plötzlich gelingt es mir, die Schlüsselfrage anzubringen:
»Sehr gut. Wie sah er aus, ›mein Bruder‹? Können Sie ihn beschreiben?«
»Ein großer Kerl mit Brille. Und er hinkte.«
Charly war es jetzt, der redete. Die Worte überstürzten sich. Die Szene kommt ihm wieder in den Kopf. Bilder. Eine Erregung.
»Er kam mit der erwürgten Katze unter dem Arm zur Tür herein. Seine Hände waren voller Blut. Guiseppe hatte sich verteidigt. Er hat gesagt: Ich habe es getan, damit Sie nicht vergessen, es auszurichten. Und außerdem kann ich keine Katzen leiden. Und wissen, Sie, was er noch gesagt hat? Die von meiner Mutter habe ich letztes Jahr alle umgebracht. Eine nach der anderen.«
»Und Sie haben ihm einfach so zugehört?«

»Warten Sie, warten Sie. Das ist noch nicht alles. Er hat mich noch um ein Kleenex gebeten. Und dann hat er mich gefragt, ob ich meine Mutter lieben würde.«
»Aber wie dem auch sei, Sie haben dem Kerl zugehört und nichts unternommen?«
»Versetzen Sie sich doch einmal in meine Lage. Ich war so verdutzt und überhaupt.«
Charly sieht mich aufgebracht an:
»Haben Sie schon mal jemanden so etwas machen sehen? Mitten im Winter?«
Eindeutig, die Leute bringen mich immer wieder zum Staunen.
»Im Winter? Was ändert das schon?«
»Nun, um acht Uhr morgens«, korrigierte sich Charly, so als wäre das logischer. »Und ich muß sagen, das einzige, was mich abhielt, war, daß er mir diesen verdammten Brief gab, für seine Schwester ... für Sie!«
Charly starrt auf meine Brüste. Dann legt er wieder volle Kraft los:
»Ich bin sicher, daß er Sie gemeint hat ... Sie sind rothaarig, wie die Katze, so hat er es gesagt, mit einem Blouson. Und dann hat er was gesagt über Ihren verdammten Körper ... Und das ...«
Er senkte die Augen. Sanft sieht er zu seiner Mutter hinüber. Er wollte nicht, daß ich unser erstes Zusammentreffen erwähne. »Okay, Charly. Geben Sie mir den Brief.«
Er holt ihn aus seiner Montur. Hält ihn mir hin. Zieht den Rotz hoch.
Ich lese:

»Sobald ich in meinem Leben einen Platz für Sie gefunden habe, werde ich mich rühren. Vergessen Sie in der Zwischenzeit nicht, jeden Abend zur 22-Uhr-Vorstellung vor dem Flanades-Kino zu warten. Wenn ich soweit bin, das verspreche ich Ihnen, dann spendiere ich Ihnen eine Leinwand. Bitte versuchen Sie bis dahin nicht, mich zu kontaktieren. Ich habe so viel zu erledigen.
Und ich würde ziemlich sauer.
In Liebe, Ihr Chaim

P.S.: Sicher wäre es Ihnen nicht recht, wenn ich alle Dreckskatzen dieser STADT vernichten müßte, damit Sie kommen, oder?«

Ich falte den Brief wieder zusammen.
Mit einem Mal schlittert ein Schauder meinen Rücken entlang. Chaim steht wieder vor mir. Sein Lächeln, das einen umbringen könnte. Sein komischer Gang. Seine Anspielungen von wegen seines kindlichen Alters. Sein Bedürfnis zu lügen, als müsse er sich schützen.
Ein merkwürdiges Angstgefühl steigt in mir hoch. Ich schaue aus dem Ladenfenster. Über die Straße hinweg. Sehe, wie die STADT erwacht.
Eine Kirmes, die sich in Gang setzt.
Menschen, die irgendeinem Schicksal entgegenstolpern. Irgendeiner Arbeit. Irgendeiner Liebe. Menschen, die sich nicht ansehen. Einer nach dem anderen. Niemals zusammen. Wie Schweinchen, Apfelschimmel und Esel auf einem Karussel. Der eine geht hoch, der andere hinunter. Jeder für sich. Eine kleine Melodie. Jingle. Züge und Autos, Richtung Paris. Ein gleichgültiges Völkchen, aufs Überleben getrimmt.
Atomangst. Krebsangst. Versagensangst. Jeder mit seinen guten Gründen. Dinge, die es zu retten gilt: Ferien, Eisschrank, Auto, Fernseher. Menschen, die ihre kleine Welt beschützen und sich an ihr festklammern.
Toni Valachi, der seine Schokolade mampft.
Madame Panfido, die ihre Katze wiegt.
Charly, der seinen Rotz hochzieht.
Ein Kunde, der draußen nach seinem Super hupt.
Die Arbeitsemigranten, die auf der Straße Sand streuen.
Der Schnee, der zu Matsch wird.
Der Herd, auf dem das Kaffeewasser singt.
Eine Welt, wie sie im Transistor auf dem Schreibtisch erscheint. Mit einem Typen, der die Nachrichten herausheult, und keiner Menschenseele, die sie hören will.
Die amerikanischen Geiseln, die in Teheran festgehalten werden. Mesrine, den sie erwischt haben. Die Diamanten des Präsidenten. Die steigenden Benzinpreise. Die sich erhöhenden

Steuerabgaben. Die bedrohlich zunehmende Arbeitslosigkeit. Und irgendwo in diesem Labyrinth aus Beton, blutbespritzt und verwundbar, eine seltsame festgesteckte Partitur im Kopf, ein großer Typ, der seinem nächsten Verbrechen entgegenhinkt.
Aus welchen bizarren Konturen seine Welt wohl besteht?

23

Chaim fuhr an dem weiten Brachland entlang.
Sein Kopf war so vage wie die Gegend, durch die er schwankte. Hier gab es keine Grenzen. Hier kam kein Eigentumsgeist auf. Eine Zone, von den Zähnen der Poclain-Raupen aufgekratzt, von den Spuren der Latil-, Somua- und Berliet-Reifen durchzogen. Hier war nicht mehr STADT. Und nie wieder Land. Ausgerissene Gemüsebeete. Aufgeschüttete Erde. Ein Fegefeuer. Abfallhaufen und Fumarolen.
Chaim trieb durch die Weiten des Müll dahin. Und hinter ihm drei Raben, die so zitterten wie Fetzen der Angst, Dohlen mit Hackschnäbeln, die Schneewerfer spielten.

Das Auto folgte einer gespurten Piste durch die Ebene. Ein Striemen. Eine von den Bulldozern aufgefrischte Wunde. Die die Männer nach und nach vergrinden ließen. Narben der Jugend.
Eine Abortgrube für die Notdurft der STADT. So als habe sie, diese Scheißerin, sich mit ihrem Betonarsch auf die Ebene gehockt und ihr Innerstes entleert. Ein Konsumbauch, mit Waschmaschinen, Fernsehern und Mobyletten als Fürze, Köttel und Schleimabsonderungen. Ein Mordsschiß aus Kathodenstrahlröhren, Transistorerinnerungen, Wäschetrocknern und abgefahrenen Reifen.
Scholtès, Arthur Martin, Brandt und Yamaha, Glückwunsch Ihr Trusts, kaum gebraucht, Eure Nahrung. Idiotische, harte Kothaufen. Plastik, Eisen, Kabel, ausgeschieden, lange bevor sie verdaut waren. Sogar bevor sie, im Falle vorhandener Langzeitkredite, bezahlt waren.
Und dort, schwarz auf weiß, ein Schmutzfleck mitten im Schnee, verlassen und von allen vergessen: das Volk der Wohnwagen.
Das Ghetto der Manouches.
Schlimmer noch: das der Jugoslawen.

Chaim stoppte seinen Wagen.

Dreißig Meter unterhalb versuchten ein paar glupschäugige Kinder, ein wenig Wärme zu erheischen.
Sie streckten ihre dreckgefurchten Hände in Richtung der abgenutzten Reifen. Hatten sie mit Benzin übergossen und angezündet. Lachten, schubsten sich. Schonungslos. Ein dezimiertes Volk. Ein verstoßenes Volk. Kinder all der Niemande, die sich ihrer nicht hatten annehmen wollen. Sie spielten Wintersport. Fuhren Schlitten auf den zerblötschten Kotflügeln der Totalschaden-Kisten.
Denn eigentlich entsprach es ihrem Alter, das Lachen. Nicht etwa diese Raubüberfälle, in denen sie so bewandert waren.
Und diese Kinder dort, wer würde es sein? Welcher Bulle? Welcher Richter? Welcher Moralapostel besaß ein genügend gutes Gewissen, daß er sich trauen würde, diese Kinder, wenn sie denn in Paris beim Klauen erwischt wurden, hinter Gitter zu bringen. Schließlich tun sie, wenn sie ihre Hände in Fremderleuts Taschen stecken, nichts anderes, als sich dort zu holen, was wir ihnen nicht aus freien Stücken zubilligen.
Dezimiertes Volk. Verschmäht. Erniedrigt. Verstoßenes Volk.
Chaim schauderte.

Die Tür eines Wohnwagens öffnete sich, und sie erschien.
Sie war gut und gerne fünfzehn Jahre. Und schwanger. Sofort erspähte sie das Auto.
Sie wischte sich die Hände am Rock ab. Vielleicht hatte sie gerade gespült. Sie sagte etwas zu jemandem, der sich im Innern befand. Aus dem Mundwinkel heraus. Kaum daß sie sich umwandte. So als habe sie Angst, den Autofahrer, der sich hierher verirrt hatte, aufzubringen.
Ein Plastikvorhang wurde kaum merklich hochgehoben, während sie in kleinen Schritten den Abhang zum Auto hinaufkletterte.
Sie verschwand aus Chaims Blickfeld, dann plötzlich erschien ihr hübsches Köpfchen im Rahmen des Vorderfensters. Sie öffnete die Beifahrertür und setzte sich, wie im Dienst.
»Kommst du zum Ficken?« fragte sie. »200 Francs.«
Da er nicht antwortete, sah sie ihn schräg an. Unter ihren Haaren hervor. Ein zur Seite geneigtes Kindergesichtchen.

»Zu teuer? 150.«
Sie hatte einen harten, zischenden Akzent. Da Chaim sich nicht regte und die Hände nicht vom Lenkrad nahm, musterte sie ihn voller Mißachtung. Ihr scharfer Blick musterte ihn noch einmal. Als sie bei seinem Klumpfuß ankam, hob sie das Gesicht.
»Willst du lieber blasen?«
Sie blies ihre Mädchenlippen auf und zog sie mit obszöner Mimik hoch. Dazu bewegte sie ihren Nacken hin und her. Dann hielt sie einen Moment inne und brabbelte einen Kommentar. Auf Jugoslawisch. Chaim verstand nichts. Sie zog das Tuch vom Kopf, mit dem sie ihr schweres Haar bändigte. Lachte wie eine Erwachsene. Eine Vulgarität, die nur schlecht zu dem Kinderprofil paßte. Herzzerreißend. Kaputte Puppe.
Chaim schien von ihrem Bauch fasziniert. Sie fing seinen Blick auf. Sie trug ihr Kind sehr hoch. Chaim schaltete um auf Jépha. Auch sie war schwanger. Zwar nur in der Einbildung, aber schwanger. Das machte ihm zu schaffen, diese Wirklichkeit, die in seine Träume eindrang. Zwei Mal an einem Tag. Er fragte sich, ob er gerne Vater werden wollte. Die Antwort lautete: nein.
Die Kleine aus der Wirklichkeit, die den Blick mißverstand, animierte ihn mit einer kurzen Geste loszufahren.

Dreihundert Meter weiter hieß sie ihn zu einer verlassenen Baustelle abbiegen. Hinter einem Sandhaufen bedeutete sie ihm anzuhalten.
Auf eine lange Gewohnheit zurückblickend ließ sie den Sitz in Liegeposition gleiten. Zog ihren langen Rock hoch. Keinen Schlüpfer darunter.
»Los, fick schon«, forderte sie ihn auf.
Sie wartete, hatte eine Gänsehaut. Und eine Art feindselige Resignation.
Chaim war wie besessen von ihrem gespannten Bauch. Ein vollendeter Bannkreis.
Er beschloß, daß seine Jépha in dem Verbrechenstagebuch denselben Bauch haben sollte. Nur daß das Kind, das sie erwartete, von ihm wäre. Ein Kind, das sich bewegen würde.

Er streckte seine Hand aus, um dieser Manouche über den Bauch zu streichen. Seine Hände waren kalt. Die Kleine zuckte bei der Berührung zusammen. Er spürte klar und deutlich ein Zittern, als er seine Handfläche verschob. Eine Fibrilation. Dort war es, das Leben. Derzeit noch geschützt vor der feindlichen Welt. Er strich noch einmal mit der Hand darüber. Sie ließ es geschehen.
Dann, mit einem Mal, schien sie angewidert von Chaims seltsamen Beobachtungen. Sie machte eine Handbewegung, so als klopfe sie an eine Tür. Poch, poch. Sie lachte. Sagte ein oder zwei Worte auf Jugoslawisch. Er verstand nicht. Sie zuckte mit den Schultern. Unwichtig.
Dann ergriff sie Chaim mit Bestimmtheit an den Schultern, um ihn auf sich zu legen. Die Gunst der Lage nutzend stahl sie ihm die Brieftasche. Hatte man ihr so andressiert.
»Los, fick schon«, sagte sie. »Ich muß gleich wieder nach Hause. Sonst kommen die Männer mit Messern.«
Anstatt sie in seine Arme zu nehmen, beugte Chaim sich plötzlich über sie. Und küßte sie auf den Bauch. Ganz schnell. Und zog ihr den Rock hinunter. Er wollte sie nicht länger ansehen. Obszön. Zu obszön für seine Träume. Seine Träume waren reiner als die Wirklichkeit. Er wollte das Bild von der Kleinen im Innern festhalten, so daß er es für seine Jépha würde verwenden können. Und seine Bilder sollten von keiner Dreckswirklichkeit beschmutzt sein.
Mit geschlossenen Augen zog er drei 100-Franken-Scheine aus der Hosentasche. Denn dort bewahrte er es immer auf, sein Geld. Er hielt es ihr hin. Mehr hatte er nicht bei sich.

Die Augen hatte er fest geschlossen.
Er fühlte, wie ein Schnabelschlag ihm die Wunden an den Fingern nahm. Er dachte an die Dohlen ... Er hörte, wie die Beifahrertür sich öffnete.
Sie ging jetzt sicher.
Im allerletzten Moment wandte sie sich um. Warf einen Blick auf diesen großen zerzausten Typen, der mit geschlossenen Augen dasaß und lächelte. Ein Macker, der sie bezahlt hatte, ohne sie genommen zu haben. Von sowas verstand sie einfach

nichts. Das war ihr noch nie passiert. Schon gar nicht seit sie schwanger war. Gewöhnlich waren die Schweine jetzt noch verrückter nach ihr. Dann weinte sie oft hinterher.
Plötzlich, so als wolle sie ihm danken, daß er ihrem Kind nichts getan hatte, beugte sie sich mit ihrem ganzen Körper über Chaims Hosenschlitz. Ließ einen flüchtigen Kuß der Verehrung darauf zurück. Wie sagst du jemandem danke, wenn du es nicht gelernt hast?
Als Chaim die Augen wieder öffnete, war er allein.
Auf dem Beifahrersitz hatte die Manouche ihm seine Brieftasche zurückgelassen. Er würde Monsieur Bing alles erzählen.

24

So. So. Und noch mal so. Alles ist verschlossen.
Sperrklinke. Drehriegel. Sicherheitsschloß. Steck und Schnapp.
Alle Schlösser. Alle Schließbleche.
Dank der Schlüsselumdrehungen breitet sich in Chaim Ruhe aus.
So, alles ist abgeschlossen. Die Welt ist wieder eins und verschlossen. Er hat sie sich wieder hergerichtet.
Erleichtert wendet Chaim der Tür den Rücken. Er seufzt.
Süße Rückkehr ins Bauchhaus. Jetzt ist er wieder in völliger Sicherheit. Kein Laut mehr ... Wie ein U-Bootfahrer, der seine Luken wieder geschlossen hat. Die Mannschaft kann abtauchen.
Schnell, er muß sich umziehen. Schnell, wieder werden, was er nie hätte aufhören sollen zu sein.
Er schreit:
»Groom! Die Zigarren! Und etwas Leitungswasser, wenn ich bitten darf.«
Und klatscht in die Hände.
»So! Hier! Madame, Messieurs, ich komme! So, jetzt bin ich ganz für Sie da!«
In die Klamotten stürzen.
Vergoldete Knöpfe. Toque und Tresse. Hemd und Glitzer. Die wiedergefundene Livrée tut wahre Wunder. Wie fortgeblasen, die Beklemmungen, die aus der Luft gegriffenen Ängste. Aufgelöst die Begegnung mit der Roten. Vergessen die Mordtat des Sergent Harsh. Hinweggefegt die Befürchtungen, erwischt, verurteilt und bestraft zu werden.
Chaim verstaut die Draußenwelt in seine Vergessenskiste. Nicht der Schimmer eines Kopfschmerzes mehr. Nicht die geringste Gedankenverwirrung mehr.
Der Groom ist in Hochform. Sogar das Vokabular ist wiedergekommen. Die Worte sind da. Sie drücken sich dem Geist auf. Klar und deutlich. Ein jedes dort, wo es hingehört. Jedes Wort, das eine Vorstellung ausdrückt. Und alle Buchstaben, ich muß doch bitten, in der richtigen Reihenfolge.

Chaim lächelt vor Zufriedenheit.
O.K. Er schiebt seine Brille den Zinken hoch. Er geht durch die Halle, ohne Irma zu beachten.
»Ich habe den ganzen Morgen auf dich gewartet. Sieh nur, meine Nägel«, wirft sie ihm vor, als er an ihr vorbeigeht.
»Schon gut, Irma. Das Wichtigste ist doch, daß ich jetzt da bin.«
»Sag mir doch wenigstens, mein Süßer, was du getan hast.«
»Du siehst doch, daß ich im Dienst bin. Immer stellst du Fragen, wenn Satanas nach mir ruft.«
»Aber ...«
»Hast du wenigstens die Zeitungen gekauft?«
»Ja Chaim, sie sind im Kabäuschen des Grooms.«
Er verbessert sie:
»DER GROOMS. Wir sind zu mehreren, auch wenn du sie nicht siehst?«
»Sehr wohl, mein Liebling: der Grooms. Aber könntest du mir bitte sagen ...«
Er verdreht ihr mit Gewalt einen Arm. Sie senkt die Augen und unterdrückt nur mühsam einen Schrei.
»Du solltest es dir abgewöhnen, immer Fragen zu stellen.«
Er lockert seinen Griff. Lächelt.
»Es reicht. Es ist absurd, sich so unnötig weh zu tun. Ich sehe dich später, Irma.«
Er geht an ihr vorbei.
Stürzt sich zum Aufzug. Sie unternimmt nichts, um ihn zurückzuhalten. Trocknet eine dicke Träne. Während die Kabine sich in die Lüfte erhebt, beugt sich der Junge vor ins Leere:
»Oh, Irma ...«
Ganz sanft ist jetzt sein Ton.
Sie hebt den Kopf. Hoffnungsvoll. Chaim schickt ihr einen Fliegerkuß aus der hydraulischen Gondel:
»Mach dich fertig, Liebling. Nach den 20-Uhr-Nachrichten machen wir einen Goudénèche-Abend.«
Das Gesicht der alten Dame erhellt sich subito:
»Oh, Chaim! Wirklich? Was für eine wunderbare Idee.«
Sie klatscht. Freude. Die gut gepolsterten Hände fliegen auf-

einander zu. Die Armbänder klirren leise. Ding, dong. Dong, ding. Sie ist so glücklich. Verklärt.
»Ah, mein guter Sohn! Du bist ein guter Sohn! Oh, Chaim, du machst mir so viel Freude ...!«
Die Kabine erreicht den ersten Stock.
Bevor Chaim das Algonquin betritt, sagt er noch:
»Schon gut, Irma. Schon gut. Nichts für die große Glocke. Kümmere dich lieber um den Champagner.«
Champagner? Beklemmung knittert Irmas Gesicht. Eine eingefallene Chrysantheme in der Nasengegend.
»Champagner?« wiederholt sie. »Ich habe keinen. Woher sollte ich ihn nehmen?«
»Krüg Jahrgangssekt. Los, laß dir was einfallen, du Schlampe. *Heute ist Freitag.* Fascho-Goudénèche empfängt. Und soweit ich weiß, hat sie heute einige große Nazi-Würdenträger bei sich zu Tisch.«
Irma scheint eher geschmeichelt.
»Wirklich, Chaim? ... Aber ich bin ratlos. Wohin werden wir sie nur setzen?«
Sie ringt die Hände darüber.
»Bring den Salon in Schuß, Irma. Zünde die Kronleuchter an. Sie werden von der russischen Front reden. Wir werden im Jahr 43 sein. Als alles anfing schlechter zu gehen. Und diese Preußen werden den Brut aus den Stöckelschuhen schlürfen, Irma.«
»Mein Gott«, klatscht die alte Dame Beifall. Und hüpft wie eine Gazelle, keiner weiß, wie sie das macht bei solchen Brüsten, auf und nieder, immer wieder.
Sie hält inne.
»Und noch nichts hergerichtet.«
Leicht panisch streicht sie sich über die schlaffen Wangen.
»Oh,« lamentiert sie, »meine Haut! Meine Haut ärgert mich so! Sie ist so fett! ... So fett!«
Sie hebt den Kopf. Was für eine Niederlage, dieser Körper!
Chaim rast zum Algonquin. Sie holt ihn mit einem Satz ein:
»Oh ... sag ... Chaim, ... Judenjunge ... ist dieser charmante junge SS-Offizier, der mir den Hof machte, auch wieder dabei?«

»Ja, Irma, aber leider hat er in Stalingrad einen Arm verloren.«
Irma haut diese schlechte Nachricht völlig um:
»*Ach, wie traurig*! Wie ärgerlich! *Arme Soldaten*! Der arme Kurt! Er konnte mich so wunderbar umarmen!«
Und dann trippelt sie recht verärgert Richtung Salon.
»Ach«, wiederholt sie im Trippeln, »wie schade ... wwwie schade um den Walzer.«

25

Chaim läuft den Gang entlang.
Chaim betritt das Kabäuschen der Grooms.
Rotes Licht. Wiedergefundene Gewohnheiten.
Ein Ruf, er pflanzt sich auf den Hocker und stützt sich dabei auf seinen Klump.
Zu seiner Rechten, auf dem Tisch – Zeitungen.
Alle Zeitungen des letzten Monats. Der Zeitpunkt der Auswertung ist gekommen.
Er stürzt sich hinein. Wälzt sich. Ergötzt sich. Giert, leckert danach. Dreißig Tage das Ohr am Puls der Welt.
Die Titel. Die Schlagzeilen. Die Bildtexte. Die Photos.
Er sortiert. Blättert. Schneidet aus. Denkt nach. Wertet aus. Stunden in der Politik. Im Hämoglobin. Im Sensationellen. Im Elend. Bei der Entspannung in Kambodscha. Bei den Erschießungen im Iran. Dem Krebs des Schahs auf der Spur. Von den sklerotischen Abtreibungsgesetzen aufgebracht. Von der Silhouette Jane Fondas verführt. Über den Tod des Arbeitsministers perplex. Über die Diamantenaffäre belustigt. Und von den Werbeslogans völlig niedergemäht: Grundig, die Sicherheit eines guten Namens. Atomic! Du bist der Beste auf der Piste! Peugeot, riesig der Kleine.
Und plötzlich, ganz plötzlich, erstarrt Chaim.
Wird steif. Sabbert. Bulistopft fette Überschriften in sich hinein. Er frißtfraßt sie. Eine beachtliche Buchstabensuppe, die er mit den Augen verschlingt. Vorwärts, rückwärts, drei Kolumnen auf der Eins. Alle Zeitungen durch ihn hindurch. Er erklimmt die Artikel. Erregt sich. Entflammt.
Und dann, mit einem Mal, ist es so weit. Alles bricht auseinander. Die Empörung steigt. Seine Wut motiviert ihn. Der Wunsch, die Gerechtigkeit walten zu lassen. Seine Raserei erreicht den Höhepunkt und verschlingt ihn.
So. JETZT SIND ALLE BEDINGUNGEN VEREINT.

Er steckt die Lichttafel ein.
Die 607 beginnt zu flackern.

In dem Kabäuschen der Grooms beginnt die 607 zu flackern.
In dem Kabäuschen der Grooms beginnt die 607 ungeduldig zu flackern.
Er zieht das Läutwerk des Weckers auf, der in einer Stunde als Telefon fungieren und ihn an Satanas' Anweisungen erinnern wird.
Er öffnet den Eisschrank.
Gießt sich das Minzgesöff ein.
Beugt sich über den Sicherungskasten.
Greift nach seinem Verbrechenstagebuch.
Bewaffnet sich mit seinem Ball-Pentel extra fin, made in Japan.
Mit einer R 56er-Mine schreibt er sich seine Stimmung des Tages vom Hals ...

26

Heute haben tausend Idioten die Straße eingenommen. Wollten der französischen Polizei ihre Aufwartung machen. Fünfzig gesunde und kräftige Kerle. Solche mit kugelsicherer Weste, die lachend von einem Gemüselaster sprangen.
Heute sind tausend Saufbolde gekommen, ihren Blutkelch zu leeren. Der Beaujolpif ist eingetroffen, pünktlich 15 Uhr 19. Porte de Clignancourt.
Die Pol-Enten hatten gerade Jacques Mesrine, 43, tranchiert. Hatten ihn bei lebendigem Leibe zerteilt. Mit einer Ruger Automatik. Kaliber 5,6. Greif zu. Das Nonplusultra. Projektile ohne Mannstoppwirkung. Zum Wohlsein. Ein Jahrgang, der Veilchen und Fichtenkiste verheißt.
Seinen Hund haben sie verwundet.
Seine Freundin niedergemäht. Eine Sylvie, 23 vielleicht, viel zu jung jedenfalls, sich ein Dumdum einzufangen.
Und haben ordentlich gejubelt.
Bravo! Jau! Hurra! Allegria!
Wie im Stadion, wenn ein Tor gefallen ist. Bullen, die sich umarmten. In die Luft sprangen. Sich mit den Flossen gegenseitig die Wangen tätschelten.
Tausend Gafferochsen, wie gesagt, der Freude auf den Fersen, nahmen die Straße ein.
Vorwärts Biedermännermeute! Ready, auf daß tausend Spruchbänder und Trompeten erblühen! Tärah, tärah! Allez les Bleus!
Man braucht nur die Zeitung zu zitieren:
»Sie versuchten, auf das Auto zu klettern. Den Leichnam zu berühren ...« (So der Figaro)
Eine wogende Menschenmenge, die vom Geruch des Mordes wie elektrisiert für die Knüppelheinis Partei ergriff.
Normale Typen, eigentlich. Das übliche, Weiße mit Schuß. Den Kombi in der Garage. Ein Häuschen auf Kredit. Und sozialversichert, für jede Schrippe, jede Grippe, für jeden Furz und jeden Murx. Lauter Wieduundichs, die mit Ex und Hopp und noch ne Runde den großen Nachrichtenschauder genos-

sen. Ein recht zweideutiger Kontakt mit der höchsten Obszönität. Mit dem Tod. Ha!
Und Mesrine, welch eine Ironie, paralysiert durch einen als Sicherheit bezeichneten Gurt – diesem Symbol des Einfindens in die gesellschaftlichen Regeln.
20fach durchlöchert.
20facher Tod.
Ich stöhne bei der Vorstellung.
Es ist 16 Uhr 25.
»Der Körper wird aus dem BMW gezogen. Auf eine Bahre gelegt und von einem Polizei-Notarztwagen schlußendlich in die Gerichtsmedizin abtransportiert.« (So der Matin)
Seine blonde Perücke bleibt auf der Motorhaube zurück.
Der Schauspieler ist fort.
Abgeschminkt interessiert sich keiner mehr für ihn.

Ich denke an Sabrina.
18 Jahre alt. Jacques Mesrines Tochter.
Als alles vorüber ist, trifft sie am Ort des Geschehens ein.
Sie hat es durch das Radio erfahren.
Mutterseelenallein, unter den Blitzen der Photographen läuft sie auf das Autowrack zu.
Die Lichter verwirren sie, sie versteckt ihr Gesicht in den Händen und bricht zusammen.
Asphalt.

Später schlägt die Stunde des Fernsehers.
Der große Entscheider. Er, der Herrscher. Der das Wetter und den Sonnenschein macht.
Kommissar Bouvier erklärt vor einem Wald von Mikrophonen:
»Nun ist die Hypothek Mesrines von uns gewichen.«
In seinem Rücken zufriedene, satte Polizisten, die sich gegenseitig schubsen, um auch ins Bild zu kommen.
Kamera 2 läuft.
Life, im Perreux oder in Bougival zeigt Pauls, Renés oder Alfreds Holde ihren Frosties-löffelnden Kindern:
»Mimi, Nono, guckt mal, Papa is im Fernsehn.«

»Wodassnn?«
»Links. Mit seiner schicken Weste.«
»Erkenn ich nich.«
»Daaaa doch! ... Scheiße, da, links, sachichdoch! ... Jetz is er weg. Warum kucks du auch nie hin, wenn ich dir sach?«
Und eine Ohrfeige für Nono.

Soweit zu den Nachrichten.
Man sieht Sie, dann sind Sie wieder verschwunden.
Nur die Eindrücke bleiben. Keine besonderen, ganz offensichtlich.
Und jedenfalls, ich bin der Meinung, es wird ein Mordsgeschiß gemacht um die Todesstrafe. Von wegen: Soll man sie aufheben? Soll man nicht? Blablabla.
Schließlich sollte man die Demokratie nicht mit elastischen Hosenträgern verwechseln.
Sogar Monsieur Satanas war gezwungen, dies einzuräumen.
Ein Inglischer Gast hatte ihm die Falle gestellt.
»Fünfzisch Pärsohnen, die ihrä Kugeln in einen Typen hineinschießän, wie Sie nännen dass?«
Der Portier, der gerne seine Sprachkenntnisse anbot und hoffte, für die Auskunft ein kleines Sondertrinkgeld zu kassieren, antwortete prompt:
»Ein Exekutionskommando, Sir.«
»Exact!«, rief der Inglischmän und wandte sich an einen Freund, den wir bis dahin nicht gesehen hatten. »Warrum gästähän Sie nischt, daaß äs braucht keine Guillotinä mehr in Frankraisch. Äs wird dirräckt ärschossän.«
Da ich lachte, hat Monsieur Satanas mich angeblitzt. Klare Tötungsabsichten.
Ehrlich gesagt: Er kriegt wirklich eine ordentliche Dosis Juden ab ... so übers Jahr.

27

Um seine Meinung über die jüngsten Ereignisse meines Lebens zu erfahren, habe ich beschlossen, Monsieur Bing einen Besuch abzustatten.
Kaum gab es einen ruhigen Moment bei der Arbeit, bin ich zu seinem F 4 gestürzt.
Sehr gerne hätte ich Old Bingo von meinem durch die Rote verursachten Ärger erzählt. Vor allem aber hätte ich ihm gerne die Tat von Sergent Harsh gebeichtet. Und ihn in dieser heiklen Angelegenheit um Rat gebeten. Aber ich wußte nicht so recht, wie ich es anstellen sollte. Bei dem alten Bing, da wußte man nie so genau von wegen der Reaktionen.
Zumal prinzipiell schließlich Bingo als erstes Opfer auserkoren war. Er war es, mit dem der Groom, wenn ich so sagen darf, die Serie in puncto Mordtaten eröffnen sollte. Ich weiß nicht, ob Sie den Schlamassel erahnen.
Kurz und gut: Ich habe mich mit einem Netz Möhren gewappnet. Außerdem mit zwei Büchsen Extra-fein. Und aufwärts, ins 18. Stockwerk. Abfälle, Rückstände, Harn, Fäkalien und Schmodder: Ein letzter Atemzug frische Luft, dann klopfe ich bei Monsieur Bing.

Die Stille hinter der Tür wird nur durch das Geräusch von Filz gestört. Nach einer ganzen Weile vernimmt man das Schlurfen der Hausschuhe.
Es riecht nach Entschlußlosigkeit hinter der Pforte.
»Jja?« ertönt eine zögernde Stimme. »Werissda?«
»Ich bin's, Monsieur Bing. Chaim, und ich habe Karotten und Zuneigung dabei.«
Prompt werden zwei Riegel zurückgeschoben.
Presto erscheint Old Bingos Kopf:
»Ah, du hast mir aber einen Schreck eingejagt«, sagt er. »Ich dachte schon, es wäre die Gesundheit.«
»Die Gesundheit?«
»Jja, jja. Stell dir vor, heute nachmittag ist mir doch das Mißgeschick passiert, stell dir vor, das Fenster zu öffnen. Und einige

schlechte Schläfer haben prompt – stell dir vor! – Dämpfe abbekommen. Sie haben sich beschwert und getobt und schließlich gedroht, das Gesundheitsamt zu rufen.«

Während er erzählt, versucht er, die Tür frei zu räumen.

Vergebliche Liebesmühe. Sie klemmt, wegen der Kartoffelschalen.

Er müht sich ab. Ich drücke von meiner Seite.

»Wann werden Sie endlich damit aufhören, ihren Abfall einfach auf die Straße zu schmeißen?« errege ich mich.

Finalo kommt die Tür mit einem Ruck. Bingo schwankt und plumpst auf seinen trübseligen Arsch. Mitten in der Avenue Foch.

»Gut gemacht!« sage ich und springe über ihn. »Sie bräuchten nur einmal zu kehren. Was sind Sie doch für ein alter Schmutzfink!«

Er erhebt sich. Die Luft ist raus, wie aus einem Reifen.

»Du hast recht, Chaim, Junge. Ich bin deiner Gastfreundschaft nicht würdig.«

Er schlurft. Geschäftig. Kommt mit einem Reisstrohbesen zurück. Stürzt sich auf die Schalen. Erntet eine Schaufelvoll. Dazwischen Münsterkäse-Krusten und einige Birnenkitsche. Er schmeißt alles hinter sich, weit über seine Schultern.

»So«, verkündet er. »Die Müllmänner haben den Müll gemannt.«

Er nimmt mir die Möhren ab.

Rast Richtung Küche. Fast jovial sagt er:

»Also, Chaim, Junge, es ist ewig her, daß ich dich gesehen habe. Erzähl mir die wundersame Geschichte deines Lebens ...«

»Mein Leben ist ein einziges Gekotze, Monsieur Bing.«

Er dreht sich um.

»Ich wette, du hast deine Nase in die STADT gesteckt.«

»Ja.«

»Ich hatte dich doch extra gewarnt«, sagt er und ist kein bißchen erstaunt. »Je weniger du deine Nase vor die Tür steckst, desto besser geht es dir. Man kann genauso gut ganz gemütlich vor seinem Tee sitzen bleiben und dabei um die ganze Welt reisen. Ein Bier?«

»Nein danke.«
»Fehler«, verkündet er. »Großer Fehler. Hopfen stärkt den Geist.«
Er beißt in eine Möhre. Öffnet eine Flasche Carlsberg.
»Sag eine Zahl zwischen 1 und 10, Chaim«, sagt er brupto.
»6.«
»6, Paar«, greift er auf. Und dann reißt er das Etikett von der Flasche.
Eine Nummer in Tinte erscheint. Er setzt seinen Kneifer auf.
»7, du hast verloren! Jetzt schuldest du mir einen Kasten Bier!« Er trinkt in langen Zügen. Schaum in den Mundwinkeln. Ein Seufzer der Befriedigung.
»Was sonst noch sub sole?« fragt er nach. »Gibt es neue Katastrophen? Und neue Morde?«
Ich erzähle ihm die Mesrine-Geschichte.
»Bof«, sagt er. »Der ist gestorben, wie er gelebt hat: gewalttätig.«
Eine Möhre, noch ne Möhre.
Er kaut und sieht mich dabei an. Er zieht sich eine Waschschüssel heran. Taucht seine Füße ein. Quanten-Quanten, in lauwarmem Wasser.
»Ist das etwa der Lebensstil, den du dir wünschst, mein Kleiner? Daß man das ganze Leben bei jeder Tür, durch die man gehen will, eine 38er vor sich ausstrecken muß?«
»Nein, Monsieur Bing. Ich möchte lieber etwas gemäßigter leben.«
»Zur rechten Stunde. Aber was hindert dich daran?«
»Die Zeit, Monsieur Bing. Die Zeit.«
Er nickt zustimmend.
Die Füße im Wasser, eine Reisfeld-Ruhe:
»Zugegeben, sie ist schwindelerregend«, sagt er.
»Mehr als Sie denken, Monsieur Bing. Sie fordert zu viel von mir im Moment. Meine Persönlichkeit entschwindet mir. Ich schaffe es nicht, ich selber zu sein.«
»Ah, Ah, Wir krängen Backbord. Dadaphrenie? Gehörnte Visionen?«
»Machen Sie sich nicht lustig. Ich verkrümele. Die Menschen saugen mich auf. Die Zeit frißt mich.«

»So was! Hüte dich vor ihr!« Old Bingo droht. »Sie liebt es, die Menschen zu knacken.«
»Scheißdreck, das weiß ich längst. Was meinen Sie, warum ich so wild entschlossen bin zu töten.«
»Aus militanter Selbsterhaltung.«
»Gut beobachtet, Monsieur Bing. Ich muß meine Innenbilder zur Vollendung bringen.«
Er bedeutet mir, daß er mich bis zu einem gewissen Punkt versteht. Er gluckert etwas Bier:
»Wenn du so denkst, mein Junge. Wenn du so denkst ...«
»Ja, wild entschlossen, Monsieur Bing. Sie sehen nicht überzeugt aus?«
»Weil, ich habe Leute gekannt, die haben bis ins hohe Alter friedlich mit ihren Innenbildern gelebt.«
»Ja, aber ich habe das Absperrgitter schon durchbrochen. Ichbefinde mich längst in der Schlucht. Ich stürze hinunter. Ich kann mich nicht mehr aufhalten. Mein Verhalten entgleitet mir. Sie können sich nicht vorstellen, mit welcher Gewalt.«
»Gewalt? Mein Junge, mit was für einer Gewalt?«
»Die, die mich dazu drängt, ein Held wider Willen zu sein.«
»Ein Held, mein Sohn?«
»Ein Held, Monsieur Bing. Wir alle wollen einer sein. Ein Held, wie aus den Romanen, aus den Filmen.«
Monsieur Bing ißt seine Möhre auf.
Er wirkt ernüchtert. Er expediert das Kraut hinter sich. Man kann das Grünzeug aufprallen hören.
»Vorsicht, mein Junge«, sagt er. »Vorsicht. Heutzutage gibt es keine Helden mehr. Diese armen Irren, versteh doch, erwachen gar nicht mehr richtig zum Leben. Es währt nicht lange genug ... Stell dir vor, du bist ein Held. O.K. Was passiert? Sofort beugt sich die Gesellschaft über deinen Fall. ... Ein Held, das kratzt sie. Schon prüft sie dich. Du störst sie. ... Hopp, und schon wirst du eingeschmiert. Aufgegriffen. Die Salben bitte. Interviuuh! Rehporterss! Sie verfrachtet dich auf die Titelseiten und im Nu bist du zermalmt, du Held. Die Gesellschaft, diese Hure, steckt alle Helden in Kassetten. Macht sie alle gleich. Frißt sie. Phagozytiert sie. Schlingt sie

hinunter. Im Zeitraum einer Zeitungsausgabe. Eines Magazinumschlags. Schon fortgeschmolzen, unsere Helden!«
Der alte Bing nuckelt an seiner Flasche.
Ein großer Schluck, gluckgluck, ab in die Kehle. Er kommt in Schwung. Unheimlich lebendige Augen.
Er sagt:
»Nimm zum Beispiel die Künstler, Chaim, Junge. Die Schriftsteller. Kaum haben sie irgend etwas Lohnenswertes veröffentlicht, doing!, schon haftet ihnen ein Ruf an. Und sie sind hinüber. Verglichen. Diesem oder jenem angenähert. Immer die ruhmreichen Altvorderen. Die Vergangenheit, jene Beruhigungspille, balsamiert und läßt krepieren. Scheiß der Hund auf die Grabsteine, sage ich. Nieder mit den Akademien und Auszeichnungen. Schockiere, Chaim. Töte! Du bist es, der im Wahren lebt. Schmeiß sie um, diese Hure. Heutzutage sind Ruhe und Einreihung die Losungsworte. Also: Schüttele! Shake! Brich aus! Schluß mit der Nivellierung! Schluß mit der mittelmäßigen, mittleren Mistmentalität.«
»Sie glauben also an die Revolution, Monsieur Bing?«
»Wer? Ich? Ja natürlich. Nur, in meinem Alter, da hat man keine Verzweiflung mehr. Nur noch Kurzsichtigkeit. Und einen ungeheuren Erfahrungsschatz ...«
Er betrachtet mich mit pfiffiger Miene. Er zwinkert mir zu:
»Also wartet man ab ... Redet um die Sache herum. Täuscht. Versucht, Zeit zu gewinnen. Stellt sich keine Fragen mehr. Aber ich für meinen Teil pichele lieber noch einen. Bier?«
»Nein danke.«
»Fehler! Trinken reinigt die Nieren. Und stärkt die Unentschlossenheit.«
Er erhebt sich.
Er schlurft. Biegt in den Place Bokassa-Déchu ein. Dann pisst er öffentlich auf die Abfälle. Ein warmer Ammoniak-Dampf steigt von seinem Urin in die Luft.
Er läßt einen fahren. Langsam, gelassen und bei vollem Bewußtsein.
Ein endloses Zerreißen, so edel wie der Schrei eines Baritons gleichen Eigenschaftsworts.

»Nun denn«, sage ich zu ihm, »Radio-City-Hall wird sich noch etwas gedulden müssen.«
Er lacht. Seine Stimme erhellt sich.
»Verflixt und zugenäht,« fragt er sich dann, »wie kann man nur so poetische Gedanken im Kopf und so stinkige Turbulenzen im Leib haben?«
Er begibt sich in die Küche.
Er kommt mit den grünen Bohnen zurück. Reicht mir eine Dose, zusammen mit einer Gabel, die er vorher an seiner Buchse abwischt.
»Hier, iß«, sagt er. »Schlag dir den Ranzen voll, solange du kannst. Verdammter Freßsack, mein kleines Enkelluder. Und dann, sei bitte so nett, Chaimie, und zieh dir Robe und Hemd des Chorknaben über. Wir werden ein wunderschönes Photo machen. Und über Monsieur Soutine reden ...«

28

Monsieur Bing liebt die Photographie.
Er, the King of Natriumthiosulfat, Experte der Bäder und Waschungen, widmet ihr endlose Sitzungen. Er sucht in ihr nach der Wahrheit seines Lebens. Er sagt, sie liege ganz unten in den Rillen der Photowanne. Und eines Tages werde sie in der Ecke irgendeines dieser Photopapiere auftauchen.
Ich bin sein Lieblingsmodell. Eigentlich sollte ich sagen, sein einziges.
Anfangs verstand ich nicht, warum in erster Linie mein Körper sein Interesse an mir begründete. Erst als ich Monsieur Soutines Biographie besser kannte, habe ich etwas Licht in die Angelegenheit bekommen.
Meine Groom-Uniform, mein Vorname (der mit dem des Künstlers identisch ist) und meine abstehenden Ohren haben die Rolle des Zünders gespielt.
Old Bingo findet meine Ähnlichkeit mit dem Bild *Garcon d'étage* aus dem Jahr 1928 erstaunlich. Anscheinend hat er durch das Zusammentreffen mit mir einen Teil seines Lebensabenteuers aufgefrischt. Jene Zeit, als er ein großer Kunsthändler war.
Seither die Photositzungen, um wieder in dem Flair und Ambiente jener Gemälde zu leben, die er früher in Händen hielt. Sie wirken auf ihn wie Medizin gegen das Altern. Gegen die Agonie, die sich durch seine Eingeweide schlängelt. Es war nachgerade ein Transfusionswunder, zu spüren, wie er mit jeder unserer Sitzungen jünger wurde. Ein Jungbrunnen, der sich in seinem alten Körper einnistete. Und zeitweilig gute Laune hervorbrachte. Eine Heiterkeit, die ihn zu einem fröhlichen Zeitgenossen machte.
Ich denke, es sagt Ihnen genug, wenn ich Ihnen erkläre, daß ich mich verrenke, ganz wie es ihm beliebt. Ganz wie er es verlangt.

Im Laufe der Monate habe ich nacheinander für den *Valet de Chambre* aus der National Gallery of Art in Washington, für

Le Pâtissier aus dem Jahr 1923 und für *Le Chasseur de chez Maxim's* aus dem Musée d'Art Moderne in Paris posiert. Bingo und ich, Ihr Groom, sind einmal hin und haben einen ganzen Sonntag vor ihm gesessen. Wie eine Zeremonie. Geschniegelt und gestriegelt, so als würden wir einen Vetter vom Lande besuchen. Einer der wenigen Ausflüge in die Draussenwelt, die wir je zusammen unternommen haben.

Heute, während ich vor einem blauen Hintergrund für *L'Enfant de chœur en buste* aus der Collection Walter-Guillaume posiere, nutze ich den direkt dem Maler zugewandten Blick des Modells und befrage Monsieur Bing.
»Warum, Monsieur Bing, interessieren Sie sich eigentlich nur für Menschen?«
»Ha, wirklich, die richtige Frage, mein Junge ... Halte dich gerade ... Sieh mich etwas mehr von der Seite an ... und verschränke die Finger ... So, ja, eine wirklich gute Frage ...«
Einen Augenblick macht er sich unter seinem schwarzen Tuch zu schaffen. Er arbeitet nur auf Platten. Matt.
Dann taucht er mit der Auslöserbirne in der Hand wieder darunter hervor. Er hat den Faden des Gedankens nicht verloren:
»Ich werde es dir sagen, mein Chaim, weil jeder Mensch ein besonderes Wesen und gleichzeitig das Resümee seiner Zeit ist. Er ist ein Einzelfall und zugleich eine Synthese all dessen, was dic anderen sind ...«
»Wollen Sie damit sagen, daß ich einen symbolischen Wert habe, Monsieur Bing?«
Er zwinkert mir zu.
»So einfach ist das nicht«, sagt er. »Du bist nichts als ein Stückchen Unsicherheit, und bitte halte still, Chorknabe, du! Jedes Individuum ist auch ein Symbol. Soutine und sein Schicksal passen haargenau zu dieser summarischen Definition ...
Er rülpst nachdrücklich:
»... er verkörpert die Unruhe und die Zerrissenheit angesichts einer Zeit der Sorglosigkeit. Er ist die metaphysische Angst vor dem Chaos und dem kommenden Krieg, der die Schwachen zermalmen wird.«

Er nimmt einen Schluck aus seiner Flasche. Dann schmeißt er sie sonstwohin. Rülpst. Und hebt den Zeigefinger.
»Hüte dich vor den Zeiten des Wahnsinns, in denen jeder für sich tanzt, mein Junge. Hüte dich vor der Inflation, vor dem großen Zentripetalrad. Wenn es plötzlich zerbirst, dann fliegen wir alle auseinander. Werden in Kunstharz gegossen und an die Wände geklatscht. Zerstoßen. Bei lebendigem Leibe entkernt.«
Und piff, paff, ohne Vorwarnung nagelt er mich an sein Magnesium-Blitzkreuz.
»Gut so!« sagt er befriedigt. »Du hast erschreckt genug ausgesehen. Wenn ich dir noch schrecklichere Dinge erzählen würde, was denkst du, könnten wir dann das Bild wiederholen? ...

Die 607 flackert an der Tafel.
Die 607 flackert an der Tafel im Kabäuschen der Grooms.
Die 607 im Kabäuschen der Grooms flackert an der Tafel und wird ungeduldig.
Das Jazz-Telephon klingelt und gellt. Gellt und klingelt.
Ich springe auf und hebe ab.
Die blöde Stimme von Monsieur Satanas bellt durch den Hörer. Im Dezibel-Schrei bricht sie los, überstürzt sich, näselt:
»Bronstein! Wie oft muß ich Sie noch auffordern, sich um Madame Abercromby zu kümmern? On your feet! Und wenn Sie mit ihr fertig sind, kommen Sie bei mir vorbei. Ich möchte mir den Zustand Ihrer verdammten Nägel ansehen!«
Ich lege auf.
Ich stürze auf den Gang.
Ich stehle mir einen Kuß vom Halse Annonciatas, des portugiesischen Zimmermädchens.
Ich eile den roten Teppich entlang. An einer Ecke pralle ich auf Teddy Broom.
Funkadelic Teddy ist nicht eben in Hochform.
Grauer Teint und alle Hände voller Gepäck. In einem Winkel seiner angemalten Lippen kokelt ein alter Joint vor sich hin.
»Oh, ah! Was ist los, Kumpel?«
Teddy legt seine Gepäckstücke ab.

Setzt sich drauf. Irgendwie. Ein Wrack, dieser Broomie-Gepäck-Broom.
»Hell be with me!« seufzt er. »Nicht für 75 000 Dollar und zweimal die Reise um die Welt möchte ich mit Thelonius tauschen. Er wird immer mehr vicious. Völlig rasend. Das kannst du dir gar nicht vorstellen. Vorhin, es ist noch nicht lange her, hat er in der Wohnung alles durch die Luft geworfen. Er hatte seine Medusen-, Wal-, Crevetten- und Katzenwels-Jeans. Mund, Bürstenbart und die eingefallenen Augen waren gen Himmel gerichtet. Seine stumpfe Nase roch die Niederlage. Und – funk hell, man! Er weinte warme Tränen!«
»Was ist los mit ihm?«
»Er sagt, er habe einen Schwanz wie ein gewisser Patton, man. Er möchte gerne den ganzen Dschungel mit Benzinkanistern übergießen. Ein Bombenhagel auf die gesamte Pariser Region.«
»Hast du schon ein Beruhigungsmittel versucht?«
»Die Beruhigungsmittel beruhigen heute doch längst niemanden mehr, man. Der mystische Glauben hat versagt. Everything's going crazy, see ...«
Er wendet sich mir zu. Er klappt seinen langgliedrigen Zeigefinger hoch und schabt sich über die Handinnenfläche damit:
»Es gibt nur EINEN, EINEN EINZIGEN Platz auf der Welt. Und er gehört der Dummheit. Dem Unlogischen und der Verrücktheit. Sieh mich an, man, ich rauche, O.K. Ich spritze, O.K. Aber bloody hell, auch ich habe ein Recht auf Verrücktheit. Ich ertrage es nicht, abgeurteilt zu werden. Wenn ein Typ kommt und mir sagt: Teddy, du bist bekloppt. Du bist balla-balla! Dann antworte ich: Na und? Stellen Sie das erst jetzt fest, Monsieur? Ich bin nicht nur balla-balla, Scheiße. Sondern außerdem ein Neger. Farbecht. Und mein Bruder, Vicious, ist Doppelneger. Black und blind. Alles ist schwarz, da hat er schon gute Entschuldigungen, no? Und wenn der Typ mir dann väterlich kommt, shit! Dann spuck ich ihm ins Gesicht. Ich sage ihm: ›Was? Was? Haben Sie uns etwa für was Besonderes gehalten? Nur weil wir beide, er und ich, Musik machen. Reggae und sowas. Doch nur, weil wir beide in der Scheiße zur Welt gekommen sind. Plainfield, ein stinkiger Vorort, New York, USA.‹ Das erkläre ich dem Typen dann, man. Daß wir

singen und verrückt sind, weil wir unglücklich sind, und wütend außerdem, scheiße, tierisch wütend. Und weißt du, was? Das alles habe ich auch unserer Mutter erzählt, bevor ich abgehauen bin aus dem Ghetto. Und sie war die einzige auf der Welt, die es jemals kapiert hat ...«
Teddy hält inne ... Außer Atem vor Wut. Er wischt sich mit dem Handrücken ein Auge. Er zündet seine Graszigarette an. »Wie jedermann war ich für meine Mutter ein Star, als ich auf die Welt kam«, sagt er. »Hat sie mir selbst gesagt. Und als ich dann die frischen Windeln vollgeschissen habe, die Arme, da hat sie alle Illusionen verloren. Sie hatte genauso einen full of sheet geboren wie die anderen. Trotzdem hat es sie nicht entmutigt. Sie hat uns aufgezogen, Thel und mich. Und darum, bullshit, schleppe ich diesen Irren heute hinter mir her. Weil ich meiner Mutter versprochen habe, daß ich seinen gottverdammten Zustand auf mich nehme.«
O.K. Er wirft seine Fluppe fort. Nimmt seine Mütze mit der Aufschrift »Hotel Algonquin« vom Kopf. Weiß nicht mehr, wohin mit sich. Ein körperliches Unwohlsein. Er nimmt seinen Kopf in beide Hände. Es fehlt nicht viel, und er würde seine Joseph Hill-Tressen abreißen. Er wühlt mit den langen Fingern in seinem Krauskopf.
»Und heute abend hat mein Halbbrother nur ein Bedürfnis«, bricht es heraus. »Ein drängendes Bedürfnis, bullshit! Und zwar nach einer Lady. And you're the man! Du bist der einzige, der mir eine besorgen kann. Und ich schwöre bei ›Bootsy‹ Collins, dem König des basse-funk, daß du sie heute abend zu uns bringen wirst. Egal, wer sie ist, man. Damit Sid sich den Sack entleeren und seine ganze verdammte Libido aufpolieren kann. Sich entleeren. Einen Bauch sollte er finden, und den Weg zu den Sternen. Und vor allem: Frieden! Seinen Frieden, man! Everybody needs peace. PEACE!«
Plötzlich, da die gesamte Energie von ihm gewichen ist, findet Broomie wieder in seinen starren Blick zurück. Er beschäftigt sich nicht mehr mit mir. Zündet sich einen neuen Joint an. Rauch. Kringel. Ein Auge halb geschlossen. Und er beginnt, ein sehr heißes Ding zu pfeifen. Too long in slavery, glaube ich, irgend so etwas.

Er zieht seine Rum-and-Coke-Flasche aus der Tasche und macht sich bereit für die Rückkehr zur Erde.
Ich berühre seinen Ellbogen. Jetzt hat er wieder sein starres Lächeln.
Ich sage:
»Versprochen, Ted. Ich kümmere mich darum.«
Dann rase ich los Richtung 607.

29

Ohne zu klopfen, trete ich ein.
Die alte Abercromby liegt splitternackt da und dampft. Erotico-manisch auf ihren Leintüchern mit den Stars and Stripes. Der Lage entsprechend bläst sie den Bauch auf. Spreizt die Beine auseinander. Die Schamlippen beben.
Ich sage ihr ganz nüchtern, sie solle sich wieder anziehen. Ich hätte keine Zeit, mich um sie zu kümmern. Sie in die Höhen des Empire State Buildings zu entführen. Ihre mistige Polyamid-Helanca-Muschi zu lecken. Das Innere ihres plastifizierten Uterus aus merzerisierter Percale zu kitzeln. Lanolinisiert. Kochfest. Größe 40/42. Und schon gar nicht, mich daran aufzugeilen oder so.
»Too busy, Pam.«
»Oh, kleines Monster«, kreischt sie enttäuscht, »aber isch habe ein brennendes ›urge‹ an meiner Klitooo ... Du kaannst misch nischt so lassen, so schrecklisch geil auf meinen Tüschern.«
»Doch«, ich rüttele sie. »In allen Gängen warten sie auf mich.«
»Biou, biou, biou«, schmollert sie und ihr Mund stand offen wie ein Riesenfroschmaul. »Grase misch die Möse ab. Oder liebss du misch nisch mähr? Willss Du mähr Gäld? Fifty Dollars, yes? Kratze misch den Bauch, scheiße.«
»Was sagen? Beruhigen Sie sich. Heute abend führe ich Sie aus.«
»Was soll das?«
»Ich nehme Sie mit zu Freunden. Echte Ficker, wie es heute keine mehr gibt.«
»Aber ich will doch dich. Nuuhr diisch. Isch liiiebe nur dahss, was Du mir machss.«
»Sie sollten nicht von Dingen reden, die Sie noch nicht kennen, Pam. Und nicht meinen Zippelmann mit dem Ständer von Thelonius vergleichen. Der Typ ist nämlich wie ein wildgewordener *destroyer.*«
»Destroyer? Das ist ja riesig«, stimmt sie zu mit einer gewissen Gier in der Stimme.

Sie scheint nachzudenken.
»Aber ist er auch verschwiegen, dein Freund?«
»Wie ein Grab«, bestätige ich.
Sie zögert. Ein Ärger geht über ihr Gesicht.
»Macht es mir auch wirklich keine Schwierigkeiten von wegen der *respectability*, hey? Oder sonst etwas? Isch bin etwas zu verlieren, weiss du? ... Ehemann und so ...«
»Thelonius ist blind.«
»Blind? Marvellous! Einen Typen ficken, der mich nicht sehen kann. Das ist HAAR-GE-NAU die Art von Dingern, I am foolishly fond of.«
Aufgeregt wie eine Streptokokke richtet sie sich auf ihrem Laken auf. Sie streicht verträumt mit dem Finger über die 15 % Elastan-Wirkware ihres Behas im Step-Look von Triumph aus elastischer Cottylene.
»Thelonius, hast du gesagt?«
»Yes, Pam. Ein großer Neger, der wird Sie schon ordentlich zum winseln kriegen.«
Ihr Masochismus steigt.
»Wird er mich schlagen?«
»Wenn Sie ihn darum bitten.«
»Wird er mir sagen, ich sei eine verrückte Amerikanerin?«
»Eine verrückte weiße Amerikanerin.«
»Dann jippieyeah!« bricht sie aus. »Um wieviel Uhr gehen wir hin, zu deinen Freunden? Ich habe so einen tierischen Sexhunger.«
Schon ist sie mit ihren zwei nackten Beinen aus dem Bett.
Sie verrenkt sich vor dem Spiegel. Ich stecke mir den Finger in die Nase.
Scheinheilig sage ich:
»Läßt Monsieur Abercromby Sie heute überhaupt ausgehen?«
Sie sieht mich an, und ihre starren Augen bergen eine wilde Entschlossenheit.
»Laß schon. Das mache ich schon. Er ist doch nur ein Eineiiger. Das heißt doch so, oder: eineiiger.«
»Yes, Pam.«
»Einer von der Sorte ohne richtige Erektionen, kapiert?«
»Yes, Pam.«

»Good. Ich werde mir die Wimpern bläuen und Düfte auf meinem Körper verteilen. Okay?«
»Okay, Pam. Kiss gleich.«
Ich schicke mich an zu verschwinden. Dann besinne ich mich:
»Ah, übrigens, Pam ... Sie sollten Ihre Traveller Checks nicht vergessen.«
»Money? Why?«
»Because, scheiße, glauben Sie nur ja nicht, meine Freunde fikken mit Ihnen, weil Sie schön aus der Wäsche gucken.«
Jetzt erst steht sie völlig senkrecht:
»Ah, marvellous! Also sind es echte Scheißkerle? Werden sie mir alles nehmen, was ich habe?«
»Alles, sogar die Gesundheit.«
»Fantastic«, applaudiert Chicago-Pam. »Nach diesem Abend werde ich nie wieder konservativ wählen.«
Sie stürzt sich auf die Schminke. Normal dry skin number two für die Nordseite, aschfarbene Morgenröte von Chanel für das hintere Packeis.
Federkind und Verschwiegenheit, ich ziehe mich zurück auf Groomesspitzen.

30

Wenn ich mit der alten Abercromby über Knete gesprochen habe, so ist das alles andere als Zufall. Mir fällt auf, daß ich bislang die meisten meiner Einnahmequellen völlig vergessen habe zu erwähnen.
Als Groom, davon war ja bereits die Rede, fällt es mir extrem leicht, mich den Damen zu nähern und in den Genuß ihres Vertrauens zu gelangen.
Ich nutze dies und setze meine Kenntnisse auf dem Gebiet der Galanterie erfolgreich ein. Eine Art komplementäre Kuppelei, die zu meinem Hotelfach gehört wie die Uhr oder die Pfeife von Saint-Claude zur jurassischen Bauernschaft.
Ich werde mich etwas deutlicher ausdrücken: Gewohnheitsmäßig und im Einvernehmen mit Teddy Broom nutze ich Ex-Sergent Harshs vorteilhaftes Äußeres.

Thelonius hat den harmonischsten Körper, den Sie sich für einen Mann nur wünschen können.
Wenn Sie einsam sind oder träumen oder auch nur etwas pervers sind, dann hören Sie auf meinen Rat, kommen Sie irgendwann abends her und probieren Sie Thelonius. Er kostet Sie zwar einen Tausender die Nacht. Aber dafür können Sie getrost das Licht anlassen. Und sogar die Augen offen. Vicious wird Sie nicht sehen.
Dieser Wesenszug gesicherter Verschwiegenheit hat große Bedeutung für den Andrang der Kunden. Vor allem für die Verheirateteren unter den Damen, die ich ihm zuführe. Aber auch für alle, denen schlicht und ergreifend die Anonymität Flügel verleiht.
Broomie-Broom verwendet für seine Matten eine mit einem 125er ausgestattete Pentax und hat mir mit einer Blende von 1,7 völlig zufriedenstellende Bilder präsentiert. Beispiele von freien Figuren und unvorhergesehenen Tänzeleien bei betagteren Damen. Purzelbäume, die, wie ich meine, einer geistigen Befreiung geschuldet sind. Denn in Wirklichkeit ist in diesem Metier die Tatsache, nicht beurteilt zu werden, enorm wichtig.

In 25er-Packungen verkauft Teddy diese Photos dann, wenn er im Palace tanzt. Das finanziert ihm seinen Acid und seine Joints. Ich meinerseits begnüge mich mit 20 Prozent von Vicious' Honoraren.
Und so bekommt jeder das seine.
Die Frauen endlich einen Partner, der unermüdlich ist. Vicious ein Mittel gegen seine einer Kriegsneurose geschuldeten Lust, ununterbrochen vögeln zu müssen. Broomie den Stoff, um in Seelenruhe herumzuflippen. Und Ihr Groom dank dieser Nebenverdienste die Mittel, die er braucht, um Old Bingo durchzufüttern. In Erwartung der Stunde des dicken Geldes.

Ich möchte im Zusammenhang mit der Hoffnung auf das Erbe sagen, daß wer auch immer Ihnen einreden will, Geld mache nun einmal nicht glücklich — treten Sie ihn!
Er ist ein verdammter Lügner. Oder aber er ist Mitglied einer Sekte. Laufen Sie fort! Bleiben Sie nicht stehen!
Denn in Wirklichkeit kann man es mit Knete zu einem Stern erster Ordnung bringen. Und sich herholen, wen man will.
Die eingebildetsten Puten, will ich sagen.
So habe ich schließlich auch Jépha verführt.
Indem ich mit irre viel Mäusen herumgewedelt habe. Flöhe. Und dann habe ich ihr Kleider, Schmuck, Platten gekauft. Andauernd.
So daß ich nun, nach den acht Monaten, die ich mit ihr gehe, zu der festen Überzeugung gelangt bin, daß man selbst dann, wenn man Pocken in der Visage, Schwimmhäute zwischen den Fingern, oder den schlimmsten Eiterfurunkel im Augenwinkel hat — daß man selbst dann noch jeden Schönheitswettbewerb erhobenen Hauptes passieren kann.
Wenn nur das Weibsprinzesschen über Ihr verdammtes Bankkonto entsprechend Gutes hört.
Knete? Eine Miss Singapour, 86-52-86, oder Miss Flanades-Sarcelles-Val-d'Oise wird es immer geben, die sich beim Auftauchen Ihrerseits ins Schwimmbad stürzt. Und so tut, als würde sie ertrinken mitsamt Bikini. Nur um in den Genuß Ihres speziellen Mund zu Mund zu gelangen. Und dann mit Ihnen in dem Miststück von rosa Cadillac davonzubrausen.

Beziehungsweise, wenn Ihnen ein solches Gerät zwischen den Fingern fehlt, eben hinten auf Ihre dicken Kubikmeter zu klettern. 1000 Kilowatt oder so. Eine dieser Höllenmaschinen, die einem so ein verdammtes Sicherheitsgefühl zwischen den Beinen vermitteln. Und ein männliches Aussehen — ich habe es selbst ausprobiert.
O.K. Unterwegs habe ich Teddy Broom besänftigt, der immer noch auf seinem Gepäck hockte.
Dann bin ich los, Monsieur Satanas meine Nägel vorführen. Er fand, sie seien bis auf die Monde abgenagt. Das hat mich ordentlich verärgert. Und das schlimmste war, als er mich fragte, ob ich schon pubertiere.
Der alte Satanas ist immer von einer immensen Geilheit auf die jungen Kerle.
Man erkennt sie unschwer an seinem Goldzahn, der zu dem Schlüsselmuster auf seiner Tunika paßt. Ein gelber Eckzahn, der glänzt, sobald Satanas lüstern wird. Das passiert unweigerlich, sobald es mit einem der Grooms möglich ist.
Er hat mich an der Uniform gepackt und sich über mich gebeugt. Genau mit diesem Zahn, der wie irre zu funkeln begann.
»Ich möchte wetten, daß du dich juckst?« hat er mit viel Spukke gelispelt.
Ich habe ihn angesehen wie jemand, der aus allen Wolken fällt.
»Juckst, Monsieur Satanas?«
Sofort war er aufgebracht:
»Oh! Tu nicht so unschuldig. Was machst du da den ganzen Tag in deinem Kabäuschen? Spielst du mit deinem Zippelmann?«
»Nein, Monsieur«, sage ich, ohne den Blick zu senken oder so. »Ich lerne. Ich sehe meinem unglücklichen Leben in die Augen und bereite mich auf mein Examen vor. Griechisch. Und außerdem pauke ich noch orientalische Philosophie.«
Alles Quatsch natürlich. Lauter Märchen. Aber er hatte sie sich ehrlich verdient.
Trotzdem aus der Fassung gebracht:
»Mal ernsthaft! Willst du mich auf den Arm nehmen?«
In puncto Treuherzigkeit bin ich unschlagbar. Ich habe lange

Wimpern. Das ist eine wichtige Voraussetzung, wenn man eine Tugend ins Feld führen will, über die ohnehin nach meiner Kenntnis niemand verfügt.

»Ich schwöre es, Monsieur. Es interessiert mich einfach, mehr über China und Indien zu erfahren. Das ist alles.«

»Meinst du etwa, bei diesen Leuten wäre es besser als bei uns?«

»Nein. Ich finde nur die orientalische Lebensauffassung interessanter als unseren Scheißkapitalismus.«

»Aber hast du nicht von Lebensauffassung gesprochen? Meinst du Sex und so?«

»Ich habe nie Sex gesagt, Monsieur Satanas. Ich habe *China* gesagt. Müssen wir diese alberne Diskussion wirklich fortsetzen? Es ist schließlich schon fünf Uhr und mein Dienst ist zu Ende.«

Und dann drehe ich Monsieur Satanas den Groom.

Ich betrete mein Kabäuschen.

Gieße mir ein Minzgesöff ein. Knöpfe mir die Livree auf und ziehe meine normalen Kleider an. Mein Gott, ein irrer Abend liegt vor mir.

Ich mache mich gerade fertig, um die Abercromby abzuholen und sie zu Sergent Harsh zu bringen, da rattert plötzlich das Telephon.

Und zwangsläufig hebe ich ab.

Ermüdender Tagesabschluß.

Ich habe Jépha an der Strippe. Sie hatte eine dunkle Stimme. Normalerweise, wenn sie anruft, ist sie eine strahlende Sonne. Dann lacht sie »Quia, quia, quia«.

Das Lachen der Menschen von den Inseln.

Anstatt dessen: nichts.

Kein Guten Tag. Kein Ich liebe dich. Die Knappheit gewichtiger Momente.

Einen beängstigenden Moment lang herrschte Stille, dann bat sie nur, ich solle sie morgen auf der Arbeit abholen.

Ich habe den Spaßmacher gemimt. Einen dieser ganz, ganz starken Typen. Und ganz distanziert, wissen Sie:

»Ha, ha! Jépha! Wie war deine Woche?« habe ich angesetzt.

Jépha hat geseufzt.
Ein dicker Kannibalenseufzer, der meinen Kopf verschlungen hat. Nicht zu verwechseln mit dem typischen Rauschen der Telekommers.
Nach einem seltsam langen Augenblick sagte sie:
»Es ist höchste Zeit, daß ich SIE sehe. Zwei Wochen denken wir jetzt schon jeder für sich nach.«
»Ja, ja, Jépha! Das ist normal, daß du einen Zweiergipfel ins Auge faßt.«
»Mir ist nicht nach spaßen«, sagte sie. Sie blieb bei ihrem Sie, das sicher ein schlechtes Omen war. »Ich erinnere Sie daran, daß wir eine Entscheidung treffen müssen«, sagte sie. »In Bezug auf You Glan Glan.«
So nennt sie unser Kinderprojekt.
Sofort überkam mich eine große Kraftlosigkeit. Dabei hatte mich Monsieur Bing so vor ihr gewarnt. Hatte sie mir genau beschrieben. Jedenfalls überkam mich plötzlich eine nie gekannte Lust abzuhauen. Körperlich habe ich richtige Koliken bekommen.
Aber meine bessere Hälfte hat geantwortet, O.K. morgen um fünf nach zwölf an der üblichen Stelle. Ich haßte diese meine bessere Hälfte. Aber gesagt war gesagt. O.K.
Dann habe ich geschwiegen.
Hörte, wie Jépha atmete. Sie konnte sich nicht von mir trennen.
»Nun«, wiederholte ich, um das Thema zu wechseln. »Wie war diese verdammte Woche?«
»Schlimmer als die vorige«, seufzte sie.
Ihre Stimme zitterte. Ich betrachtete meine Nägel. Nichts mehr zu kauen.
»Ich ertrage diesen Lackgeruch nicht mehr«, sagte Jépha. »Ich habe andauernd einen Würgereiz.«
»Ein Beweis dafür, daß You Glan Glan wirklich und wahrhaftig existiert!« warf ich unüberlegt ein.
»Ja, ein Beweis«, sagte Jépha.
Sie brach in Tränen aus. War gezwungen, den Hörer etwas wegzuhalten.
»Oh Chaim! Was wird nur aus UNS?«

Sofort habe ich aufgelegt.
Lange saß ich so da mit dem verdammten Hörer in der Hand.
Am Ende, als ich lange genug auf dieses dümmliche Ebenholzteil gestarrt hatte, erkannte ich ihn nicht einmal mehr. Ich habe auf ihn eingedroschen, als wäre er ein Mensch.
Um ihn umzubringen.
Schwere Schläge auf den Telephonsockel. Und einen gegen die Wand. Gegen die Wand, das tat weher. Ich habe darauf eingeschlagen.
Bis der Hörer auaseinanderflog.
Ein Verbrechen, wenn man so will.

31

Er sprang auf.
Schweißgebadet.
Es hatte geklingelt.
Kein Zweifel, es hatte geklingelt.
In der Wirklichkeit hatte jemand geklingelt.

Er knöpfte rasch die Livrée fertig auf. Entledigte sich ihrer. Und auch der Toque. Warf sie fort. Fertig.
Hinkend wie der Teufel stürzte er aus dem Kabäuschen.
In seiner Hast warf er Annonciata um.
Die aufblasbare Puppe fiel in einem lauten Staubsaugergeräusch zu Boden.
Er rannte zum Treppenabsatz.
Beugte sich über das Geländer.
Strich die Strähne aus der Stirn, die vor Verzweiflung herabhing.
Er wartete einen Moment. Zeit genug, einmal tief durchzuatmen.
Wieder klingelte es. Lang.
Chaim murmelte:
»Irma?«
Und da er nicht auf eine Antwort warten durfte, sprang er die Treppe hinunter. So würde er schneller unten sein als mit diesem Antiquitätenstück eines verückten Aufzugs von anno 1910.
Als er sich der Tür näherte, erkannte er, daß ALLE Riegel offen waren. Irma war ausgegangen.
Das kam von diesem blöden Champagner.
Chaims Herz tat einen Sprung, als er jenseits der bunten Glasfenster in der Tür einen Schatten sich bewegen sah.
Er fühlte sich so schutzlos ohne Irma. Er schob seine Brille auf seinem Zinken in die Höhe. Er versuchte seine Gedanken zu sammeln. Es war immer so schwer, von der einen in die andere Welt zu gelangen. Man kehrt nicht ungestraft aus der Ionosphäre zurück.

Zu sehr unter Strom.
Ein Blick in den Spiegel beruhigte ihn.
Ohne seine Uniform war er einfach irgendwer. Ein junger Mann, mit einem studentischen Flair.
Er mußte nur versuchen, möglichst haargenau so auszusehen, wie das, was er darstellte.
Sich mit einem Buch wappnen, zum Beispiel.
Bücher sind immer hervorragende Schutzschilder gegen Eindringlinge jeglicher Art.
Er rannte in die Bibliothek.
Suchte sich einen Faulkner heraus. »Das Romanwerk« in der Pléiade-Ausgabe. Ein alter Freund. Ein Typ, den man getrost vor sich hertragen konnte.
Chaim kam zur Tür zurück.
Sollte er sie öffnen und sich stellen? Oder im Gegenteil versuchen, unbemerkt zu den Riegeln zu gelangen? Sich verbarrikadieren?
Er legte sich auf den Boden. Beschloß, bis zur Türe zu robben.
Plötzlich erstarrte er.
Abrupt erkaltete der Schweiß in seinem Rücken. Durch das lichtdurchlässige Glas hindurch sah er, daß die Silhouette näherkam. So als wolle sie erkennen, wer im Hause war.
Und diese Silhouette war die einer Frau.
Einer Frau?
DIE ROTE!
Die Polizei! Wie bitte?
Und was, wenn es die Rote war? Sie, die Bullin-Gefahr?
Und hinter ihr lauter Lauer-Pumas, Männer in kugelsicheren Westen, hinter Hecken kauernd. So wie die Mesrine-Typen in der Wirklichkeit, oder? Abgefahrene Idioten mit nervösen Fingern am Abzug und den typischen Profi-Macken. Solche, die allzeit bereit sind, einen bei lebendigem Leibe entlang der Kalaschnikov-Strichellinie auszuschneiden.
Chaim versuchte, Vernunft anzunehmen.
Wie hätte sie ihm auf die Spur kommen sollen? Er war seither nicht mehr in der Stadt gewesen. Zehn Straßenkilometer weit weg. Er hatte ihr kein Zeichen gegeben. Diesbezüglich war er es, der die Karten austeilte. Der entschied. Der einen Ort fest-

gelegt hatte, um sie wiederzusehen, und zwar zu einem Zeitpunkt da er, Chaim, es wünschte. Das Kino. Die 22-Uhr-Vorstellung.
In seinem Kopf entstand ein Plan.
Er wollte die Rote gerne wiedersehen, aber nicht jetzt. Nicht so, sondern zu *seinem* Zeitpunkt. Dann, wenn es ihm möglich war. Wenn er sich der anderen Probleme entledigt hatte. Wenn er zum Beispiel diese absurde Kindergeschichte mit Jépha gelöst hatte.
Er machte eine Bewegung, wie wenn er eine Fliege verjagte. Irgendwo in seinem Gehirn verspürte er eine brennende Neuralgie.
Sie ließ nach, als er inmitten der Verwirrung entschied, sich You Glan Glans zu entledigen.
Die Frau auf dem Absatz war jetzt von der Seite zu sehen.
Sie klingelte wieder. Drei kurze, gebieterische Töne. Total nervenaufreibend.
Mechanisch schob Chaim auf drei Beinen stehend die Strähne hoch.
Dann, ohne Übergang, setzte sich der Riegel unmerklich in Bewegung, und die Tür öffnete sich langsam einen Spaltbreit.
Chaim blieb wie gelähmt, wo er war.

Sie war eine Frau mit regelmäßigen Zügen.
Ihre Haare waren durch einen Scheitel geteilt. Und so, wie sie vor einem stand und den Kopf zur Seite geneigt durch die Türöffnung steckte, konnte man nur ein Auge erkennen.
Es war durchsichtig blau.
»Guten Tag«, sagte sie. »Bitte entschuldigen Sie ... Ich habe mehrmals geläutet.«
Chaim erhob sich langsam. Er rieb sich die Hände, ohne eine Erläuterung abzugeben über seine groteske Haltung. Herausfordernd erhob er sich auf seinen Klumpfuß. Er wiegte sich darauf. Kobra. Schlußendlich sagte er:
»Kommen Sie doch ganz herein, wo Sie schon einmal da sind. Aber ich glaube nicht, daß ich Sie gut genug kenne, um Sie auf den Mund zu küssen. Oder so.«
Sie zeigte keinerlei Reaktion auf seine Worte. Betrat recht entschieden die Eingangshalle. Zweifelsfrei war dies ihre wesentliche Charaktereigenschaft, diese Entschiedenheit.

Sie war eine Frau um die 40.
Gute Figur. Energisches Aussehen. Runde Hüften. Schmale Taille in einem leicht uniform wirkenden Kostüm.
»Was kann ich für Sie tun?« fragte er.
»Ich heiße Nelly Lange«, antwortete sie mit klarer Stimme, »und ich bin Sozialarbeiterin in diesem Bezirk.«
Er lachte sie an.
»Herzlichen Glückwunsch, Mademoiselle Lange«, spöttelte er.
Aber seine Ladung Humor schien an der glatten Haut der jungen Frau abzugleiten.
»Madame«, korrigierte sie.
Und dann ließ sie ihren Blick durch die Halle wandern.
»Ich komme wegen einer Klage«, sagte sie schließlich. »Die Nachbarn haben unsere Abteilung angerufen.«
Chaim ging eilig einen Schritt zur Seite, um ins Gegenlicht zu gelangen.
Hastig sagte er:
»Eine Klage? Meine Mutter ist nicht da. Sie ist einkaufen gegangen.«
Plötzlich überfiel sie ihn wieder, diese Kraftlosigkeit. Er spürte, wie er wieder klein wurde. Bar jeder Verantwortung. Am Rande der Diarrhoe. Windeln aus Zellstoff. Ein Säugling, durch nichts als die Vorstellung.
»Mama wird in zehn Minuten zurück sein«, wiederholte er.
»Sehr gut, Monsieur Bronstein«, sagte sie ruhig, »sehr gut, aber ich schlage vor, Sie erzählen mir trotzdem schon einmal, während ich warte, woher dieser unerträgliche Gestank kommt, über den die Leute sich seit Monaten beschweren.«
Und sie versenkte ihre blauen Augen in den seinigen. Er spürte, wie seine Pupillen ausbüchsten. Um die Lage zu beruhigen, schob er die Brille wieder auf seinem Zinken hoch. Das Wiegen ergriff ihn wieder.
Monsieur Bing! Monsieur Bing war in Gefahr! Everything was going crazy, man.
Er lachte Nelly Lange an.
Ein verrückter Charme. Ein Lächeln, mit dem man jedes Weibsbild hätte flachlegen können. Als er ihre Lippen ansah,

erschien sie ihm etwas weniger offiziell. Sie hatte sehr schöne Beine, die sie über Kreuz gestellt hatte. Und hohe Backenknochen.
»Ach ja, die Gerüche!« spottete er. »Die Gerüche! ... diese verdammten Gerüche!«
Er machte eine vage Bewegung, um die Geschichte herunterzuspielen, dann trat er vor ihr zurück:
»Setzten Sie sich doch einen Moment«, schlug er freundlich vor. »Einen Portwein vielleicht? Ich hole Ihnen einen ... Meine Mutter muß jeden Moment zurück sein. Sie wird Ihnen alles erklären. Diesen höllischen Gestank und überhaupt.«
»O.K.«, sie war einverstanden und sah auf ihre Uhr, »aber nicht länger als fünf Minuten. Und zu dem Portwein sage ich nicht nein.«
Sie wandte sich Richtung Salon.
Chaim, der ihr folgte, bemerkte, daß nichts, aber auch nicht ein einziges Detail Nelly Lange entging. Sie hatte das Angebot eines Getränks nur angenommen, um in das Haus zu gelangen.
UM SICH EINZUMISCHEN.
Chaim ertrug nicht, daß jemand das tat.
Er ertrug es nicht.

Sie setzte sich in einen der Sessel.
Irma hatte sie bereits abgedeckt. In freudiger Erwartung des Goudénèche-Abends.
Das Haus strahlte Normalität aus. Glücklicherweise.
Der Tisch war gedeckt. Tafelsilber. Kandelaber. Und das Feuer loderte seelenruhig um die Klötze herum.
Das alles bestärkte Chaim.
Mit neuem Mut lachte er Nelly Lange an.
»Ich bringe Ihnen Ihr Glas«, sagte er und eilte zum Büfett.
Er schenkte ihr mit wiedergefundener Lässigkeit ein. Völlig ausgewechselt.
»Stop, Stop, nicht zu viel. Ich bin es nicht gewöhnt.«
Sie nahm ihm das Glas aus der Hand.
Jetzt war es an ihr zu lächeln.
Hätte sie nicht sollen.
Sie hatte schreckliche Krähenfüße in den Winkeln ihrer blauen

Augen. Lebensfalten. Genau dieselben wie Lauren Bacall, die Alte. Ja, von ihr hatte sie diese falschen Züge. Und abgesehen von den flachen Führerinnen-Sohlen sah sie wirklich ganz gleich aus.
Nun war es für Chaim nur noch ein kleiner Schritt, ihr ihre Rolle zuzuweisen.
Das paßte. NELLY WÜRDE OLD ABERCROMBY SEIN. Und zwar sofort.
JETZT.
NOW!
»Entschuldigen Sie bitte«, sagte er liebenswürdig, »wenn ich Sie einen Moment alleine lasse.«
Er deutete zur Decke hoch und machte eine Geste, als ob ihm etwas sehr unpassend käme:
»Oben ist jemand – Familie, kennen Sie doch sicher –, dem ich versprochen habe, ihn zu Freunden zu bringen. Ich werde ihn bitten, sich noch zu gedulden.«
Nelly sah wieder auf die Uhr. Er bemerkte, daß sie ein Namensschild am Revers ihres Kostüms trug.
»Wenn Ihre Mutter in fünf Minuten nicht zurück ist, werde ich gehen«, versprach sie.
Jetzt war es an Chaim, verärgert zu erscheinen.
»Ich komme dann morgen wieder, ganz einfach ...«
Er wiegte sich auf der Stelle.
»Morgen? Nein. Kommt nicht in Frage.«
Sie war erstaunt über seine Schroffheit. Ohne sie zu Wort kommen zu lassen, fuhr er fort:
»Es wäre besser für Sie zu warten ... Wo Sie schon einmal da sind, oder? Warten Sie ruhig.«
Er ging rückwärts aus dem Raum. Ohne den Blick von ihr abzuwenden. Und setzte auf die Wirkung seines Lächelns, das er für absolut überwältigend hielt.
Als er schließlich in der Halle stand, schob er seine Brille auf dem Zinken hoch. Sein Kopf hämmerte. Schläge, die deutlich zu stark waren für seine armen Schläfenwände.

Er nahm den Fahrstuhl hoch ins Algonquin.
Um sich zu beruhigen, betrachtete er sich im Spiegel des Trep-

penabsatzes. Aber er kam sich wie zweigeteilt vor. Eine Diagonale, mitten durch ihn durch. Wie ein Herzbube. Der Rote. Verschoben, versetzt, zerlegt – wie ein kubistisches Gemälde. Er ging den Gang entlang, ohne an dem Zimmer der Grooms anzuhalten.

Er ignorierte Annonciata. Das portugiesische Zimmermädchen zeigte gerade ihren weißen Arsch. Ein grotesker Körper.

Er sprang über sie hinweg.

Er ging weiter bis zur 607.

Begab sich umstandslos zwischen Bett und Wand. Dort saß die alte Abercromby. Die aufblasbare Puppe war herausgeputzt wie ein Heiligenschrein. Die Augen rosa besudelt. Eyeliner und Zeugs. Khol und Puff. Der Mund mit Doppelstrich aufgemalt.

Er umschlang sie.

»Los, Pam, auf ins Auto. Zu Sergent Harsh«, sagte er zu dem Plastikgeschöpf.

Er nahm sie unter den Arm. Pech für die herabhängenden Ohrringe.

Er ging in den Nachbarflur.

Zu einem Zimmer ganz am Ende des Gangs.

Dem, auf dem stand: »Apartment Broom and Harsh«.

Er klopfte und ging hinein, ohne eine Antwort abzuwarten.

Er schaltete das Licht am Eingang an. Begab sich in den ersten Raum, der in seiner Vorstellung als Wohnzimmer diente.

Im Vorübergehen schaltete er die Stereoanlage an. Auf volle Lautstärke. Volle Dröhnung aus den Boxen. Er sah nach, ob auf dem Teller des Plattenspielers auch wirklich »Mothership-connection« lag.

Dann betrat er das nächste Zimmer, während der Saphir von Telefunken dem halluzinierten Synthesizer Engramme einschrieb.

Er legte die alte Abercromby auf dem Bett ab.

Ohne jede Vorsicht zog er ihr den Panty vom Leib. Setzte sie rittlings auf das Geschlecht von Vicious. Gepfählt, Pam America.

Der große Neger war eine riesige hölzerne Puppe. Eine Gliederpuppe, schwarz angemalt mit pupillenlosen Augen. We-

gen der Blindheit. Einem Mund, der schreiend offen war. Und einem Schwanz, so bedrohlich wie ein Prügel. Unproportioniert. Permanente Erektion.
O.K.
Chaim kehrte ins erste Zimmer zurück. Wandte sich zu Teddy Broom.
»Vergiß dein Gepäck, man«, sagte er zu der schwarzen Stoffpuppe, die vor ihm stand.
Teddy Broom trug ein Hemd aus Tahiti. Stiefel mit durchsichtigen Absätzen, in denen rote Fische schwammen. Er lag willenlos auf einem Sofa. Sein Blick war hinter einer Paillettenbrille versteckt. Einer sternenförmigen. Seine Nase war malvenrot aufgemalt. Chaim schüttelte ihn:
» – du Schmutzfink, bist ja schon wieder auf'm Trip mit diesem Scheiß Gras, das sogar einen Toten hibbelig macht ...«, sagte er.
Er gab der Puppe eine Ohrfeige:
»Werd wach, man! Ich brauche dich. Uns beide. Also, spendier mir einen Joint. Einen Iboga, dieses Gras, das einen so böse macht.«
Er durchstöberte die Puppe.
Unterhalb der einen Achsel fand er gut versteckt eine Weißblechdose. Er nahm eine dickgedrehte Zigarette heraus. Zündete sie an.
»Aiii, Haiii, man!« schrie er. »Funcadelic ist zurück. Vicious kann wieder Bauchtrommel spielen. Er hat eine Frau auf seinem Geschlecht. Mach ein paar Photos, man. Funk. Jetzt ist Vicious' Kraft in meinem Körper. Sie ist in ihm, man! Ich habe seine Gewalt! Seine Kraft und seine Gewalt!«
Da die Puppe schlaff blieb, schüttelte er sie noch mehr. Dann machte er einige starre Bewegungen und ließ von ihr ab. Beugte sich über den Frisiertisch. Steckte seine Finger in ein Döschen Fond de Teint.
Schwärzte sich das Gesicht.
Malte sich einen Negermund. Einen dicken, roten Strich.
Zog sich einen amerikanischen Drillich direkt auf die nackte Haut.
Legte sich ein Koppel um.

Schmückte sich mit einer grünen Perücke.
Setzte sich eine rote Kommandeursmütze auf.
Setzte eine Brille auf, in der sich die malvenroten Lichtspots spiegelten.
Dann holte er ein amerikanisches Bajonett aus der Schublade.
Sid Vicious war jetzt in jede Zelle seines Körpers eingedrungen.

32

Als er lautlos die Treppe herunterzuschleichen begann, lokalisierte er sofort das Gleitgeräusch, das zu hören war.
Er war sich sicher: Nelly Lange war eine Schnüfflerin.
Sie befand sich mittlerweile am Fuße des Aufzugs. Er war ihr nicht gewachsen. Eine Scheiß Schnüfflerin.
Er machte kehrt.
Kauerte sich auf den Treppenabsatz. Alles Nutten.
Er vernahm deutlich die Schritte der jungen Frau. Sie ging auf die Treppe zu. Nur noch warten. Er steckte sich das Bajonett in den Gürtel.
Er ging rückwärts bis zum Gang und betrat das Kabäuschen der Grooms.
Im Geiste malte er sich aus, wie diese Bacall-Doppelgängerin vorwärtsschlich. Jeden Moment mußte sie auf dem Treppenabsatz sein ... NOW!
Er drückte den Hebel des Sicherungskastens herunter und tauchte das Bauchhaus in völliges Dunkel. Er kannte die Örtlichkeiten in- und auswendig.
Kaum war Chaim erblindet, schon fühlte er sich ganz als Harsh.
Sergent Harsh. Haß. Harsh, der vier Tage lang geschrien hatte.
Seine Augen brannten unerträglich. Wie beim ERSTEN MAL.
Und mein Gott, schon stürzte er schreiend auf den Treppenabsatz zu.
Er stieß sofort auf sie, trotz der Dunkelheit.
Sie war genau da, wo er sie erwartet hatte. Etwas näher sogar.
Als erstes berührte er ihre Brust. Ekelhaft. Dabei suchte er ihren Hals. Er begab sich tastend dorthin. An einer Glasperlenkette vorbei.
Sie fand die Zeit, mit tonloser Stimme zu sagen:
»Nein! Vergewaltigen Sie mich ruhig, aber lassen Sie mich am Leben ...«
Sie flehte ihn nachgerade an. Aber ihr fehlte der Sauerstoff dazu.
Er verjagte ihre Worte, die ihn störten.

Er würgte sie mit einer unwiderstehlichen Kraft.
Er stieß ihr das Bajonett durch den Bauch.
Sie brachte keinen Schrei heraus.
UND ALLES WAR, WIE ES SEIN SOLLTE!
Harshs Augen brannten Chaim nicht länger.
Die Hubschrauber kamen und kreisten über den Bäumen.
Die Glasperlen der Kette fielen traubenweise zu Boden. Sie hüpften über das Parkett und nacheinander alle Stufen hinunter. Bis zu den Marmorplatten in der Eingangshalle. Dort produzierten sie ein seltsames Echo.
Ein Echo in Chaims Gedächtnis.
Und alles ging weiter ohne ihn.
Weg waren sie, die Worte.
Uhuhund allles gihihing wahahahahaeiter ohne ihn.

Wie spät war es?
Wann hatte er Nelly Lange ausgezogen?
Wie hatte er sie bis zu Brooms Apartment geschleift?
Welche Leitung in seinem Gehirn hatte funktioniert, als er die aufblasbare Abercromby von Thelonius-dem-Hölzernen heruntergenommen hatte.
Als er Nelly-Abercromby-die-Echte an ihre Stelle gesetzt hatte? Ihre Leiche war noch warm, pfahl-geschändet auf dem unechten Holzneger.
Welcher Irrsinn?
Welche wild gewordene Manege.
Wech rettungsloses Abdriften?
Welch höllischer Strudel hatte ihn dazu getrieben, zum zweiten Mal eine neuerfundene Wirklichkeit und einen verweigerten Irrsinn einander gegenüberzustellen. So als ob er von Verbrechen zu Verbrechen weiter, tiefer, und ungezügelter in blutbesudelte Gegenden vordrang, die immer mehr zugewuchert, neblig, unbekannt wurden?
Chaim legte die Pentax beiseite, mit der er gerade Aufnahmen gemacht hatte.
Nach und nach spürte er, wie ihm die Worte wiederkamen.

33

Ich, Sarah Doddledooe, Bullin und eine taube Nuß, bin um zehn Zentimeter kürzer, als ich in der Verbrechensbekämpfung ankomme.
Ich habe sie im Laufe dieses langen miesen Tages verloren. Weil ich mich unberechenbar verausgabt habe. Ergebnis: Null. Ein abgesprungener Absatz aufgrund des Dauernd-durch-die-Gegend-Pesens. Und den anderen Treter, Größe 37, in der Hand.
Mit Schuhen am Riemen passiere ich die Diensthabenden. Durch ein Spalier von Maulzerreißern erreiche ich mein Büro. Boing, ich schließe die Tür.
Auf, auf, meine Tragbare, fertig zum Rapport. Eine Symphonie für Olympia, zwei Finger, drei Durchschläge.

Spaß beiseite, ich habe wirklich alles getan, um Chaim, den Hinkenden, ausfindig zu machen.
Ich habe alles aufgesucht, was diese STADT und ihre Umgebung an Therapeuten und Traumdeutern so zu bieten hat. Eine Orgie von Freudianern und Lacanianern. Man macht sich keine Vorstellung, was diese Typen für ein Äußeres durch die Gegend schleppen.
Ich habe mich in Kliniken eingeschlichen. Habe alle Notrufe für vereinsamte Herzen abgeklappert. Und ich habe Chefärzte genötigt, mich zu empfangen.
Aber eine Spur von Chaim? Nicht die geringste.
Außer daß ich über den Umweg der Pavillons gelernt habe, wie hierzulande das menschliche Gehirn behandelt wird.
Eine Welt, die einen das Gruseln lehrt.
Scheißmerkwürdige Zivilisation, die wir uns da zusammengebastelt haben.
Auf der einen Seite der Zäune das XX. Jahrhundert, um den Körper zu heilen.
Auf der anderen Seite das Mittelalter, um den Geist zu heilen.
Und ein Rat von Doddledooe: Machen Sie sich die Neuronen nicht kaputt. Schluß mit den Depries. Werden Sie uns ja nicht

phobisch, nur weil Sie einen Drachenflieger von weitem sehen. Oder schizoid an Stautagen. Schlimmer noch: Kommen Sie nur ja nicht auf die Idee, ein autistisches Kind auf die Welt zu bringen. Dann stehen Sie schon mit einem Fuß auf der großen Verzweiflungsrutsche.
Denn es ist nur zu wahr, daß man im Jahre 1980 geistige Abnormitäten ungefähr genauso exakt beherrscht wie ehedem, zu Zeiten Justinians, die Pest.
Soweit bin ich gekommen mit meinen Betrachtungen in drei Durchschlägen, wie gesagt, zwischen meinen 21 x 29,7, als der alte Wallach Einzug hält in meine Bude. Er hat seine kohlrabenschwarze 38er unter der Achsel. Und er erscheint im Hemd vor mir.
Dieser dicke Macho-Divisionsleiter mit seinem Milchschokolademund schenkt mir ein breites Suchardy-Lächeln. Dann läßt er seinen Hosenträgerarsch auf meinem Löschblatt nieder und sagt:
»Also, Doddledooe, dieser Mörder? Kommen wir voran? Wo sind Sie angelangt mit Ihrem mysteriösen Hinkenden?«
»Ich habe alles abgeklappert mit dem Phantombild. Anscheinend ist er in unserer Gegend niemals in Behandlung gewesen.«
Valachi amüsiert sich.
»Sehr gut. Und wie, denken Sie, geht es weiter?«
»Ich habe vor, die Überprüfung auszuweiten. Und seine Personenbeschreibung in der Zeitung zu veröffentlichen.«
»Ich habe vor! Ich habe vor ... Doddledooe, darf ich Sie etwas fragen? ...
»Ja, selbstverständlich.«
Er, knack, Schokolade.
»Worauf, auf welche klar faßbaren Tatsachen stützen Sie sich eigentlich bei Ihrer Annahme, der Mörder und der Verrückte, dem Sie begegnet sind, seien ein und derselbe?«
»Sie vergessen die Katze ... Die hat er doch auch erwürgt.«
»Das ist ein schlechtes Argument. Auch ich schieße gelegentlich auf die meines Nachbarn.«
Kein Wunder. Wallach-Miststück hat Mörderdaumen. Ich rege mich auf. Du regst mich auf. Er regt mich auf, dieser fette Idiot.

Ich sage:
»Nun, Monsieur, dann wohl, weil es ... meine Überzeugung ist!«
»Überzeugung!«
Seine sabbernde stinkige Zunge klebt am Gaumen fest.
»Überzeugung! Hör sich das einer an! Haben Sie es schon einmal damit versucht, Ihren wunderschönen Hohlkopf in Schwung zu bringen?«
Auf derlei Provos antworte ich gar nicht. Ich tippe meine XXXXXe auf das Blatt Papier.
Er sabbert vor sich hin. Er erregt sich ganz von alleine. Eine Aufregungsonanie. Er sagt:
»Denken Sie nach, Scheiße! Die Tote war eine Nutte. Sie bewegte sich also in einem gewissen Milieu. Übte einen gewissen Beruf aus. Möglicherweise ist sie das Opfer eines Zuhälters. Oder eines Gewohnheitsfreiers. Gewohnheiten sind etwas wichtiges, wissen Sie?... Haben Sie schon mal ihr Leben durchforstet?«
»Ich gestehe, Nein ... noch nicht Monsieur.«
Und XXXX in das wieder eintretende Schweigen.
»Ich glaube, das ist es, was ich Ihnen vorwerfe, Inspektor Dodd«, murmelte der alte Wallach schlußendlich, und kniept mit den Schweinsaugen. »Das. Und daß Sie meinen, Sie seien die Gerissenste von allen.«
Völlig Mietzekatze und ein schokoladenes Lachen:
»Haben Sie den Nachtwächter des Motels befragt?«
»Ja. Er sagt, er habe nichts gesehen.«
»Kein Wunder. Ich habe mir sagen lassen, daß diese Kabine 7 den Damen bis Mitternacht zur Verfügung steht. Egal wofür. Und daß erst ab diesem Zeitpunkt die Direktion darüber für gewöhnliche Kunden verfügt. Eine Abmachung mit den Mädchen. Das Winterreglement. Gegen Bezahlung selbstredend.«
Ich unterbreche meine Xe auf dem weißen Papier. Ich sage:
»Und gegen Bakschisch für die Polente ...«
Er verzieht das Gesicht. Zerknautscht ein Stück Silberpapier.
»Möglich.«
»Amtlich.«
XXX und kling, Ende der Zeile.

Er macht mit seinen rundlichen Fingern eine ausweichende Bewegung.
»Nicht unsere Sache, darüber zu urteilen. Nicht unser Gebiet. Was sagen die Fingerabdrücke?«
»Keine Fingerabdrücke, Monsieur.«
»Ah, sehen Sie! Es könnte sich um einen kleinen Schlaumeier handeln, der uns auf den Nerven herumtanzt. Ein Typ, der will, daß wir an ein gemeines Verbrechen glauben.«
»Ich bin vom Gegenteil überzeugt, Monsieur.« Und X.
Er hebt seine Augen und blickt auf meine Brüste.
Seine Hängebacken fallen auf seinen zerknitterten Hemdskragen herab. Drei Falten. Und Knack, einen Biß in die Schokolade. Er kaut nun turbo.
»Noch eine Frage, Doddledooe. Warum haben Sie nicht Bertrands Kompetenzen zu Rate gezogen?«
»Er kotzte mich an, Monsieur.«
Und ein X à gogo, plus Tabulator. Kling.
Daraufhin ertönt ein Knurren aus seinem Rüssel. Er nimmt seinen Arsch von meinem Löschblatt.
»Er wird für Sie den Fall übernehmen. Sie sind ab sofort beurlaubt und können sich morgen früh im Bett aalen.«
Er bewegt sich eilends zur Tür. Im Öffnen dreht er sich noch einmal um:
»Ich bin ohnehin der festen Überzeugung, daß dort mehr noch als anderswo Ihr Platz ist.«
Ich protestiere nicht einmal.
Bin viel zu angewidert.
Ihren Bericht – ich reiße die Blätter aus der Maschine – können Sie sich dorthin stecken, wo Sie ihr Herz haben.
Im Arsch.

34

Verbrechenstagebuch vom 9. November.
17 Uhr (Stunde der Wirklichkeit).

Die 607 flackert nicht mehr.
Die 607 flackert nicht mehr auf der Tafel.
Die 607 wird nie mehr flackern auf der Tafel im Kabäuschen der Grooms.
Pamela-Lady ist von uns gegangen.
Und hat uns zuguterletzt noch die Zunge rausgestreckt. Eine unmögliche Grimasse. Und all das bei der einfachsten Ausführung.
Lassen Sie mich den Schlamassel erzählen.

Vorhin habe ich sie, wie vereinbart, bei Sergent Harsh abgeliefert. Sie konnte nicht mehr stillhalten. Völlig hysterisch.
Als ich ins Apartment einlief, war Broom gerade dabei, sich zum Ausgehen fertigzumachen.
Damit meine ich, daß er gerade seine Uniform überzog, Guerilla-Black-Panther-Stil. Machte sich auf den Weg, um George Clinton, sein Idol, im Pavillon zu hören.
»Heute ist der große Tag, man!« verkündete er mir feierlich.
»Doomsday. P-Funk-Earth-Tour is in Paris.«
Er hatte sich ein »conkin'« gemacht. Eine Stärke-Glättung für seine Krussellocken. Während er seinen Knoten richtete, warf er einen Blick auf Old Abercromby. Bildete sich eine Meinung über ihren Körper. Registrierte auch den Pelzmantel und daß sie nichts darunter anhatte.
»Brother erwartet Sie, Ma'am«, sagte er und lüftete, als wäre es die natürlichste Sache der Welt, einen Zipfel ihres dämlichen Zobels.
Er preßte die Lippen zusammen. Kein weiteres Zeichen der Begeisterung.
»Sie haben wirklich Glück, Ma'am«, bemerkte er mit brüchiger Stimme. »Harshies Geschlecht ist heute so dick wie die Fackel der Freiheit. Da werden Sie ein paar schöne Minuten

haben. Er gehört Ihnen, die ganze Nacht. Have you got the money?«
Old Abercromby warf ihm eine Handvoll Dollar ins Gesicht. Dann trat sie mit einem kehligen Lachen in das Zimmer.
Funkie-Broom zuckte mit den Achseln.
Er begann, die George Washingtons aufzusammeln. Kein bißchen erniedrigt. Zwinkerte mir sogar mit den Augen zu. Er war »stoffweiß« wie die Wand.
»Bis später«, sagte er.
Und dann schob er auf seinen Sternenstiefeln ab in die Hölle.

Nach seinem Abgang habe ich mein Auge gegen das Loch in der Wand gedrückt.
Old Abercromby war bereits im Zustand der Schwerelosigkeit.
Space-gone. Mit weit geöffneten Augen. Im Gleichgewicht auf dem angsteinflößenden bop-gun-coitus von Sid Vicious.
Langsam, durch den Orgasmus steif geworden, drehte sie sich im Raum. Sie hatte die Arme überkreuzt, ihr Gesicht der Lampe zugewandt und sah aus wie eine Trapezkünstlerin, die an den Zähnen hing.
Sie lächelte, Lust-tetanisiert.
Nach einer sehr hübschen Photoserie mit 1,7er Blende habe ich mir gesagt, daß mir die Zeit noch reichen müßte, Monsieur Bing guten Tag sagen zu gehen.

35

»Wann werden wir mich umbringen?«
Längst gärt sie, die Frage, die Bing mir gerade gestellt hat. Gleich bei der Ankunft. Einfach so. Rundheraus. Am hellichten Nachmittag. Spitze, nicht wahr?
Aber fangen wir noch einmal ganz von vorne bei der Vorspeise an.
Als ich Teddy Broom verließ, hatte ich die Hände in den Taschen. Und einen eher freien Kopf. Ein wenig verträumt, zugegeben. Denn ich dachte wieder an Pamela, die auf dem sexuellen Gyroskop von Thelonius Wetterfahne spielte. Eine Vision in Farbe von der angenehmsten Sorte.
So daß ich mit einer Melodie auf den Lippen, die eine Fliege hätte umhauen können, am Fuße des Turmes ankam.
Und dort, 18. Etage, nicht der Schatten eines Zweifels, was sehe ich? Was sehe ich da bloß? Den roten Schal der Verzweiflung! Es flattert, das Banner, auf dem Beton.
Monsieur Bing. Notlage. Das Signal des Rette-mich-wer-kann. Vorwärts, Tempo, spinnbeine ich los. Atemlos überquere ich die Straße.
Einmal am anderen Ufer, geschafft, braucht der Aufzug endlos lange. 2'32 genau. Stellen Sie sich diese Angst einmal auf dem Sekundenzeiger vor.
Den Weg hinauf gebe ich mir alle möglichen Erklärungen in Bezug auf Old Bingo.
Hat er vielleicht in die Hose gemacht? Oder hat ihn ein Aortendurchbruch ereilt? Hat er etwa Feuer in seiner Müllkippe?
Mit meinem Schlüssel, Zeiss-Ikon, betrete ich den F4.
Auf alles gefaßt. Auf das schlimmste Blutbad. Die schrecklichsten Epidemien. Auf Polizistenmorde. Die Verletzung sämtlicher Sitten.
Statt dessen — Stille.
Stille und Gestank. Ein unbekannter Gestank in der Geschichte der Kosmetik.
Ich nehme die Charles-de-Gaulle. An der Ecke Bokassa-Déchu rutsche ich aus. Boing! Auf einer Aubergine mit Schale.

Kaum liege ich flach, meine zwei Hufe in der Luft, da gewahre ich die olympische Erscheinung von Monsieur Bing.
Er hockt auf einer kleinen Erhebung. In zwei Meter Höhe. Vom Boden aus. Eine hinübre Melone auf dem Kopf, spitze, in einem Umhang aus reiner Wolle, so bietet er sich dar. Er grüßt mich.
Seine wohlklingende Stimme dringt bis zu mir:
»Wann werden wir mich umbringen, mein Junge?«

Er ist ordentlich besoffen.
Wie gesagt, er hockt ganz oben auf einer Pyramide aus Bierbüchsen. Sein Zustand ist augenscheinlich mies.
Im Zeitlupentempo beugt er sich nach hinten. Kippt sich einen Strahl Pale Ale hinter die Binsen. Wohltat aus Hopfen. Läßt die Zunge schnalzen.
Dann zeichnet er mit seinen Händen eine Spirale des Zweifels in die Luft. Und schickt sie in Richtung seines Abdomen. Ein wenig so, als wolle er eine Bestie zähmen.
Ein vieltöniges Kollern steigt in ihm auf. Zunächst noch entfernt, wie ein Zug tief im Tunnel. Dann grummelnd. DamDamDam. DAM DAM DAM. Dumpf. Mit Anhängern. Ein Konvoi, der vorüberfährt.
Bingo verzieht das Gesicht.
Der Atem stockt. Eine unerträgliche Blähsucht hat ihn erfaßt. Er wartet. WIR WARTEN.
Als er wieder atmen kann, sagt er mit Tränen in den Augen:
»Heute hat PUNK mich wieder in seinen Klauen. So als hätte ich lauter Sicherheitsnadeln in den Eingeweiden.«
Monsieur Bing spricht nur an wirklich schlechten Tagen von seinem Krebs. Weil er die anderen nicht mit dem Fortgang nerven will. Nur dann, wenn sein Leiden allzu sichtbar ist, als daß man es verbergen könnte.
Er läßt einen fahren, so stinkend wie es nur geht. Während er sich die Nase zuhält, fuchtelt er zur Entschuldigung mit einer ausholenden Geste quer durchs Zimmer.
»Wir können vor PUNK ganz unbesorgt von meiner Ermordung reden«,sagt er. »Er und ich, wir sind unzertrennbar.«
Genau die Art Witzelei, die er immer von sich gibt, wenn er

besonders tief in der Scheiße sitzt. Um zu zeigen, daß sein Sinn für Humor die Oberhand behalten wird.
Er stürzt den Bierbüchsenhügel hinunter, den er Irland nennt. Dann dringt er in den Sinai ein, wie wir die einzige leergeräumte Ecke des Apartments getauft haben. Knapp ein Meter fünfzig mal knapp ein Meter fünfzig.
Er wendet sich um:
»Nun, mein Junge? Hast du über dein perfektes Verbrechen nachgedacht? Wie weit sind wir jetzt mit meinem Tod?«
Und er bringt mir ein irres Interesse entgegen.
»Wir kommen voran, Monsieur Bing. Wir kommen voran.«
»Es wird Zeit!« flicht er ein.
Danach wird seine Miene gelangweilt. Er sagt:
»Junge, Chaim! Ich habe dich gerufen, weil ich heute morgen Khomeini getroffen habe.«
»Den Imam, Monsieur Bing?«
»Ja, so nenne ich meinen Tod. Sein Schädel geht mir nicht aus dem Sinn.«
»Ihren Tod, Monsieur Bing? Aber wie kommt es dann, daß Sie noch unter uns weilen?«
Entzückt ob meiner Überraschung zwinkert er mit den Augen. Er zeigt mir sein Bier:
»Eine List. Ich habe so getan, als sei ich hoffnungslos besoffen. Um nicht mit ihm reden zu müssen. Verstehst du?«
»Verstehe, Monsieur Bing. Verstehe, Sie sind so knülle wie ein rocking-chair.«
»Glaube das nicht, du Ungläubiger! Ich hatte gute Gründe zu trinken!«
Plötzlich umarmt er mich. Beugt sich über mein Gesicht. Eine drückende Hitze umhüllt mich. Dann erklärt er:
»Weil ich aus der Schnauze stinken wollte!«
Ich falle fast aus den Latschen.
»Ihr Atem ist unerträglich.«
»Absicht. Ich wollte den Knochenmann verjagen.«
Er läßt mich los.
Pouf, er läßt sich auf seinen weichen Arsch fallen. Wie ein Sack. Da sitzt er, der Eremist, und leert seine Flasche in Riesenschlucken.

Rülpst.
Lächeln.
Rülpst.
Unruhe.
»Wir sollten unseren Plan nicht endlos aufschieben, mein Junge. Bring mich um!«
Ich weiß nicht mehr, wohin mit mir.
»Sonst sterbe ich einen dieser dümmlichen Tode. Den schlimmsten. Den medizinischen. Und zudem würde ich mir ernsthaft Vorwürfe machen, dich um dein erstes Verbrechen gebracht zu haben.«
Ich senke die Augen. Erröte. Traue mich nicht, ihm von Sergent Harsh und den Verbrechen zu erzählen. Ich spiegele etwas vor. Weiche aus. Dann sage ich:
»Sie werden mich um nichts bringen, Monsieur Bing. Und ich bin sicher, wir haben noch viel Zeit vor uns. Ich meine, Zeit zum Lachen!«
»Quatsch! Illusionen! Lügenmärchen, mein Junge! PUNK ist meinem Leben auf den Fersen! ER WIRD GRÖSSER, NAGT AN MIR, HOLT MICH EIN! Vom dicken Ende des Darms her. Weiß du eigentlich, daß mein Sigmoid sich bereits in meinen Speisebrei zersetzt?«
Für all diejenigen, die dieser Terminus verstört, erkläre ich, daß das Bing'sche Sigmoid der letzte Abschnitt seines Darms ist, der normalerweise ein S vor dem Hintern beschreibt.
Man erkennt den vollen Ernst der Lage, wenn man hört, daß es sich zersetzt.
Bingo, mir gegenüber, kommt auf sein Thema zurück:
»Nun, Chaim, mein Junge! Hast du ein ungesühntes Verbrechen gefunden?«

Hier muß ich anmerken:
Wie sehr es auch der Moral widerstrebt, es ist völlig zutreffend, daß Monsieur Bing mich damit beauftragt hat, das Problem zu durchdenken. Ich habe mich übrigens dem Leser gegenüber gleich zu Beginn dieses Verbrechenstagebuchs unumwunden dazu geäußert.
Der Plan hierzu ist an jenem Tag entstanden, als ich Monsieur

Bing einmal, während wir unsere Karotten aßen, offenherzig wie ich bin, meine drei Hauptleidenschaften gestand: reich, unehrenhaft und ein Top-Verbrecher zu werden. Dieses recht ungewöhnliche Vorhaben hat ihn begeistert.
Er hat gesagt, endlich träfe er einmal jemanden, der die ausgetretenen Pfade verlassen wolle.
Sofort hat er mir seinen Körper angedient, was ihm keinerlei moralisches Problem zu bereiten schien. Ich müsse mir lediglich, meinte er, Hand und Geist auf ein mir gemäßes Verbrechen einstellen.
Jeder Tischlerlehrling fabriziert schließlich Übungsspäne.
Und alles paßte haargenau, denn es stellte sich heraus, daß sein alter, verdammter Körper keinen Heller mehr wert war. Genau die Art von fauligem Brett, die man einem Anfänger unter den Hobel legt.
Er hätte einen Horror davor gehabt, sein Gerippe der Wissenschaft zu vermachen. Dafür dachte er zu schlecht über sie. Hielt sie für eine unehrenhafte Schlampe. Eine Nutte, die begierig mit Militärs herumhurt, anstatt sich der Nöte der Arbeiter anzunehmen.
»Business! Profit! Rendite ... und Atomsprengköpfe!« schrie er, um seine Ernüchterung kundzutun.
Und dann verband er seinen Abscheu gegenüber dieser kapitalistischen Welt mit einem Aufknöpfen seines Hosenschlitzes und urinierte in aller Öffentlichkeit vor mich hin.
Mitten auf dem Platz Bokassa-Déchu.

»Nun, Chaim, Junge? Hast du ein ungesühntes Verbrechen gefunden?«
»Ja«, sage ich ihm. »Besser noch: Ich habe ein Rätsel erfunden. Und die Polizei wird nie herausbekommem, wer von uns beiden Ihr Mörder ist.«
Und dies ist die Wahrheit, die reine Wahrheit.

Ich bin ganz hinten im Kabäuschen der Grooms auf das Verbrechen an Monsieur Bing gekommen. Genau an dem Ort, an dem ich gerade sitze und mein Verbrechenstagebuch verfasse. Ich träumte vor mich hin. Hatte den Finger in der Nase. Und dachte wieder an jenen letzten Sommer, der uns so beharrlich zum Schwitzen brachte.

Ehrlich, ich verdanke die Eingebung zu diesem Verbrechen der Sonne.
Das kommt von der Energie, die sie entwickelt. Zum Beispiel indem sie durch mein Dachlukenfenster hindurch das Eis in meinem Minzgesöff zum Schmelzen bringt.
»Erzähl«, sagt Monsieur Bing genüßlich.
Er schließt die Augen.
Ich unterbreite ihm meinen Plan.
Trotzdem, bitte haben Sie Verständnis für meine derzeitige Diskretion Ihnen gegenüber, ich schweige. Von wegen Sicherheit und noch nicht anstehendem Kapitel.
Als ich alles erzählt habe, damit das Verbrechen perfekt ist, öffnet der alte Bing die Augen.
Er starrt mich warmherzig an:
»Was für ein gelungener Eintritt in die Welt des Verbrechens, mein Junge«, bemerkt er anerkennend. »Es wird sicher Spaß machen, deinen Plan durchzuführen.«
Er scheint kein bißchen besoffen zu sein. Seine Mittäterschaft in dieser Angelegenheit gefällt ihm außerordentlich.
»Das finden die Bullen nie heraus«, ruft er aus.
Er reibt sich die Hände.
»Wir könnten mich am Weihnachtsabend umbringen, oder? Was sagst du?«
Ich sage nichts dazu. Plötzlich, als ich die Dinge Gestalt annehmen sehe, bekomme ich Pudding in den Beinen. Es ist nicht komisch, ein Feigling zu sein. War ich immer schon. Mein Fehler, und ich kenne ihn nur zu genau.
Zum Beispiel hasse ich Faustkämpfe. Nicht etwa, weil ich es hasse, jemandem weh zu tun – auch wenn es mich nicht gerade begeistert –, aber was mich am meisten verschreckt bei einem Faustkampf, das ist das Gesicht des Typen. Zum In-die-Luft-Schießen!«
In dem Fall, der mich interessiert, ist es Monsieur Bings gesamte Wampe, die mich abhält. Seine dicke, stinkende Wampe.

Ich versuche, mir eine eiskalte Miene zuzulegen. Sehr nonchalant. Aber ich weiß genau, daß es mir nicht gelingt.
Bing hingegen rappelt sich wieder hoch.
Er plant. Schmiedet. Wird immer teuflischer:
»Weihnachten ist eigentlich wie geschaffen für einen Mord. Ein Abend im Familienkreise. Also völlige Gleichgültigkeit. Eine Zeit des christlichen Egoismus. Jeder für sich. Trarih, Trarah! Familie, Onkel, Tante, Kind und Kegel sitzen im Kreis um das kleine Glück und wärmen sich. Niemand wird mitbekommen, was du anstellst.«
Er seufzt.
»Schade nur«, sagt er, »daß ich bis dahin nicht durchhalten werde.«
Als ich das höre, dreht sich mir alles.
Die Dinge entgleiten mir. Ich spüre vage, daß dieser Mann mich in einen Trichter hineinzieht, aus dem ich nicht zwangsläufig auch wieder herauskommen werde.
Plötzlich richtet er sich auf, der alte Bing.
Er stinkt nach der gesamten Erde. Er scheint außer sich.
»Mein Gott, du verfluchter Groom. Mach nicht so ein Gesicht! Willst du nun, daß ich dir in den Steigbügel des Verbrechens helfe, ja oder nein?«
»Ja, Monsieur Bing, gerne, sehr gerne ...«
Er beugt sich über mich:
»Gut, Chaim, mein Junge, damit du deine letzten Skrupel verlierst, werde ich dir bis Weihnachten ein Motiv liefern.«
»Ein Motiv, Monsieur Bing?«
»Natürlich ein Motiv. Das Leben hat schließlich einen Sinn. Also muß ein Verbrechen ein Motiv haben. Es muß doch etwas geben, wofür du mich umbringst.«
Ich erkenne Bingo nicht wieder.
Plötzlich stelle ich fest, daß er richtig großartig ist. Daß er einmal stark gewesen sein muß. Und daß er in der Lage ist, die Kraft des Bösen zu sein.
Ich stammele: »Ganz wie Sie wünschen, Monsieur Bing, ganz wie Sie wünschen ...«
Und schon nimmt er ohne Vorwarnung mein Gesicht und drückt seinen verrotteten Mund gegen den meinen.

Ich wünsche keiner Menschenseele, daß sie den Tod eines anderen beküssen muß. Ich rede gar nicht von dem Gestank, den er an sich hat. Nur von dem, was ich dabei gefühlt habe.
Monsieur Bing war ganz rot geworden. Er hat geschrien:
»Ich ekle dich an, oder? Ich ekle dich an!«
Ich habe nur geantwortet:
»Ich muß los ... Madame Abercromby wartet schon ...«
Und schwups, weg war ich.
Monsieur Bing brach in schallendes Gelächter aus. Übernatürlich.

Ich schwuppte von dannen über die Charles-de-Gaulle.
Noch vor dem Ende des Gangs, der zum Fahrstuhl führt, habe ich gekotzt. Plötzlich war mir, als hätte ich einen Pakt mit dem Teufel geschlossen.
Ein kindlicher Gedanke, irgendwie.

36

Als ich nämlich zu Teddy Broom zurückkam, war das verdammte Unglück bereits geschehen.
Dieser Spinner von Vicious hatte Pamela-Lady erwürgt. Nicht nur das. Er hatte zudem angefangen, mit dem Blut seiner Landsmännin überallhin seinen Namen zu schreiben. Pam Americas Bauch, aufgeschlitzt mit einem Bajonett, diente ihm als Hämoglobin-Tintenfaß.
Vicious, Vicious, Vicious, auf alle Wände.
Und über all diesem Schrecken wüteten Sergent Harshs Schreie.
Egal, welch lange Leitung, egal, was für eine Null-Akustik mit Salpingitis-verstopften Trommelfellen – unmöglich, dem Kehllaut zu entrinnen.
Das Trompeten dieses Typen war nicht zum Aushalten.
Ich bin zum Ausgang gestürzt.

Schnell, auf in den Korridor.
Ich mußte Teddy suchen.
Mußte ihm von der Mordtat seines Halbbruders erzählen. Er sollte mir heraushelfen aus diesem Wespennest.
Harshs Schreie verfolgten mich, als ich durch die Straßen lief.
Hier war nichts zu sehen. Keine Menschenseele. Nur Autos, lange, flache. Sie fuhren in großer Entfernung vorbei. Glitten geräuschlos dahin.
Nutzlosen Zielen entgegen.
Ich ging eine Straße entlang.
Lauter astlose Bäume zu beiden Seiten, in Reih und Glied.
Und niemand anzutreffen in dieser SCHEISS-STADT.
Niemand, dem ich meine Verzweiflung hätte ins Gesicht schreien können.
Eine KULISSENSTADT. Hell erleuchtete Fenster. Ordentlich nebeneinandergereihte Öffnungen. Rechtecke, alle gleich groß.
Jedem sein kleines Fach. Seine Wabe.
Und hinter allen Scheiben Menschen im Profil.

Regten sich nicht.
Sahen nicht in meine Richtung.
Reisten jeder vor sich hin.
Sahen fern.

Alptraumartig rückte der Pavillon de Paris in mein Blickfeld. Das Gebäude hatte eine zyklopenartige Ansicht. Es imitierte die Form eines Auges auf der Erdoberfläche.
Einzigartig. Hervorstechend. Und riesenhaft.
Zur Nacht hin geöffnet, schützte es seine Neonpupillen unter Betonwimpern. Es schillerte vor Licht. Ein permanentes Blinken.
Ich trat durch die Iris ein.
Sofort vernahm ich die Schreie, die Vivats, die Pfiffe der Menge.

In meiner Vorstellung war der Pavillon ein riesengroßer Saal, wie der Prinzenpark. Wenn man hineinwollte, mußte man erst durch eine Schwingtür, dann einen der Gänge hinunter und dann wieder durch eine Schwingtüre.
O.K.
Mit ausgestreckten Armen ging ich durch die Schwingtür.
Schreie sprangen mir ins Gesicht. Grelle Lichter durchschnitten den Raum. Weit unten, sehr weit entfernt befand sich der Ring.
Und in dem Ring. In dem Ring zelebrierte George Clinton den Funk.
Eine Liturgie aus Farbblitzen im Rhythmus zur Musik.
O.K.
Aber wenn man weiter vorging, Shit!, stieß man auf eine zweite Schwingtür. Der Ring verschwand.
Mit ausgestreckten Armen laufe ich durch diese verdammten Türen.
O.K.
Und dahinter der Ring.
Abschuß, Abschuß, Abschuß, funkte George Clinton.
Und ich lief erneut den riesigen verrauchten Gang hinunter.
Und die Menge brüllte. Sie schickte ihr gesamtes defätistisches

Gift in den Raum. Und funk be-the-scheiße, ich lief direkt auf George Clinton zu.
George Clinton, ein Neger aus Plainfield, einem verkommenen Vorort von New York, USA.
Ich lief weiter.
Die Musiker schickten die verdammten Quietscher ihrer elektrischen Gitarren in die Menge. Durch die Verstärker von Jim Vitti, dem Ingenieur des verrückten Tons, trieben sie – Whaouoouh-Wahahoohh-bang – auf elf Stereo-Gängen dahin.
O.K.
Und dann, wenn man weiterging, die nächste Runde bitte. Noch eine Schwingtüre, und ausgestreckte Hände. Wieder mußte man laufen. Wieder ging es hinunter. Unten dann: Der Ring. Scheiße. Ein Alptraum.
Ich lief den riesigen Gang entlang. Zwölftausend Stimmen schrien nach Funk. Alle Delirien waren zugegen. Pailletten. Metallenes Plastik. Fluoreszierende Mikros. Die gesamten miesen Flitterzutaten unserer Scheißzivilisation. So viele und aberviele Schwarze. Und take care, sie waren gewalttätig.
Ich rannte. Lief hinunter.
Riesige Nanas wiegten ihre Babys im Rhythmus der Musik. Ebenholzfarbene Mädchen mit Beinen wie Raketen ließen ihre wunderbaren Ärsche kreisen. Als ich vorüberging, schüttelten sie ihr Haar. Das Geräusch einer Klapperschlange. Ein Flechtwerk aus tausend kleinen Zöpfchen, die wie Peitschen knallten. Mit bunten Plätzchen, Eisenkugeln und Bonbons verziert.
FUNK! GET READY TO ROCK!
FUNK! GET READY TO ROLL!
Eine von ihnen stellte sich mir in den Weg.
Sie küßte mich. Ohne auf meine zwölf Jahre Rücksicht zu nehmen. Mitten auf den Mund. Ein Geschmack nach Essig und Räucher.
»Yell!« sagte sie. »Bawl! It ain't get illegal yet!«
Schrei es heraus! Brülle! Noch ist es nicht illegal!

Inmitten dieser afrikanischen Häuptlingsmasken, dieser Tamtam schlagenden Geister, inmitten von zwölftausend Heiden, alles supermen oder monetenstrotzende, güldene, pailletten-

besetzte Zuhälter, schrie ich den Namen von Teddy Broom.
Schon stand er im Ring.
Zur Linken Gottes. Zur Linken von George Clinton persönlich.
Die falschen Diamanten glitzerten an den Fingern, den Kopf krönte ein ein Meter großer Hut, ansonsten nackt, abgesehen von einem gelben Spielhöschen – das Idol auf einem anderen Stern.
Teddy Broom befand sich auf demselben Planeten. Geladen wie ne Knarre. Halluzinogeniert von innen heraus.
Er erkannte mich nicht. Ich schrie:
»Broomie! Broomie!«
Für einen kurzen Moment hob er ein schweres Lid. Er hatte Blut in den Augen. Beugte sich zu mir herüber.
Er bedeutete mir, ich solle sprechen. Dabei tanzte er ununterbrochen weiter. Völlig abgefahren. Völlig angekurbelt. Wie besessen. Hatte irgendwelche Paradiese erklommen. Bis an den Rand der Erschöpfung.
Er hörte mir zu.
Verzog das Gesicht wie nicht zuständig. Denn nichts, nicht einmal sein Bruder konnte ihn heute abend noch erreichen. Zu weit entfernt. Broom. In den Sternen.
»Shit!« schrie er und machte mit dem Finger ein Zeichen in die Luft, das besagte, ich könne ihn mir sonstwohin stecken. »Shit! Verzieh dich, oder ich brate dir einen über! Tu mir doch den Gefallen und sag President Carter, er solle das Weiße Haus anstreichen: die eine Hälfte weiß und die andere schwarz!«
Er bog sich vor Lachen.

37

Chaim lag in seiner Falle.
Ausgestreckt auf dem Bett. Er war am Ende seiner Kräfte. Zu viel Energie. Zu viele wirklichen Gefühle.
Er sah auf die 20-Dollar-Note über seinem Kopf, die er hatte einrahmen lassen. Die, die er seine Fred-Astaire-Note nannte. Außerdem blickte er kurz auf das Poster, auf dem Marilyn Monroe ihm sanft zulächelte. Too sweet. Es gelang ihr nicht mehr, ihn zu bestärken.
Er schloß sein Heft.
Sah auf die Uhr.
18 Uhr, Zeit der Wirklichkeit. Draußen war es dunkel. Irma war noch immer nicht zurückgekommen.
Er schob seine Brille auf seinem Zinken hoch.
Er fragte sich, ob es richtig gewesen war, Nellys Kleidungsstücke im Kleiderschrank aufzuheben. Jedenfalls mußte er dringend den Körper loswerden. Er beschloß, ihn in einem großen Korbkoffer zu verstauen. Außerdem beschloß er, diesen zum Aufzug zu ziehen. Richtung zweiter Stock.
Wenn er den Leichnam bei Monsieur Bing versteckte, würde niemand den Gestank bemerken.

Er tat alles genau so, wie er es beschlossen hatte. Bing, den das Bier umgehauen hatte, schnarchte in den höchsten Tönen eines Electrolux. Nelly-Lange-Abercrombys Beisetzung konnte ohne sein Wissen stattfinden. Sie können sich gar nicht vorstellen, wie tief es war unter den Bergen von Bierdosen und Karottenkraut. Eine leichte Erhöhung auf der Place Bokassa-Déchu – nichts weiter.
Zurück im Algonquin sagte sich Chaim, daß er mit aller Gewalt Irma davon abhalten mußte, bei Monsieur Bing zu lüften.
Zu gefährlich.
Er richtete das Bett von Sergent Harsh her. In dessen Bude.
Er putzte alles um ihn herum. Entfernte das »Vicious« an den Wänden.

Dann schminkte er sich ab.
Für all dies benötigte er eine gute Stunde.
Hinkend verließ er das Algonquin.
Er begab sich in aller Ruhe hinunter ins Erdgeschloß.
In der Halle trat er auf eine der Perlen.
Er sammelte alle Perlen ein. Eine Glasperlenkette, aus zweiunddreißig Teilen. Ein Geduldsspiel.
Er warf sie in den Mülleimer. Verpackte sie vorher noch sorgfältig in Zeitungspapier.
So. Er hatte nichts vergessen.
Doch. Das Portwein-Glas.
Als erstes räumte er die Flasche weg.

Als Irma die Küche betrat, war sie erstaunt, Chaim dort vorzufinden. Er spülte gerade ein Glas und pfiff dabei eine dieser gräßlichen Melodien, die nur er kannte.
Irma ging gebeugt unter der Last der zwei Obsttüten.
Sie trug ein Netz über ihrer Dauerwelle. Ihr Alter blieb, egal unter welchen Umständen, immer gleich undefinierbar. Aber wenn sie ein Netz trug, war es besonders undefinierbar.
Sie hatte die Gewohnheit, immer schon zu reden, noch bevor sie in ein Zimmer getreten war. Diesmal sagte sie mit wirklicher Neugier in der Stimme:
»Chaimie? Wem zum Teufel gehört das weiße Auto im Hof? Haben wir etwa Besuch gehabt?«
Chaim fiel das Glas auf den Steinfußboden.

Nelly Langes Auto war ein 504 der Stadtverwaltung.
Gott sei Dank, lobpreiste Chaim George Clinton, daß er nicht noch hinauf zum Kleiderschrank mußte, um in den Kostümtaschen der Toten zu wühlen.
Die Schlüssel lagen auf der Ablage.
Er zog sich Handschuhe über.
Dann glitt er hinter das Steuerrad und warf den Motor an.
Gerade hatte er herausgefunden, wo der Hebel für die Scheinwerfer war und wie man den Sitz zurückstellen konnte, da sah er Irmas Silhouette in der Tür des Bauchhauses erscheinen.
Sie stand unter dem grellen Licht auf der Außentreppe und

schwenkte die Arme wie Propeller. Eine schneidende Angst.
»Und der Goudénèche-Abend, fällt der ins Wasser?« schrie sie.
Chaim legte den ersten ein und verschwand in der Nacht.
»Haajii, Hajo«, wiederholte sich Irma den Gesang.
Sie lächelte schwach, hob die Hand schnell zum Hitlergruß und ging wieder hinein.

38

Wie von selbst fand Chaim sich inmitten der STADT wieder. Diese riesenhafte Schlampe zog ihn an.
Und sie hatte übrigens, von ganz wenigen Dingen abgesehen, in der Wirklichkeit auch das gleiche Aussehen wie in der »anderen Welt«.
Eine viereckige Stirn. Wangen aus Beton. Ein und dieselbe Kälte aus den vielen Blicken der tausend gleichförmigen Fenster. Man konnte meinen, daß über den Umweg dieser enthumanisierten STADT die schlimmste der Alchemien denkbar wurde. Daß in der Berührung mit dieser Nutte, die keine Seele besaß und ohne Liebe war, Wirklichkeit und Alptraum völlig ununterscheidbar wurden. Daß diese STADT mit ihrem kriegerischen Gehabe nichts als Gewalt einflößte.
Im übrigen keine Menschenseele auf der Straße, um derentwillen man sie hätte lieben mögen: der Körper dieser Riesin war hohl.

Chaim fuhr schnell. Der Schnee war geschmolzen. Sein Klumpfuß behinderte ihn beim Auskuppeln.
Eine Weile fuhr er durch das weite Brachland.
Auf dem Weg Richtung Zentrum raste er unter den Hochspannungsarmen eines Stromgeschwaders hindurch.
Als er an dem Motel vorbeifuhr, schweiften seine Gedanken ab zu der Roten. Sogleich überkam ihn ein beinahe zärtliches Gefühl. Es war wie eine schimmernde Sanftheit.
Sie erschien ihm plötzlich als das einzig Wahrhaftige, das ihn noch an die Wirklichkeit band. Eine Wirklichkeit, gegen die er ankämpfte. Eine Wirklichkeit, die auf ihm lastete. Dieses Auto zum Beispiel, schicksalhaftes Blech, das in seinem Dasein aufgetaucht war. Und dessen er sich um jeden Preis vor Tagesanbruch entledigen mußte.

Er fuhr noch etwa fünfzig Meter. An der BP-Station vorbei. Und plötzlich stieg er, von einem dumpfen Kommunikationsbedürfnis getrieben, auf die Bremse.

Eindeutig, ja, er hätte so gerne mit der Roten geredet. Just in diesem Augenblick, und er hätte ihr eine ganze Menge zu erklären gehabt.
Er fuhr wie ein Wilder im Rückwärtsgang.
Bog ein, gegen die Einbahnstraße. Aufheulen der irregeführten Antriebsräder. Slalom durch das Heckfenster. Eine tänzelnde Gießkanne.
Und noch ein Tritt auf die Bremse.
Chaim brachte die Räder des Wagens gegenüber der Kabine des Tankwarts zum Stehen. Eine Glaskabine.
Der Typ las.
Chaim begann, mit der flachen Hand auf das Lenkrad zu trommeln.

Charly Panfido saß an seinem Metallschreibtisch.
Im Radio grölten die Buggles. Charly war in die Lektüre irgendsoeines Heftchens vertieft. Zeichnungen in patamorpher Gotik. Mit ganz großer Orgel. Und Druillet als Signatur. Im zweiten Kästchen, in einer Verzweiflungsblase, sah Charly URM, den Verrückten. Er schrie.
URM revoltierte gegen die Grausamkeit seines Schicksals.
Er hatte allen Grund dazu.
Eine völlig miese Fresse. Ergebnis einer genetischen Apokalypse. Keine Nase. Kein Mund. Nicht einmal ein Arsch. URM war der schändlichste Überrest einer Mutation, den man sich vorstellen kann. Wirklich das letzte Glied der humanoiden Kette. Ein skrofulöses Überbleibsel, nichts als unförmige Masse.
Grund genug, mit dem Himmel zu hadern.
Das ließ er sich auch nicht entgehen, dieser Haufen Scheiße. Auf Seite 3 öffnete er den verschleimten Trichter in seiner stinkenden Visage. Sein ganzes Gesicht, das aussah wie ein kosmogonischer Schimmelkäse begehrte auf gegen die rote Sonne:
»Unglück über jene, die mich gezeugt!
Unglück über jenen, der sich mein Gesicht erdacht.«
Das sagte er, URM, der Verrückte.
Und Charly schüttelte den Kopf. Ganz mitleidig.

Chaim sah ihn an.
Eindeutig, ja, ja und aberja, er hätte gerne mit der Roten gesprochen. Just in diesem Augenblick, und er hätte ihr eine ganze Menge zu erklären gehabt.

39

Bullin wollte ich werden.
Bullin, da kann ich nur mich selbst belangen.
Zwei Zeiss-Ikon Umdrehungen, und ich öffne die Tür zu meinem Studio.
Ich bin völlig erschöpft.
Kaputte Schulterblätter. Ein mieser Schmerz im Rücken. Und nur den einen Wunsch, nichts weiter als ein I-Tüpfelchen zu sein. So etwas, das gerade mal auf einem Vokal sein Dasein fristet.
Ich werfe meine Schultertasche in irgendeine Ecke am Eingang. Gehe meinen Weg. Ein Absatz. Kein Absatz. Ein Absatz. So hinkend wie der, den ich suche.
Ein Tritt in den Himmel.
Ich schmeiße meine bekloppten Schuhe von mir. Schrottzeug von Jourdan.
Die Strümpfe abgestreift, nackt auf dem blanken Parkett, bahne ich mir einen Weg durch den Saustall, den Impala immer hinter sich zurückläßt.
Im Zick-zack und schlechtgelaunt erreiche ich mein Kämmerlein. Gezwungenermaßen springe ich dabei über ihre Stiefel, ihre Slips und ihre Spitzen-Plains. Wahre Slalomkünste, ich schwöre es Ihnen.
Ich lasse mich auf mein Bett fallen.
Impala ist nicht etwa der Name eines Wirbelsturms. Sondern der meiner Freundin. Eine große schwarze Pflanze, mit beiden Beinen auf der Erde. Eine aus dem ehemaligen Kongo Brazzaville. Ein Boeing-Export von vor einem Jahr. Höchstens. Geboren am Flusse Kouilou. In so einem Äquatorkaff mit rotem Schlamm, Alligatoren, Missionaren und sich einrollender Vogelspinne.
Impala Machine Love hat ihren Mann verloren.
Irgendwelche Idioten haben ihn erschossen. Deshalb teilen wir beide, sie und ich, uns das F3 und die Sorgen. Eine Vereinigung, die uns zudem die Miete halbiert. Und das Leben unendlich viel lustiger macht. Besonders da, was den Durst angeht, 'Pala kein Trauerkloß ist.

Sie hat sogar ein bißchen Überlauf, in puncto Lebendigkeit. Ein gesunder Ehrgeiz, die alte Welt zu knacken. Kein Knirps, der ihr widersteht. Die anthropophage Sorte. Fickt so gut wie keine, meine Machine Love. Die Typen knien vor ihr auf den Teppichen, hängen an ihren Füßen. Und sie, Imperial, unberührt, ein Lächeln, das alles besagt, und vielleicht: Steht wieder auf, ihr Kerle, versündigt euch nicht an der Sünde.
Eine alte, jüdisch-christliche Tradition, da hat sie nicht unrecht.
Außerdem ist 'Pala versessen wie keine, Paris zu erobern.
Denn Tanzen, das ist ihr Ding.
Sie hat nur die Federn im Visier. Die große Treppe. Und wenn Sie mich fragen, wird nichts sie aufhalten können. So, wie sie die Dinge sieht, hat die große Lisette Malidor nicht mehr lange Zeit. Obacht, Machine Love ist im Anmarsch! Rückt zusammen, ihr Girls! Beine in die Luft! Federn, das ist das Größte! Ich mit meinen vernachlässigten Beinen, 999 Jahre in der Fußsohle, sitze wie ein Waschlappen am Rande meiner Falle. Ich reibe mir meine Zehen in einem Gefühl von Alles-Sausen-Lassen. So hat man sie sich nicht vorgestellt, die Frau. Ich kratze mich.
Ich liebe es, mich zu kratzen.
Heute abend bin ich dermaßen erschlagen, daß selbst wenn ich Chaim-dem-Hinkenden begegnen würde, ich nicht wüßte, was ich mit ihm reden sollte.
Keinerlei Gesprächsstoff in petto.
Nichts.

40

Ja und Aberja. Just jetzt hätte Chaim nur zu gerne mit der Roten gesprochen. Er hätte ihr eine ganze Menge zu erklären gehabt.
Er stellte um auf den Tankwart.
British Petroleum hatte soeben eine Seite in seinem Heft umgeblättert.
Im Innern des 504 nahm ein dringendes Bedürfnis Chaims sämtliche Sinne in Beschlag. Er ließ den Motor aufheulen.
Dann, plötzlich, legte er seine Hand auf die Hupe.

Charly Panfido hob den Kopf.
Er schien erstaunt. Zog den Rotz hoch.
Im Innern seiner Ohren hallte noch der Schrei nach, den URM von sich gegeben hatte – URM, der Sohn von Yragael und all jenen, die einst dessen Seelen und Körper waren:
»Schatten! Nächtliche Schreckgestalten, kommt hervor!
URM haßt euch, URM wird euch alle umbringen!«
Charly schüttelte sich.
Er blickte zu den Super-Zapfsäulen. Wer war dieser hupende Irre da draußen?
Wie zur Antwort begannen die Scheinwerfer aufzuleuchten.
Lauter Cibiés mitten in die Fresse. Eine Nebelscheinwerfer-Orgie.
Von der gelben Flut geblendet, begann Panfido sich zu erheben.
Zu mehr fand er nicht mehr die Zeit.
Schon durchbrach das wild gewordene Auto mit vollem Karacho die Vitrinenscheibe und fuhr mitten in den Raum hinein.
Lichttropfen zerbarsten auf Charlys Gesicht.
Fünfzig Kanister Schnellbereichsöl verließen ihren Werbeständer und flogen auf ihn zu.
Er dachte, er würde jeden Moment zerspringen, wie eine Windschutzscheibe. Die Haut schien zu zerbersten. In lauter kleine Teile.
Und obwohl er mit den Händen versuchte, seinem Ein und

Allem Schutz zu geben, wurde er weiter durchbohrt, zerschnitten, inkrustiert.
Ganz zu schweigen – und das machte ihm am meisten zu schaffen – von dem Ölofen, der einen Luftsprung vollführte. Und das Öl, diese schwarze Flüssigkeit, die direkt auf ihn zuzulaufen begann.
AUF IHN, DEN SCHWACHEN.
Und das war sehr gefährlich. SEHR GEFÄHRLICH, urteilte er. Er sagte: Mamma. Das einzige Wort, das ihm in den Sinn kam. Und das letzte, was er vernahm, bevor er zusammenbrach, war eine Stimme im Transistorradio, die Video killed the radio star grölte.

41

Ich, Sarah Doddledooe, genehmige mir einen Scotch.
Ich, Doddledooe-Schätzchen, betrachte mich im Spiegel. Völlig fertig und mit tiefer Abneigung gegen Valachi.
Mein Anblick möbelt mich zusehends auf.
Ich lasse die Knöpfe meines Korsetts aufspringen. Reines Wohlgefallen. Ein Strip, für Hasi ganz allein. Es lebe die Entblößung. Und stellen Sie sich vor, wirklich, ja, in dem Maße, in dem ich vorankomme, erscheine ich mir nicht wirklich häßlich. Die Haut ganz pfirsischweich, würde ich sagen. Aus Samt und Seide.
Dergestalt, daß ich, auch wenn es mir an Intelligenz mangelt, meine Brüste wirklich beispielhaft finde.

Chaim war besessen vor Wut.
Er befreite das Vorderteil des Wagens, das in der Schaufensterscheibe steckte.
Die Windschutzscheibe war zerborsten.
Aber er, nicht einen Schnitt. Nichts. Er hatte sich im Moment des Aufpralls hinuntergeworfen.
Man mußte nur voraussehen.
Er lachte schallend.
Er fühlte sich beinahe so frei wie in seinem Verbrechenstagebuch.
Schließlich konnte ja auch die Wirklichkeit eine Farce sein. Man mußte sie nur zu nehmen wissen. Eine Frage des Vorgehens. Der Orchestrierung. Das Ding war nur, daß man sie verklären mußte.
Er fuhr erneut rückwärts. Auf dem letzten Topf. Wuhhaooo, der Wagen tauchte in die Dunkelheit. Wie ein Drachen in seine Höhle. Er amüsierte sich.
Alle Scheinwerfer waren explodiert.
Chaim amüsierte sich immer mehr.
»Blaouououm!« lautmalte er.
Ein seltsames Remmidemmi mußte das im Viertel gewesen sein. Boing, boing, das viele Glas und mehrere Bummms, die unablässig weiterhallten.
Er richtete sich in seinem Sitz auf.
Die Straße vor ihm war verlassen. Er sah in die Nacht. Niemand. Es war wirklich jene Sorte STADT, in der Sie alles hätten in die Luft jagen können.
Chaim verspürte plötzlich das Bedürfnis, diese Gleichgültigkeit aufzurütteln.
Er begann hinter dem Lenkrad dieser verrückten Scheißkiste zu schreien.
»HUUA! HUUAOOOH!« wie ein Affe.
Wie Koffer-Teddy-Broom zu der Zeit, als er ein Australopithecus war.
»HUUA HUAOOOH!« Ein Schrei aus grauer Vorzeit.

Haargenau wie URM, der Verrückte, ein mutiertes Wesen, dessen Abenteuer ihm nicht einmal schwanten.
Nur das Bedürfnis, die Wut zu äußern.
Er schrie.
Ein Schrei aus grauer Vorzeit, als er nichts war als ein Stück Rohmaterial.
HUUA! Er zerbarst.

43

Ich, Sarah Doddledooe, seltsam, und doch immer gleich, jedes Mal, wenn ich durchhänge und auch etwas getrunken habe, hicks, dann sage ich mir, meine kleine Doddle, ich kann nur auf die absurde Tour reagieren.
Dann werfe ich meine 38 Smith & Wesson in die Schublade, laufe in die Küche und schnappe mir den Escoffier.
Escoffier ist das abgefahrenste Buch der bürgerlichen Kochkunst, das Sie sich wünschen können.
Lauter Rezepte, und zwar in himmelschreienden Proportionen. Eine Kalorien-Verfressenheit. Eine Cholesterin-Verschwendung. Ein Aufruf zum Mord mittels Spritztülle und Sahnegedöns. Eine Hymne an den Schmerz, an Schnapp-dirs und stopf's-in-dich-hinein.
Und beim Blättern im Küchenchef finde ich auf Anhieb die Waffe für meinen heutabendlichen Selbstmord. Ein großes Fressen, ganz auf der Höhe meiner monströsen Sehnsucht. Seite 310, Eureka echskwisit. Hören Sie nur, wie es anfängt:
»Man nehme zweiunddreißig Eigelb, und werfe das Weiße in den Orkus ...«
Ich stürze mich auf die Legefrischen vom Tage.

Scheiße, von wegen ein Held sein zu wollen.
Chaim überzeugte sich, daß er einer würde. Der Anblick der von eigener Hand pulverisierten Kabine lieferte ihm Gewißheit. Als gälte es, ihm noch eine zusätzliche Hoffnung zu geben, daß er nicht unbemerkt bleiben würde, explodierte zuguterletzt noch der Ölofen.
Eine orangenfarbene Lichtkugel rollte grummelnd gen Himmel. Dann nahm sie wieder passendere Dimensionen an. Die eines verheißungsvollen schönen Brandes.
Schwarze Rauchkräusel, die aus dem Feuer emporquollen, zerschnitten die himmlische Weite.
Chaim schien entzückt über die Wendung, die dieser Nach-Brand dem Drumherum verlieh. Es gewann an Volumen.
Er legte den ersten Gang ein.
Gerade begann er, sich von dem Flammenmeer zu entfernen, als eine alte Dame vor seinem Kühler auftauchte.
Astaroth in Person.
Eine Furie.
Sie schrie, während sie sich einen Herrenmantel über das Nachthemd zog.
Chaim trat aufs Gaspedal.
Madame Panfido, denn um sie handelte es sich, gab ein wahrhaft gräßliches Kreischen von sich. Flüche, die weitaus mehr Eindruck machten, als die der Ilias. Selbst wenn man sich vorstellt, in Troja dabeigewesen zu sein.
Die venezianische Alte, die in Chaim den Folterer ihrer zwei Guiseppes erkannte, beschleunigte ihren Lauf. Ihre miesen, Krampfader-gespickten Beine brachten sie in Höhe der Seitenscheibe des Fahrerfensters. Ihre Faust hämmerte kraftlos gegen das Glas. Gleichzeitig stieß sie wahre Bannfluchsalven hervor.
Und dann, ai, ai, ai, ließ einer der Pantoffel sie im Stich. Es gelang La Mamma noch gerade, die Fahrertüre zu öffnen, dann brach sie, von einer Zerrung niedergemäht, ohne Vorwarnung zusammen.

Ihre Augen wurden riesig angesichts des bevorstehenden Schlamassels. Ihr Kopf, diesmal ohne Dutt, prallte gegen das Securit-Glas. Der Saft rann ihr aus der Stirn wie aus einer Nektarine und brachte binnen Sekunden ihre Blasphemien zum Stoppen.
Zwei oder drei Schlenker lang quollen Blasen aus ihrem Mund, dann sah es so aus, als zöge etwas sie gen Boden.
Chaim sah im Rückspiegel, daß sie schwankte. Wie ein Kegel.
Und dann auf die Straße rollte.
Er beschleunigte weiter.
Aus der Ferne vernahm man das Einsetzen einer Feuerwehrsirene.

45

Irma zog den Bauch ein.
Ganz kuschelig würde sie sich jetzt in ihrem in Ebenholz und Palisander gehaltenen Zimmer auf den Goudénèche-Abend vorbereiten. Wenn Chaim erst zurück war! Wenn ihm nur nichts zustieß, das war das Wichtigste. Das hätte sie sich in ihrem innersten Leben nicht verziehen.
Sie seufzte.
Sie zog den Bauch ein.
Sie hakte ihren Charmereine-Hüfthalter wieder zu.
»Charmereine, Charme der Linie, 7, Place de la Madeleine«.
Sogar einer, den sie 1937 gekauft hatte. Gehütet wie einen Augapfel.
In Pougoues-les-Bains war das gewesen.
Sie erinnerte sich wie gestern daran. Pougoues, das neue, französische Marienbad. Wie man zu jener Zeit sagte. Zu jener Zeit.
Sie seufzte.
Sie zog ihre Gui-Strümpfe an.
Es war ihr letztes Paar.
»Strümpfe von Gui, Beine wie nie.« Eine wahrhaftige Musik.
Sie seufzte.
Auch Erinnerungsstücke segnen irgendwann das Zeitliche.
Blieb die Erinnerung.
Wie alt war sie übrigens 1937 gewesen? 27 Jahre? Ja, damals hatte sie die Haare kurz getragen. Einen Viva Grand Sport gefahren. Und Goudénèche geheißen. Der Name ihres Vaters. Ein Anwalt am Rechnungshof.
Sie befestigte ihre Nahtstrümpfe am Strumpfbandhalter. Trällernd ging sie zu ihrem TSF-Empfänger. Ein kleiner Superheterodyn-Empfänger, weißes Minimodell von Pygmy. Ein Bakelitmodell, das sie überall mit hinnahm. Egal, wieviel Unglück ihr zustieß. Egal, wieviel sie umherreiste.
Das grüne Auge leuchtete auf.
Die fünf Röhren begannen sich aufzuheizen. Irma verbarg unterdessen das Beste, das sie zu bieten hatte. Ihre Brust. Zwei

Bälle, wundersam intakt, inmitten des Körpers einer alten Frau. Ihre beiden Überlebenden, wie sie sie manchmal nannte. 70 Jahre! Sie haßte Ihr Altsein.
Als der Arista-Büstier mit Verstärkungsstangen wieder Ordnung in die Anhöhe ihres Bauches gebracht hatte, erklang Musik über die Langwellen. Und Wunder, oh Wunder, es war Charles Trenet, und er sagte, es gebe überall Freude auf der Welt.
Irma dankte der Vorsehung, die dafür gesorgt hatte, daß ihr nicht irgendsoein gräßliches Yeah-Yeah entgegendröhnte. Das war der Gattungsname, mit dem sie alle Sänger nach Jean Sablon belegte.
Sie setzte sich vor ihren Frisiertisch.
Ein authentisches Möbelstück, mit Ruhlmann-Siegel. Nun kam das Schwierigste an die Reihe: die Wiederherstellung ihres Gesichtes. Zunächst nahm sie Caudès-Milch, einen Balsam für reinen Teint. Dann puderte sie sich ausführlich. Mundwinkel. Augenwinkel. Sie sah sich groß an. Nicht gerade großartig. Aber Lumen von Ritz duftete hinter ihren Ohren. Und dann, so als könne ein Zuviel ihr die verlorene Jugend wiederbringen, nach der sie sich sehnte, zerstäubte sie zusätzlich etwas Imprudence von Worth auf ihrer hübschen Brust. An diese Stelle hauchte Chaim nämlich am Ende immer einen Kuß.
Dann schaltete sie den TSF aus, der jetzt auf modernes Zeug umschwenkte. Sie weißte sich die Zähne mit Bioxin und lief zum Garderobenschrank.
Dort entschied sie sich für ein Abendkleid von Madame Grès. Zwei Burma-Saphire, die einmal Junie Astor gehört hatten, klipsten an ihren Ohren. Zuguterletzt schlüpfte sie in ihre Stöckelschuhe.
Jetzt hatte sie nur noch die Füße, die sie verdiente.

Chaim stoppte den 504.
Er hatte jetzt einen genauen Plan vor Augen.
Er würde das Auto vor dem Kino abstellen.
Ein hervorragendes Mittel, sich bei der Roten in gute Erinnerung zu bringen.
Damit sie es nicht übersah, würde er ihr eine Nachricht hinterlassen.
Besser: ein Zeichen.

Er glitt aus dem Wagen, ohne die Türe zuzuschlagen. Auf leisen Sohlen tat er ein paar Schritte auf dem Trottoir. Er versuchte, so gut wie irgend möglich trotz seiner Behinderung jedes Schwanken zu vermeiden.
Langsam ging er vorwärts. Ohne abrupte Bewegungen.
Nach vier oder fünf Metern, in Höhe der Straßenlaterne, kauerte er sich nieder.
Er wartete.

Er besaß die Gnade der unendlichen Geduld.
Streckte eine Hand vor sich aus, so als wolle er jemanden streicheln.
Auf seinen Wangen sah man sogar ein ergreifend freundliches Lächeln.
»Miau, miau!« rief er mit auserlesener Sanftheit.
Er wußte, daß bei Katzen das Fangen das Allerschwerste ist.

Just in dem Augenblick, als Komissar Antoine Valachi an Ort und Stelle ankam, schmolz das Schild der British Petroleum unter der Hitzeeinwirkung. Das Blech krümmte sich vor Schmerz. Löste sich plötzlich ab. Landete in einer Pfütze aus Wasser und Öl, wo es zischte und dampfte.
Im Vulcano-Schein des Feuers verknechtete sich Wachtmeister Bertrand auf dem Weg zum Auto seines Chefs. Ein Kriecher, wie eine Töle. Am Rande der Schwanzwedelei.
Valachi streckte sein dickes, weiches Gesicht durch die heruntergedrehte Scheibe. Es sah so aus, als stünde es neben den Schultern. Etwa über der Strickkrawatte. In seinen Schweinsaugen spiegelten sich die Flammen.
Bertrand öffnete ihm die Wagentüre.
Es war das erste Mal, daß er Valachi sah, ohne daß dieser etwas im Mund hatte.
Der dicke Bulle ließ ein Knurren hören und betrachtete den Schlamassel.
»Brandstiftung?« formulierte er und quälte sich aus dem Auto. Er ging drei Schritte auf der vom Löschwasser überschwemmten Straße. Seine Fäuste ruhten auf den Taschen seines Anzugs aus lockerem Serge, als er den Feuerwehrleuten bei der Arbeit zusah.
»Tote?« fragte er.
»Der Tankwart. Seine Mutter ist verletzt.«
Valachi zog sein Stofftaschentuch hervor und wischte sich über die herunterhängenden Augenlider. Er näherte sich dem Doktor, der gerade Mutter Panfido die Stirn verband. Die Alte protestierte lautstark.
»Es blutet stark«, informierte der Mann mit den selbstauflösenden Fäden, »aber es ist nicht schlimm. Ich werde sie trotzdem zur Beobachtung einweisen ...«
Madame Panfido schien ihren Atem zu suchen. Als sie ihn gefunden hatte, bediente sie sich seiner. Und schon erscholl wieder ihr *clamavi a te domine* und sie spielte die Fagots. Ganz La Mamma.

»Spricht sie nie Französisch?« erkundigte sich der dicke Polenterich.
Und da niemand ihm antwortete, zuckte er die Achseln.
Er warf einen wütenden Blick auf die Menge, die sich um sie herum die Schafsbeine in den Bauch stand.
»Bertrand, meine Güte! Schaffen Sie diese Mißgeburten fort! Tun Sie, was ich sage. Und genau dieses. Damit uns mit diesen Idioten kein Unglück passiert. Sie sollen ein Stück zurückgehen!«
Bertrand laufschrittete eilends in den Schattenbereich.
Dort hatten sich um die zwanzig Bedienstete an der Hand gefaßt. Nach Reigenart versuchten sie, die Menschenherde, die aus den Wohnsilos herausquoll, zurückzuhalten.
Vergebliche Liebesmüh.
Gestreifte Gaffer, mehrheitlich Männer in Pyjamas, mit denen sie es zu tun hatten. Neun Zehntel der Sensationslüsternen hielten sich die Hand vor den Schwanz. Denn das Ärgerliche an den Billigpyjamas ist der Schlitz. Er klafft immer auseinander. Und überdies ist er falsch angebracht. Aber neugierig ist man ja trotzdem.
Typen, die ihren John Wayne in der Glotze verlassen hatten, um nachzusehen, ob es sich lohnte, das Feuer mitzubekommen. Ob das Feuer schließlich die Tanks in die Luft jagen würde?
Als Bertrand auf sie zukam, schimmerte Hoffnung in ihren Gesichtern auf.
Einer, dessen Unterarme über und über behaart waren, erkundigte sich nach dem neuesten Stand:
»Nun, was sagt er, der Komissar?«
»Er sagt, Sie müssen ein Stück zurückgehen«, zackzackte Bertrand.
Mit dem Haa der Holzfäller setzte er sich auf den Arsch.
»Ein Stück zurück!«
Dabei gab er dem Brigadier einen Befehl:
»Haben Sie gehört, Bonnefeuille, hundert Meter zurück. Man kann nie wissen.«
»Hundert Meter zurück«, erhellte sich das Gesicht des Unterarmbehaarten. »Dann ist es ja richtig gefährlich!«

Und sogleich flickflackte er um die eigene Taille und schlappte über die Straße zurück. Richtung gegenüberliegender Wohnblock.
Dort, den Kopf zu den Sternen erhoben, die Hände zum Megaphon geformt, schrie er zu einem der 500 erleuchteten Fenster hinauf:
»Germaine! ... Komm mal runter!«
Germaine, 31. Silhouette von links, 3. Etage. Gebäude C, fragte zurück:
»Aber, lohnt sich das?«
»Eindeutig, es explodiert gleich!«
»O.K.« Germaine stimmte aus der Höhe herab zu. »Aber was mach ich mit dem Kleinen?«
Unterarmstarkbehaarter schien in der Dunkelheit zu zögern. Erziehung, sagte sein Vater vor seinen Augen, ist Erziehung. Monsieur war Elternvertreter. IG Schule & Kind.
Er rief zwischen den Händen hinauf:
»Hat er seine Schularbeiten?«
Germaines Stimme antwortete sofort:
»Rechnen. Englisch nicht. Er wartet auf dich, wegen der Aussprache.«
Der Behaarte trat von einem Schlappen auf den anderen. Flock.
»O.K., dann bring ihn mit. Sieht man nicht jeden Tag, das hier.«
Und schwups war er wieder über die Nationalstraße.
Er drang vor bis in die zweite Reihe der Gaffer. Mit dumpfer Gewalt. Füße. Ellbogen. Dort beobachtete er auf Zehenspitzen, wie Komissar Valachi sich über die alte Dame beugte. Ein kleiner brauner Mann neben ihm schien Fragen zu stellen.
»Sie haben einen Übersetzer gefunden«, informierte ihn sein Nachbar der Neugier.
Der Behaarte hätte so gerne mehr erfahren.
Blut zog ihn magisch an. Schon immer. Er fühlte sich wohl heute abend. Sehr wohl in seiner Haut.
Er ging einige Schritte rückwärts. Streunte vage durch die Dunkelheit.
Als er einen Feuerwehrmann sah, der gerade einen neuen

Schlauch ausrollte, nutzte er die Gelegenheit und glitt in seinem Schatten in die Nähe der Offiziellen.
Er kam gerade rechtzeitig, um zu hören, wie der Komissar sagte:
»Meine Güte, Bertrand! Mit der Beschreibung des Typen und der Farbe des Autos muß man ihn doch stellen können! Lassen Sie alles absperren. Verbarrikadieren Sie die gesamte STADT!«
Bertrand sagte etwas von Ja sofort! und daß es sicher längst zu spät sei. Er ging zur Seite, um den Krankenwagen durchzulassen, der Charlys Körper abtransportierte. Ein kleiner Haufen Asche.
Sofort erhoben sich die Panfido-Schreie erneut in höchsten Italienischtönen.
Valachi wandte sich widerwillig zur Mamma der Verzweiflung. Sie sprach jetzt direkt zu ihm. Zeigte ihm die Faust.
»Was sagt sie?« fragte Valachi den Übersetzer.
»Daß Sie ein Haufen Scheiße sind. Daß Sie eben abnehmen müssen, wenn Sie sonst nicht einmal schnell genug sind, einen Hinkenden zu fangen.«
»EINEN HINKENDEN?«
Valachi wiederholte.
Er zog zwei miese weiße Tabletten aus seiner Westentasche. Hastig schluckte er sie hinunter. Sein Magen, der ihn büßen ließ für seinen Schokoladenabusus. Maalox. Schachtelweise. Gips drüber.
Scheiße. Und wenn Doddledooe recht hatte?
Er verschwand im Eiltempo zu seinem Auto.
»Verbinden Sie mich mit der ... Doddledooe«, befahl er seinem Chauffeur. »Ich will, daß sie in fünf Minuten hier ist. Und außerdem, nein, geben Sie sie mir.«
Er begann seine Körperfülle und die ganze Welt zu hassen. Er war nicht zum Dicksein geboren. Niemand im übrigen. Fünfzehn Jahre war es her, daß er seine Füße gesehen hatte. Er dachte an seine wahre Person, die sich hinter diesem Fett verbarg. Scheiß der Hund auf sein Gewicht. Er spuckte aus.
Wie er so dastand am Rande der vom Löschwasser überschwemmten Straße, spürte er plötzlich dumpfe Krämpfe in der Fußwölbung.

Dort drüben war Bertrand zugange.
Sechs Motorradpolizisten schmissen sich in die Nacht; beim Losfahren rutschten sie zur Seite weg.
Jemand rief jemanden.
Ein Typ bat um Feuer.
Ein anderer sagte: Wetten, daß es wieder einer dieser dreckigen Neger war, der den Anschlag verübt hat.
Valachi sah mit Bedauern nach seinen Schuhen. Er dachte an eine warme Bettflasche.
Dann explodierte der Tank.
Der Unterarmbehaarte war auf der Stelle tot.

48

Ich schlage meine Eier auf.
Ich werfe das Weiße fort.
Ich schlage meine Eier auf.
Ich werfe das Weiße fort.
Der Kalender fliegt von der Wand.
Impala kommt gerade wie ein Windstoß herein.
Zwanzigtausend Eigelbgötter, was ist sie schön, diese Schlampe. Ein Körper zum Die-Wände-Hochgehen.
Ich werfe das Weiße fort.
Ich schlage die Eier auf.
Ich behalte nur das Gelbe.
Sie hurrikant durch die Küche.
»Meine Liebe!« sagt sie und schwingt den Champagner. »Es ist soweit! Ich werde tanzen!«
Sie riecht noch nach der Eiseskälte von draußen. Lacht. Schwenkt ein Bein durch die Luft.
Ich schlage ein Ei auf. Ich werfe das Eiweiß fort.
Draußen fährt mit Lalülala ein Notarztwagen vorbei. Ein Unfall, ich behalte das Gelbe.
»Hab ein Engagement bei der neuen Revue von Line Renaud. Weißt du, die Pummelige, die, die aufrecht zwischen meinen Beinen durchgehen kann.«
»Eine große Rolle?«
Lalülalü. Diesmal die Feuerwehr. Sicher brennt es irgendwo in der Nähe.
»Eine große Rolle?«
»Nur mittelgroß.« Sie lacht sonnig. »Ich spiele die Negerin im Hintergrund.«
Und macht drei Tanzschritte.
Tip, tip. Tänzelschritte. Einfach so. Jeté. Marché. Tordion du cul.
Sie lacht. 'Pala, meine Freundin.
Sie hält inne.
»Aber mach dir nichts draus, Sarah. Nicht mehr lange, und wir fliegen dem Flugzeug VORAUS. Dann steigen wir nur noch in

Palästen ab. Und ich lade dich ein nach Amerika ... Dann werde ich es sein, die die Federn verteilt.«
Ich sage ihr:
»Ich mache mir nichts draus, Machine.«
Ich zwinkere ihr zu.
Ich schlage mein 24. Ei auf.
Ich werfe das Weiße fort.
»Was essen wir heute?« fragt Impala, als sie ins Wohnzimmer geht.
»Kaffee-Parfait.«
Aus dem anderen Zimmer fragt sie herüber:
»Ja. Aber vorher?«
»Kaffee-Parfait.«
Sie kommt nur mit einem Slip bekleidet zurück.
Nicht erstaunt über das Menü. Leicht mit zu leben, wie man sieht.
»Weißt du, wie ich das Engagement bekommen habe?« fragt sie, und ihre Augen leuchten weiß und spöttisch.
»Nein.«
»Ein Überfall. Ich habe einen Regisseur vergewaltigt, meine Liebe.«
Mit großer Logik erklärt sie:
»Drei Mal nacheinander habe ich ihn genommen, ich unten, er oben. Beim vierten Mal lag ich oben. Zum Ende hin ...«, gesteht sie, »habe ich ihm ein ganz klein bißchen nachgeholfen ... aber das liegt an den Europäern. Sie sind nicht gerade zäh.«
Hier bezieht sie sich auf ihren Onkel Abraham Automobile Buick, 99 Jahre auf dem Buckel. Ein alter Wiederholungsneger. Und sehr ausdauernd für sein Alter. Beweis: Eines spinnerten Abends hat sie mir erzählt, daß sie ihn neunmal hintereinander hat hochgehen lassen, bevor er ihr einen Wucherkredit anbot.
Und ein Flugticket nach Paris mit Air France.
Sie lacht Tränen darüber. Wenn sie nur daran denkt.
Ich meinerseits bin beim 28. Gelben.
Ich werfe das Eiweiß in den Orkus.
Und genau in diesem Moment klingelt das Telephon.
Ich sage zu Impala, Mist, meine Hände sind schmutzig. Und

wenn es Tante Judith sei, solle sie doch später noch einmal anrufen.
Machine Love geht ans Telephon und sagt »Hallo!«
Sie schreit zu mir herüber, es sei ein freundlicher Herr am Apparat. Ich wische mir die Hände ab und nehme den Hörer und der freundliche Herr ist Valachi.
Ich hänge ihm vor der Nase ein.

Der Lastwagenfahrer grüßte Chaim mitleidig:
»Nicht besonders warm heute, ne?« Und amüsierte sich königlich.
Kaum hielt die Wagentür des 35-Tonners endgültig den Wind ab, legte der Fahrer den Gang ein. Anstatt loszufahren hielt er seinem Mitfahrer den dicken haarigen Zeigefinger unter die Nase:
»Ich werde Ihnen etwas sagen«, brummte er. »Ich kann mich nicht beschweren mit den Anhaltern ... Nie irgendwelchen Ärger gehabt! 25 Jahre auf der Straße und keinerlei Scherereien!«
Er schüttelte den Kopf.
Warf einen professionellen Blick in den Rückspiegel. Er betätigte den Blinker, und der Magirus rollte auf die Straße. Der dicke Brummer grummelte und beschleunigte.
Der Fahrer wischte sich mit dem Handrücken die Nase.
Er schüttelte den Kopf. Er amüsierte sich noch immer. Und sah dabei auf seine eigenen Arme. Ein Muskelpaket. Mit eintätowiertem Dolch.
»Übrigens«, meinte er, »wäre es eher schwer, mich zu überwältigen.«
»Eindeutig«, stimmte Chaim zu.
Und er klemmte sich den Kanister zwischen die Beine. Er hatte ihn glücklicherweise beim Abstellen des 504 vor dem Kino im Kofferraum entdeckt. Der Kanister hatte ihm als Alibi gedient.
»Ehrlich gesagt halte ich nicht oft an«, begann der LKW-Fahrer aufs neue. »Für Soldaten manchmal! Das ja, und außerdem! ... bei Weibsbildern! Da halte ich immer an.«
Er ließ die Träger seines Overalls flitschen, hob eine Pobacke und suchte sein Wohlgefühl. Dann kam er ins Träumen.
»Dabei ergibt sich die eine oder andere Gelegenheit! Immer mit solchen, mit denen man es nicht glaubt. Ein Grund mehr, keine unversucht am Straßenrand stehen zu lassen.«
Er amüsierte sich leise und warf seinem Mitfahrer einen Blick zu:

»Und dann natürlich Kerle wie Sie ... die eine Panne haben, da kann man nicht reinfallen.«
Kurzer Blick zur Seite.
»Ich wette, sie haben eine Ente.«
»Ja«, bestätigte Chaim. »Eine Ente mit Volldampf. Die Benzinuhr ist nicht in Ordnung.«
Der LKW-Fahrer bestätigte:
»Schöne Kisten, diese Enten. Aber irgendwie verrückt. Die haben doch keine Benzinuhren. Und verbrauchen kaum was. Das ist heutzutage nicht hoch genug zu bewerten. Denn jetzt, wo die Mulis uns so viel Ärger bereiten, muß man auf alles gefaßt sein ... Morgen drehen sie uns den Hahn ab, und dann haben wir sie plötzlich am Bein ... Das ist wie mit dem Zaster ... Man braucht einfach immer mehr. Ich weiß nicht, wohin das alles führt. Ich weiß nicht, was noch geschieht.«
Er fuhr. Grübelnd.
»Man kann schließlich nicht aufs Lotto hoffen, um sich zu betten«, versucht er und findet Chaims Gesprächigkeit ziemlich hinüber. »Es ist, ich habe einiges hinter mir im Glücksspiel ...«
»Sie haben recht«, sagt Chaim und bleibt ganz ruhig, »es gibt keinen Schufall!«
Er ballte die Faust vor Ärger und schloß die Augen, um sich die Idiotie vom Leibe zu halten. Er haßte Idioten.
Der LKW-Fahrer war unbrauchbar. Maschenfest. Und er roch nach Knoblauch:
»Doch!« sagte er und war wieder beim Thema. »Doch! Einmal! Einmal dachte ich, daß ich ganz viel Geld gewinnen würde. Das Angebot kam per Post. Sie hätten den Brief sehen sollen. Ein Schmus! Sie schrieben mir, man habe mich ausgewählt. Ausgerechnet mich, unter all den Bewohnern des Viertels. Mal ehrlich, da hätten Sie doch sicher auch in Gedanken angefangen, das ganze mistige Geld auszugeben, das da vom Himmel fallen sollte. Denn es hieß in dem Brief, daß ich wegen der Nummer, die ich hatte – ich erinnere mich nicht mehr genau, 2315765 vielleicht – gemeinsam mit Herrn Kouromoto in Tokio und Frau Soundso, irgendein englischer Name, in London, drei persönliche Gutscheine erhalten sollte. Auf denen stünden bereits mein Name und meine Adresse.

Und ich würde dafür ein Geschenk erhalten, was, das sei noch ein Geheimnis und werde erst ganz am Ende bekanntgegeben. Damit meine verdammte Überraschung umso größer wäre ... Aber sie könnten mir jetzt schon verraten, daß es sich um ein Original und vor allem um einen sehr nützlichen Gegenstand handeln würde. Oh, sie hatten es gut gedeichselt, ihr Ding ...!«
»Und haben Sie etwas bekommen?« fragte Chaim.
Dabei sah er ununterbrochen aus dem Fenster, um sich zu orientieren:
»Warten Sie, es kommt noch dicker«, sagte der LKW-Fahrer und schnitt die Kurven mit kleinen automatischen Lenkbewegungen, »in dem nächsten, sehr persönlich gehaltenen Brief teilten sie mir mit, ich würde ein Gratisbuch bekommen.«
Er wandte sich zu seinem Beifahrer:
»GRATIS, wenn Sie verstehen?«
»Ja,« sagte Chaim und erspähte die Lichter. Der Goudénèche-Abend erwartete ihn. Irma, ganz im Strass, ging ihm durch den Kopf.
»... ein Buch, so hieß es, in dem das Denken dreier berühmter Autoren IN EINEM versammelt sei, oder so ähnlich. Sie waren hartnäckig. Alles, was ich zu tun hätte, sei, diesen verdammten Gutschein zurückzusenden. Und um mich zu überzeugen, hatten sie unten auf dem Blatt geschrieben, den Gratis-Band würde ich in jedem Fall behalten können. Er würde mir nicht berechnet werden.«
»Wir sind gleich da«, sagte Chaim.
»Aber meine wirklich große Chance war der dritte Gutschein«, sagte der LKW-Fahrer. »Ich war auserwählt worden, an dem Teufelsding von Großer Frühlingsverlosung teilzunehmen. Und jetzt geben Sie acht! Ganze 10 Riesen konnte man da gewinnen. Wie schon Miss Diana Dingssmith aus Melbourne und Herr Bamboula-aus-irgendsoeiner-hintersten-afrikanischen-Strohhütte. Die Ziehung würde stattfinden in Gegenwart und unter Aufsicht eines Rechtspflegers, und dieses ganze Zeugs, und jeder glückliche Gewinner ...«, sagte er und schnappte wieder nach Atem, »würde umgehend benachrichtigt werden, welches der Lose er gezogen habe. Das einzige,

was ich zu machen hätte, sei, den Brief einzuschmeißen und zu warten ...«
»Wir sind angekommen«, sagte Chaim, »lassen Sie mich aussteigen.«
Der Typ schickte die Pressluft in die Röhren und jagte den Sattelschlepper auf den Seitenstreifen. Dieser grummelte Brontosaurus und hielt.
»Sie können sich nicht vorstellen, wie ich gewartet habe«, sagte der LKW-Fahrer und pumpte mit der Handbremse.
»Wirklich?« fragte Chaim.
Wenn er etwas Spitzes zur Hand gehabt hätte, hätte er es dem Typen glatt in den Bauch gerammt. Er lächelte sanft.
»Der verdammte Frühling kam. Der verdammte Frühling verging. Ich wartete. Man kann nicht einmal behaupten, daß es noch Sommer war, als ihr Antwortschreiben ankam. Denn die Bäume hatten keine Blätter mehr.«
»Und? Hatten Sie gewonnen?« fragte Chaim, während er die Wagentür öffnete.
»Nein. Ich hatte 500 verloren. Und es war rot unterstrichen, daß ich binnen vierzehn Tage mein Abo zu zahlen hatte.«
»Geschieht Ihnen recht«, sagte Chaim, als er hinuntersprang.
»Grad recht«, fügte er hinzu und schlug die Beifahrertür zu.
»Auf den Straßen wimmelt es von Idioten wie Ihnen.«
Um schneller zu Hause zu sein, lief er quer über das Feld.

»Chaimie? Bist du es?« fragte Irmas Stimme besorgt.
Sofort bei seinem Eintreten hatte sie vom Eßzimmer herübergeflötet.
»Ja«, sagte er. »Alles in Ordnung.«
Er ging durch die Halle.
»Der Goudénèche-Abend hat schon begonnen«, rief Irma weiter. »Wir haben uns schon einmal ohne dich zu Tisch begeben.«
»Habt ihr gut dran getan, Liebling«, antwortete Chaim und hielt vor der Eingangstür des Eßzimmers.
Er zog seine schlammigen Schuhe zu.
»Chaimie! Wir warten auf dich!« piepste die Stimme wieder auf der anderen Seite der Trennwand. »Laß die Herren nicht warten. Der Generalfeldmarschall von Paulus muß morgen wieder an die Ostfront!«
Irma hatte jetzt einen außerordentlich fordernden Ton.
Chaim schob seine Brille auf dem Zinken hoch. Er atmete tief durch. Der Goudénèche-Abend machte jetzt keinen Sinn mehr. Aber um Irma nicht weh zu tun, betrat er den Raum.
Seine Mutter war umgeben von drei Nazigrößen. Starr saßen sie in ihren Uniformen im Schein der Kandelaber und musterten aus den aufgemalten Augen heraus die Gastgeberin.
Diese wiederum versah sie mit tausenderlei Beweisen ihrer Gunst.
Als sie sich vorbeugte, um ihrem Dekolleté volle Geltung zu verschaffen, wandte sie sich an die dickste der Stoffpuppen:
»Noch ein paar Austern, Friedrich«, bot sie an.
Und während sie sich selbst bediente, tat sie so, als habe sie soeben erst die Gegenwart ihres Sohnes wahrgenommen.
»Oh Chaimie! Was für eine Überraschung! ... Komm herein und begrüße den Generalfeldmarschall. Er ist traurig und kann jede Art von Zuspruch gebrauchen! Es ist jetzt Januar 1943, verstehst du? Die Sowjetarmee beginnt, die Regimenter der 6. Armee einzukesseln ... Denk an die Frauen dieser armen im Schnee eingegrabenen Soldaten ...«

Sie begann, auf deutsch zu deklamieren:

Und was bekam des Soldaten Weib
Aus dem weiten Russenland?
Aus Rußland bekam sie den Witwenschleier
Zur Totenfeier den Witwenschleier
Das bekam sie aus Rußland.

»Weißt du, Chaim, dort ist alles in Auflösung. Hattest du mir nicht erzählt, daß der Leutnant, den ich so liebe, einen Arm verloren hat? Es ist schlimmer. Er hat das Leben eingebüßt, mein Liebhaber. Erfroren, Helmut. Bei lebendigem Leibe, mein schöner Arier. Mein Bayernbuab! Mein Edelweiß. Auf dem Transport. Man hatte ihn auf einem Schlitten evakuiert und zum Schutz vor der beißenden Kälte mit Papier umwikkelt.«

Ihre Augen liefen über vor Tränen. Sie durchlebte die Szene ohne Verstand. Ein lamentables Lamento stieg aus ihrem faltigen Fleisch empor.

»Oh Chaim! Stell dir das vor, Chaim! Wirklich! Er war doch so blond, so blau, so gut, und hatte den Walzer gar im Blut ...« Fascho-Goudénèche brach ob dieser Erinnerung in Schluchzen aus. Die Tränen stürzten die Wangenlappen hinunter. Zuvor mußten sie an tausend Winkeln vorbei. Sie zögerten und hinterließen Wimperntuschen-Hartungs in den Winkeln ihrer verängstigten Augen.

Pathetisch hob sie ihren Blick und sah ihren Sohn an:

»Schände mich, bald!« flehte sie und rieb sich die Hände. »Laß mich nicht zu lange warten, mein kleiner Judenjunge. Tu mir weh, und zwar bald!«

»Schon gut, Mama.« Chaim kapitulierte. »Gib mir etwas Champagner, dann bin ich dabei, bei deiner Niederlage.«

»Nimm, Liebling«, sagte Irma und zog die Schuhe aus. »Trink aus meinem Schuh. Und laß uns darüber reden, was aus Deutschland werden wird.«

Sie goß ihm ein.

Sofort kam sie wieder zum Thema zurück.

»Der Generalfeldmarschall und einige andere meinen«, flü-

sterte sie, während sie wieder so tat, als wären wirkliche Zeugen beim Gespräch zugegen, »er meint, daß es zwei Deutschlands gibt. Das gute, das Deutschland Goethes, und das schlechte, das Deutschland Hitlers.«
»Ich weiß«, sagte Chaim und trank den Schuh bis in den Absatz leer. »Generalfeldmarschall von Paulus haßt Hitler.«
»Aus ganzem Herzen, Chaimie. Aus ganzem Herzen«, bestätigte sie mit durchdringender Miene. »Weißt du, daß er wieder nach Rußland zurückgeht und Ende des Monats kapitulieren wird. Am 31. Januar.«
»Das ist normal, Irma! Historisch! Keine einzige Armee der Welt kann der russischen Armee widerstehen.«
Irma rang die Hände vor Verzweiflung.
»Was wird nur aus Deutschland?«
Chaim goß sich den Schuh erneut voll.
»Der Generalfeldmarschall gerät in sowjetische Kriegsgefangenschaft. 44 wird er vom Lager aus einen Aufruf an seine Kampfgefährten verfassen. Einen Anti-Hitler-Aufruf.«
»Aber es wird zu spät sein«, seufzte Fascho-Goudénèche.
»Ihr Pech! Sollen sie doch zahlen für ihre Verbrechen, die Deutschen!« schrie Chaim.
Und er schlug so feste auf den Tisch, daß die Champagnerkelche vor Schreck kristallierten.
»Welche Verbrechen, Chaimie? Welche Verbrechen?« kreischte Fascho-Goudénèche und tauchte ab ins Melodram.
»Tu nicht so unschuldig«, wetterte er. »Du nicht, Goudénèche. Du Huren-Votze. Dritte-Reich-Fickerin. Millionen Menschen sind in den Lagern umgekommen!«
Irma erhob sich.
Sie war bleich. Sie rang die Arme. Ihre Nase wurde spitz.
»Ich schwöre dir, mein Judenjunge. Ich schwöre dir! Wir haben nichts gewußt! Überhaupt nichts!«
»Sei still! Du hast es mit den Fritzen getrieben! Meine Mutter ist eine Hure.«
»Oh ja, Chaimie, sag es mir! Sag es noch einmal! Und mit noch mehr Haß! Bitte!« flehte sie.
»Schlampe! Du Dritte-Reich-Dirne!«
»Weiter! Schlag mich!«

»Nutte!«
Sie fiel auf die Knie. Sie faltete die Hände und flehte ihn an.
»Aber ich habe mich losgekauft, Chaimie! Ich habe bezahlt. Sie haben mich geschoren, erniedrigt! Und außerdem habe ich einen Juden geheiratet. Deinen Vater. Und dich bekommen. Du bist mein jüdisches Kind! Und ich werde dich beschützen! Vor dem Bösen. Niemand wird es schaffen, dir etwas anzutun.«
Er hob seine Hand über seiner Mutter.
Das alles ekelte ihn an, aber wenn er wollte, daß Irma weiter das Algonquin mitmachte, mußte er es jetzt tun. Einen Monat Ruhe.
Er hob die Hand.
Gerade in dem Moment, da Irma die Schläge wie eine Erlösung erwartete, klingelte es plötzlich an der Eingangstür.
An der Tür des Bauchhauses.

»Bitte entschuldigen Sie die späte Störung.« Der kleine Mann blickte etwas verwirrt durch den Türspalt. »Ich heiße Lange. Albert Lange. Und ich suche meine Frau.«
»Führen wir leider nicht«, flötete Chaim.
Er stand auf seinem Klumpfuß und mühte sich um Gleichgewicht.
»Sehen Sie«, sprach der kleine Mann weiter »kann ich bei der Kälte vielleicht eintreten? – sehen Sie«, sagte er noch einmal und drückte gegen die Türe, »meine Frau hatte vor, so gegen 5 Uhr bei Ihnen vorbeizuschauen.«
»Großer Gott, warum wohl?« fragte Chaim. »Ich kenne Ihre Frau gar nicht.«
»Weil Sie auf der Liste mit den Terminen standen«, erläuterte der Mann mit dem Durchschnittsgesicht.
Er zog sein Notizbuch hervor.
Mit leicht vorwurfsvoller Stimme las er:
»Bronstein, 17 Uhr. Sehen Sie, hier steht es.«
Chaim strich seine Strähne aus dem Gesicht.
»Ich habe Ihre Frau nicht gesehen, Monsieur Lange«, sagte er.
»Am Nachmittag ist niemand hier gewesen.«
Von seinem Klumpteil herab besah er sich dieses Wesen mit Hut, das mit seinen einsachtundsechzig eine neue Gefahr darstellte. Er lächelte ihn an.
»Im übrigen, warum hätte Ihre Frau zu mir kommen sollen?« fragte er liebenswürdig.
»In einer gesundheitlichen Angelegenheit, nehme ich an«, sagte der andere. »Meine Frau arbeitet im Gesundheitsamt. Sie ist heute abend nicht nach Hause gekommen.«.
»Dann rufen Sie doch in ihrem Büro an.«
»Die Zentrale hebt nicht mehr ab.
»Sie hat sicher noch Einkäufe gemacht.«
»Nein«, sagte der kleine Mann. Er legte eine sanfte und nervenaufreibende Hartnäckigkeit an den Tag. »Nein«, wiederholte er. »ICH erledige bei uns die Einkäufe. Ich bin seit drei Monaten arbeitslos, wissen Sie.«

»Vielleicht hat sie Sie verlassen!«
»Sicher nicht«, erboste sich Monsieur Lange. »Wir sind ein glückliches Paar.«
Er richtete sich auf und ging einen Schritt vor:
»Warum, meinen Sie, habe ich wohl ihre Terminliste?«
Chaim schwankte gefährlich. Dieser Kampf gegen die Wirklichkeit erschöpfte ihn gänzlich.
»Dann wird sie sich wohl bei ihrem vorletzten Besuch verspätet haben«, schlug er vor.
»Nein«, sagte der kleine Mann.
Es war einfach zum Verzweifeln.
»Nein, das habe ich schon überprüft, wie Sie sich denken können. Meine Frau ist verschwunden, und zwar zwischen 16 Uhr 45 und 17 Uhr. Sie kam aus dem Nachbarort. Sechs Kilometer alles in allem.«
»Vielleicht ist sie auf dem Weg hierhin verschwunden. Ein Ufo? Soll es ja schon gegeben haben.«
»Verschwunden?« fragte der kleine Mann.
Chaims Brille funkelte einen kurzen Moment im Licht. Er wurde plötzlich ungeduldig:
»Monsieur Lange, ich habe Ihre Frau nie in meinem Leben gesehen. Ich bitte Sie darum, mir zu glauben, und ich rate Ihnen, woanders weiterzusuchen.«
»Wissen Sie, Monsieur Bronstein«, sagte der kleine Mann und starrte ihn an. »Ich glaube, ich werde zur Polizei gehen.«
Chaim hätte ihn am liebsten mit dem Stock niedergestreckt, den er nun schlagbereit hinter dem Rücken hielt.
Aber der kleine Mann machte mit einer überraschenden Behendigkeit auf dem Absatz kehrt. Noch bevor Chaim den Knauf über dem Nacken des aufdringlichen Besuchers schwingen konnte, hatte dieser bereits die Tür hinter sich zugeschlagen.

»Wer war dieser Herr?« neugierte Irma.
Sie giraffierte ihren zerzausten Kopf durch die Tür des Eßzimmers.
»Niemand und keiner ... Es war Judas Makkabäus, ein Neffe von Monsieur Bing«, antwortete Chaim um des lieben Frie-

dens willen. »Einer dieser Erbschleicher, die die Soutines an sich bringen wollen. Du hast ja gesehen, ich habe ihn fortgeschickt.«
Er ballte die Faust.
Strich die Strähne aus dem Gesicht. Ohne ein weiteres Wort taptapte er auf seinem Klumpteil zum Fahrstuhl.
Irmas Stimme fing ihn ein wie eine Bola:
»Mach doch erst mit mir zu Ende!« bat sie inständig.
»Keine Zeit!« sagte Chaim, ohne sich umzudrehen oder so. Nicht in der Stimmung dazu.
»Aber was wird aus mir?«, brüllte sie und wischte ein Wimperntuschen-Rinnsal fort.
»Rappel dich auf, Irma. Jeder für sich. Leg dir einen Wagner auf ...«
Sie zog eine Schnute, wie ein kleines Mädchen, dem man den Nachtisch fortgenommen hat.
»Das ist nicht dasselbe«, murrte sie und nahm ihre Burma-Clips ab.
Sie kickte mit ihrem verbliebenen Schuh gegen Paulus.
»Marschall«, sagte sie und rollte ihre schwarzen Strümpfe über ihre faltigen Beine, »der Champagner muß alle werden.«
Die Tür des Groom-Kabäuschens dort oben, im Algonquin, fiel mit Gewalt ins Schloß.
Irma hob den Kopf.
Seufzend trank sie den Schuh aus.

52

220 Watt Beleuchtung.
Nackte Glühbirne.
Rotes Licht über dem Groom.
Chaim hat sich die Livrée übergestreift. Seine Toque auf dem Kopf, hoppla.
Er setzt sich auf den Hocker. Minzgesöff. Vollmond durch das Dachlukenfenster.
Er wiegt sich.
Er denkt nach.

Unentschiedenheit.
Durcheinander. Wo liegt die Zukunft. Wo sind die Worte. Von allen Seiten ist das algonquinsche Leben bedroht.
Leck an Backbord.
Der Traum krängt zusehends.
Die Wirklichkeit droht.
Sie greift an, mehr und mehr. All diese Menschen aus der Draußenwelt, die sich festbeißen. Die versuchen, in das Bauchhaus einzudringen.
Chaim ballt die Faust.
Seine Wut steigt. Wieder einmal hat Monsieur Bing recht behalten. Man sollte die Nase nicht vor die Tür stecken. Nicht unter der Decke hervorschauen. Denn sobald die Menschen einen bemerkt, ja: materialisiert haben, geben sie einem keinen Aufschub mehr.
DANN VERLANGEN SIE RECHENSCHAFT.
Bullen, Direktoren, Ärzte, Bürgermeister, schwangere Frauen. Sofort ist die verdammte Normalität zur Stelle und will sich einnisten. Im Gleichschritt, marsch. Wie 33. Im Takt klatschen. Die Marseillaise singen. Erfaßt sein. Gelocht. Auf Fragen antworten. In eine Schublade gesteckt sein. Hinter ein Fenster gesetzt werden.
War das etwa Normalsein?
Tausend Kilo Supershit, wenn dem so war. Und zwar in allen Farben.

Chaim verweigert sich der vorgeschriebenen Bahn.
Zu krank für die Krankenversicherung.
O.K.
Aber das ist nicht alles.
Er bewegt sich auf seinem Hocker. Er muß wieder lernen, sich zu bewegen. Eine halbe Stunde ist er jetzt schon wie erstarrt.
Er muß die Stücke wieder zusammensetzen.
Wem soll er sich zuwenden?
Chaim wirft einen panischen Blick auf seine Umgebung. Eins Komma fünf Mini-Quadratmeter Autonomie. Auch wenn er jetzt den Wecker wieder aufzieht, damit Monsieur Satanas ihn anruft, das Herz ist und bleibt woanders ...
Soll er die 607 anmachen?
Soll er sie noch einmal flackern lassen?
Unmöglich. Mrs. Abercromby ist einfach zu tot.
Chaim erhebt sich auf seinem Klumpfuß.
Und Sergent Harsh, wie bitte? Was ist aus ihm geworden?

Er öffnet die Tür des Kabäuschens.
Er läuft hinaus. Die Bewegung tut ihm gut. Er stolpert über Annonciata, die quer über den Korridor liegt.
Mit einem Fußtritt krepiert er sie. Abgeblasen, dieses verdammte portugiesische Zimmermädchen. Ihre Luftkammerschönheit wirft zusehends Falten.
Chaim nimmt den Gang.
Betritt das Broom'sche Apartment.
Begibt sich direktemang zum Bett. Schnappt sich Sid Vicious.
Der hölzerne Neger fällt auseinander.
Chaim trägt ihn bis zum Schrank.
Wirft ihn hinein.
Drückt ihn. Klappt die Gliederpuppe zusammen, damit sie hineinpaßt.
Zerdrückt ihr das Geschlecht.
Schließt wieder ab. Zwei Umdrehungen. Vergessen, fertig.

Nun ist Sergent Harsh aus seiner Vorstellung verschwunden.
Fortgekehrt. Ach, wie einfach das Leben diesseits, im Algon-

quin, doch ist! Es bedarf nur einer Entscheidung, und schon geschehen die Dinge.
Sergent Harsh ist seit seiner Verbrechen auf der Flucht.
Er hat die U-Bahn genommen. An der Endstation hat er – die Arme vor sich ausgestreckt – wieder festen Boden erreicht. Jetzt irrt er irgendwo bei den Schlachthöfen von La Vilette umher. Noch sind sie nicht abgerissen. Er geht unter den enthäuteten Rinderhälften entlang, ohne sie zu sehen. Genau jene, die Soutine immer zeichnete. Schreiend vor Schmerz stürzt er an den Zufluchtsort seines Todes. In die Kälte der Kühlräume.
Es sei denn, man findet ihn im Morgengrauen?
An einem Haken? Ja, das ist die Lösung, für die Chaim sich entscheidet.
Ein verrückter Schlachter, hat ihn zerlegt, weil er die Schreie nicht länger ertrug. Die Wutschreie – waren einfach zu erschreckend, als daß man sie weiter hätte anhören können.
Und Koffer-Teddy-Broom? Wie bitte?
Chaim kommt hinkend in das vorderste Zimmer zurück.
Er schaltet die Stereoanlage an.
Alle Rastas, alle verdammten Huren von Reggae-Jams werfen sich im Rhythmus in die Boxen.
Chaim stürzt sich auf die schwarze Stoffpuppe. Jene, die die ganzen verdammten Monate über als Funky-Teddy fungiert hat.
Er wirft sie auf den Diwan.
Ein Fußtritt, er weist sie völlig von sich.
Fort ist er, Koffer-Broomie-Broom.
Ein Tod in den Sternen. Funk-verloren. Acid-verbrannt. Ein Schuß overdose. Zur Linken des Vaters. Zu George Clinton gewandt. Mit Stoff und tiefer Trauer.
Chaim streicht die Strähne aus der Stirn.
O.K. Und nun?

Bleibt das ärgerliche Ding mit seiner Vaterschaft.
Jépha, haargenau.
Wo ist sie?
Es sucht sie. Die abgefeimte Schlampe, wo kann sie nur sein?
Bei ihm. In seiner Kiste natürlich, wartet auf ihn und schlürft

fleißig Rum derweil. Schließlich ist sie immer dort verstaut. Er begibt sich hin.

Da ist sie ja, seine Jépha von den Inseln.
Boubou-Tücher. Augen so süß wie »dicker Sirup«. Und ein Lachen von einem Ohr zum anderen.
»Guten Tag, Missié.«
»Guten Tag, mein Täubchen.«
Sie erscheint hinter einem Hibiskusstrauß.
Immer noch, selbst nach drei Punch.
Oh! Ihr Kinder!
Sie ist eine große, vollständig aufblasbare Puppe mit einer spitzen Afro-Perücke. Kurz und lockig. 100 % Modacryl Kanekalon. Luftkammer mit elastischem Tüll. Chaim hat ganze 126 Francs dafür hingelegt. Er wäscht sie mit Schampoo, alle vier Tage. Jépha ist sehr sauber.
Chaim hat ihr unter dem Boubou ganze Reichtümer angezogen.
»Jesses Maria, zeig uns, wie schön du bist!«
Sie lacht.
»Kia, kia, kia.«
Schamdurchtrieben schlägt sie ihren Rock nieder.
»Bou, bou, bou«, grient sie, »es hiss norr ssu früh, es ist noch zu früh!«
Als gäbe es für derlei Dinge ein Zu-Früh oder Zu-Spät!
Chaim streift ihren Rock wieder hoch.
Er kennt alles, was darunter ist, schon auswendig: ein string-Slip von Spatz mit Herzchen-Klipps auf beiden Seiten. Ein vorgeformter Büstenhalter aus Engelshaut mit verstellbarem Rücken. Balkonett-Modell, um die junge Brust einer Dreizehnjährigen zu unterstreichen. Ganz zu schweigen von dem Unterrock. Ein Oranyl aus antistatischem Celon. Von wegen des Geladen-Seins.
Chaim streichelt Jépha die Schenkel.
Die Puppe, in ihrem abwaschbaren Dropnyl, hat keine Empfindung.
»Bist du sauer?« fragt er sie. »Wegen You Glan Glan? Was kann ich dafür?

Er geht einmal um sie herum. Ihre Kurven, eine Inspektion.
»Du hast recht, meine Liebe, langsam kann man etwas sehen.«
Er schnappt sich ein Kissen.
Bindet es Jépha mit einer Krawatte um die Taille.
Plötzlich bricht er in ein hohes Lachen aus.
Sie ist also schwanger, kein Pappenstiel, das Ganze. Acht Monate gut angefüllt. Hihihi, zum ersten Mal hat er dieses absurde Lachen.
Er stürzt zur Kommodenschublade.
Zieht eine schwarze Zelluloidpuppe heraus.
Dreht sich zu Jépha hin.
»Darf ich dir You Glan Glan vorstellen«, gluckst er. »You Glan Glan, Naturhaar, Schlafaugen, Geschlechtsmerkmale. Die steck ich dir jetzt in die Wampe, meine Liebe«, schließt er.
Und mit einer abrupten Bewegung öffnet er den Kopfkissenbezug und steckt die Puppe in den Bauch mit den Daunenfedern.
»Ein Nest, You Glan Glan. Sieh nur, wie heiß deine Mutter ist.«
Und wieder packt ihn dieses seltsame Glucksen.

53

Albert Lange löschte seine Scheinwerfer.
Sorgsam schloß er die Wagentüren seines R4. Man kann nicht vorsichtig genug sein, nicht einmal vor einem Kommissariat.
Er ging unter der Straßenlaterne entlang. Fifty Sprühregen und fifty fahles Licht – die städtische Beleuchtung fiel auf seine schwachen Schultern hinab.
Er ließ seine Sicherheitsschlüssel in der rechten Tasche verschwinden. Immer genau dort, in der rechten Tasche.
Er richtete sich auf, als er an dem wachestehenden Bullen vorbeiging, der im Schutze der kugelsicheren Mauer einen Landjäger verputzte. Der Polyp tat so, als würde er den kleinen Mann gar nicht bemerken. Doch kaum war er vorbei, sah er ihm hinterher.
Monsieur Lange erklomm die zwei Eingangsstufen. Er legte die Hand auf die Klinke, dann atmete er tief ein, um sich Mut zu machen, und betrat das Kommissariat.
Der diensthabende Brigadier hieß Roger Chevreau. Er hatte einen runden Schädel, durchschnittlich brachyzephal, auf dem sich das Licht spiegelte. Die Augen starr auf die Zeilenzwischenräume gerichtet, tippte der alterslos aussehende Mann im Zwei-Finger-Hack-System den Bericht über die Verhaftung eines Fahrraddiebes. Ehrlich, es war Shakespeare.
Monsieur Lange verhielt sich ruhig, um die Konzentration, die von dem Beamten ausging, nicht zu stören.
Den Hut wie ein Lenkrad zwischen den Fingern stand er da und wartete, daß der Polizist endlich zu einem Punkt kam.
Aber entweder war der Satz endlos, oder aber es haperte mit der Beherrschung der französischen Sprache, jedenfalls tipptappte unser Homer der kleinen Meldungen seinen Bericht mit verzweifelnder Langsamkeit in die Maschine.
Monsieur Lange wagte einen Seufzer.
»Ich ...!« begann er.
Aber Roger Chevreau hing erbarmungslos an den Taten seiner Finger. Er begann gerade mit der Reihe der Infolgedessen ...
Monsieur Lange hüstelte, Tabulator, neue Zeile.

»Ich komme wegen meiner Frau«, sagte er in die Lücke hinein.
»Name, Adresse, Beruf?« brachte Chevreau hervor, widerwillig seinen über zwanzig Jahre antrainierten pawlowschen Rekationsweisen folgend.
Monsieur Lange machte seine Angaben.
Der Brigadier, der sich mit zwei Fingern auf der Tastatur abstützte, hob seinen durch das mißbräuchliche Tragen der Dienstmütze rosapolierten Kahlkopf.
»Handelt es sich um ein Verlassen der ehelichen Wohnung?« fragte er. »Ist es zu Schlägen und Verletzungen gekommen?«
»Nein, nur zum Verschwinden. Meine Frau ist VERSCHWUNDEN.«
»Wie lange schon?«
»Seit fünf Uhr heute abend.«
»Man könnte meinen, es sei wirklich geschehen.«
»Sie können nicht ermessen, wie sehr ich mich ängstige«, sagte Monsieur Lange.
»Bah«, meinte Chevreau, und sein wahres Inneres kam wieder zum Vorschein, »die Dame ist vielleicht gar nicht für alle verschwunden ...« Und er kehrte zu seinen Schlußfolgerungen zurück.
»Monsieur«, sagte Lange mit feierlicher Stimme, »ich verlange, Ihren Vorgesetzten zu sprechen?«
»Alle Chefs sind außer Haus«, sagte Chevreau Roger. »Wir haben momentan sehr viel am Hals.«
»Es muß doch einen Inspektor geben.«
»Sie sehen doch, daß es schon spät ist.«
»Ja und? Wo bleiben dann Recht und Ordnung?«
»Das Recht?« fragte sich Chevreau aufrichtig. »Die Ordnung? Warten Sie ... Das bin ich.«
Lange zog eine unfreundliche Grimasse.
»Ah, wie schön unser Frankreich doch ist!« erlaubte er sich, mit den Nerven am Ende.
»Hören Sie, Sie Hahnrei«, begehrte Chevreau auf, der immer noch eine gute Meinung von sich hatte. »Sie sollten sich überlegen, was Sie da sagen. Liebend gerne hole ich ein paar Kollegen her, nur: die Spuren, die das hinterlassen würde, passen nicht unbedingt zu Ihrem schönen Hemd.«

Monsieur Lange ermaß die Lage.
Arbeitslos, gehörnt und entstellt – das war viel für einen einzigen Abend. Wütend warf er sich auf eine der Holzbänke.
»Ich werde warten, bis Ihre Vorgesetzten zurückkommen«, japste er. »Ich habe mir Ihre Dienstnummer gemerkt.«
»Jetzt weiß ich, warum Ihre Frau auf und davon ist«, seufzte der Brigadier.
Dann widmete sich der Polizist wieder seiner Maschine, ohne Lange noch eines weiteren Blickes zu würdigen, so als sei dieser ein Gepäckstück, das jemand abgegeben hatte.
»Wieviel Uhr ist es?« fragte Lange.
»Zehn Uhr, beim Gongschlag. Und denken Sie sich was aus, damit ich nicht hochgehe.«

In puncto Kaffee-Parfait waren wir zwei, Impala und ich, nicht weit gekommen.
Ich meine, wir hatten gerade die Champagnerflasche geleert und unsere 32 Eigelb mit einem Liter Kaffeekonzentrat bei 28 Grad angerührt, als die Türschelle uns aufspringen ließ.
Angesäuselt und etwas heiser lagen wir bald unter dem Tisch.
»Welcha Spinna könntedassain? Um diii Huazeit?« staunte Machine Love.
Sie hatte nicht ganz unrecht.
Die Hände vor Mündern, Brüsten und allem, was man so frei bewegen konnte, hielten wir nicht lange durch. Wir lachten wie wahnsinnig, zum In-die-Slips-Machen. Das war das einzige, was wir noch auf der Haut hatten. Wir lieben es, dieses Sich-gehen-Lassen.
Wir hatten gerade abwechselnd die Käppchen unserer BHs getestet. Ein Challenge, den 'Pala sich ausgedacht hatte, um herauszufinden, welche Marke besser als Kochsieb geeignet wäre. Sie haben nicht geträumt, ich rede wirklich von jenem Küchenutensil, durch das wir unsere Ei-Kaffee-Extrakt-Mischung streichen wollten und dessen Abwesenheit in solchen escoffierschen Momenten schmerzlich spürbar wird.
»Vorteil für ›Toutai‹ von Triumph.« Machine Love erstickte beinahe vor Lachen und schlug sich auf die Schenkel.
Da drang abermals die Klingel zu uns durch.
»Vorteil draußen«, berichtigte ich sie, und ehrlich gesagt, so wahr mir Gott helfe: Als 'Pala zurückkam und die mächtigen Umrisse des alten Valachi hinter sich herschleifte, da war er mir längst wieder völlig entfallen gewesen.
Ich erwartete ihn dermaßen überhaupt nicht, daß ich mir nicht einmal meine Titten bedeckt hatte.
»Das hier habe ich auf dem Schuhabtreter vorgefunden«, verkündete Machine Love.
Sie hielt den Dicken am Halstuch und trieb ihn vor sich her.
Der alte Wallach, der zu platt war, um nur ein Wort hinter

das nächste zu setzen, starrte fassungslos auf meinen Körperbau.

»Fühlen Sie sich wie zu Hause«, unterbrach ihn Machine Love. Sie konnte sich gar nicht vorstellen, daß man angezogen leben konnte.

»Sind Sie ein Bekannter?«

Anstatt einer Antwort machte Valachi ein Geräusch wie ein Waschbecken, dem man den Stöpsel herausgezogen hat. Er ließ seine Augen nicht mehr von meinen Brüsten. Seine Birne wurde zusehends flammendrot. Offen dargeboten zu bekommen, wonach er gewöhnlich zu schielen versuchte, verwirrte ihn grausam.

»85-60-87«, verkündete ich ihm und hob die Brust.

Der Champagner, wissen Sie, der mich zu dieser Ungehörigkeit animierte.

Impala, von wegen Fortsetzung der Eskalation, legte Valachi ohne Vorwarnung ihre Constrictor-Arme um den Hals.

»Du kommst wie bestellt, du Held«, säuselte sie. »Wir feiern gerade ein bißchen ...«

Sie biß ihm voll Zuneigung ins Ohr.

»Sie haben vorhin direkt vor meiner Nase aufgelegt«, stieß der dicke Polenterich hervor.

Dann fand er wieder zum Handeln zurück und warf Impala auf den Teppich. Sie ergoß sich vor Lachen in alle Richtungen. So fertig wie ein Brötchen. Champusbesäuselt.

»O.K., ziehen Sie sich was an«, stieß Valachi hervor.

Er wandte sich mit dem Gesicht zum Fenster.

»Nein danke«, beruhigte ich ihn ohne Umstände, »niemals, wenn ich am Kochen bin.«

»Aber, mein Gott«, er wurde richtig sanft, »es stört mich bei dem, was ich Ihnen zu sagen habe.«

»Nun denn, Dickerchen«, mischte Machine Love sich ein, »nehmen Sie sich ein Glas und kommen Sie öfter vorbei, dann gewinnen Sie an Sicherheit.«

Als wolle er deutlich machen, daß er bereits geheilt sei, drehte Valachi sich auf der Stelle um. Er hatte einen Riegel Schokolade in der Faust.

Machine Love schlug die Wimpern auf und nieder.

»Essen Dickerchen mit uns?«
Knack. Valachi kaute und sah dabei übertrieben genau auf meine Brüste.
»Er verdirbt sich noch den Appetit«, schob meine Freundin eine Runde nach.
»Jetzt, wo ich mich gänzlich an Sie gewöhnt habe, Doddledooe«, sagte dieses Miststück von Valachi, »tun Sie mir doch bitte den Gefallen und binden Sie ihre Negerin an. Mein Gott! Sagen Sie ihr, sie soll mich in Ruhe lassen. Ich bin gekommen, um mit Ihnen über den Hinkenden zu sprechen, wenn ich das mal so sagen darf, und ...«
» ... über den Hinkenden?« Er hatte soeben das einzige Wort ausgesprochen, das mich auf der Stelle zu ernüchtern vermochte.
»Ja, über den Hinkenden, denn jetzt ist er es, der Sie sucht.«
»Aber es gibt ihn doch nicht. Hitler hat es gesagt?«
»Er existiert, Gott im Himmel!« stieß Valachi hervor. Und als Beweis dafür, wie sehr er existierte, erzählte er mir, was den Panfidos widerfahren war.
»Das ist ja schrecklich«, sagte ich zu ihm, »aber warum hat er das nur gemacht? Warum hat er ausgerechnet den Tankwart überfallen?«
»Um Ihre Aufmerksamkeit auf sich zu lenken, Doddledooe ... Dieser Idiot ist verrückt nach Ihnen. Sie sind seine Fixierung. Sie sind das abgefeimteste, mistigste Sexualobjekt, das ich kenne.«
Der Dicke hat nicht die Zeit, seine Theorie zu entwickeln, denn das Telephon verlangt gellend, daß man sich ihm widmet. Impala entdeckt es zwischen den Eierschalen.
Während sie den Hörer abnimmt, lutscht sie einen Finger ab. Mit einer Stimme wie eine Oase sagt sie ihren Namen in den Hörer. Dann verzieht sie das Gesicht. Deutet auf ihren persönlichen Feind.
»Es ist für den verdammten Weißen«, sagt sie voller Verachtung.
Valachi rollt zum Apparat.
Er nickt. Hört lange zu, ohne etwas zu sagen. Ich trete hinzu. Er macht mir ein Zeichen, ich solle den Zweithörer nehmen.

Sie haben das Auto vor einem Kino gefunden.
»Leer?«
Er hört wieder zu. Der Hörer scheint zwischen seinen Fingern zu schmelzen.
»Was? Mit einer Katze am Lenkrad?« schreit er schließlich. »Und einer Botschaft? Was sagt diese verdammte Botschaft?«
Man teilt es ihm mit.
Kaskaden der Hilflosigkeit zeichnen sich auf den Hängebakken ab.
Er sieht mich an.
Er wiederholt:
»Wenn man die Apokalypse sehen will, hat man die beste Sicht im ersten Rang.« Aber was heisstas bloß?
Ich, Sarah Doddledooe, habe schon meinen Kopf im Shetland. Und schwups, die Pobacken im Rock. Drei Croupaden-Sprünge, rein und fertig. Auf ein Zeichen hin reicht mir Machine Love ihre Schuhe.
Ich frage, wie spät es ist.
»Zehn Uhr, meine Liebe, aber ich hinke etwas nach«, eröffnet mir meine Freundin. »Gehst du noch aus?«
Ich bin schon in meinem Zimmer.
Im Vorübergehen schnell meine 38er aus der Kommode. Eilends schlittere ich zur Tür.
»Kann man erfahren, wo Sie hingehen? Welche Dummheit haben Sie vor?« grummelt Valachi, der mir an den Fersen hängt.
In die Hölle mit dir, Mistkerl.
»Wenn du mitwillst, schnall dir die Hosenträger fest, mein Dicker. Ich zisch jetzt los.«
Er hat einen Rückfall.
»Wohin gehen Sie?«
»Ins Kino. Die 10-Uhr-Vorstellung. Ich hab ein Rendezvous, mit einem Zwölfjährigen.«
»In dem Alter sind sie noch zart«, plaudert 'Pala aus ihrem Erfahrungsschatz. »Komm nicht zu spät zurück, Doddle, und schieß nicht auf alles, was sich bewegt. Ich esse inzwischen ein Spiegelei.«
Sie jedenfalls, sie liebe ich. Ein Schatz.

Sie redet noch, als ich schon draußen bin, aber das Ende kann ich nicht hören.
Bezüglich Valachi, da brauch ich mich gar nicht umzudrehen. Hinter mir. Vorsicht, ihr Bananenstauden. Elephanten im Anmarsch.

55

Verbrechenstagebuch.
Zehn Uhr (Stunde der Wahrheit).

Etwas, was ich überhaupt nicht leiden kann, ist, ins Bett zu gehen, wenn ich nicht müde bin.
Herrgottsack! Heute abend, wenn Sie mich fragen, habe ich sogar den Eindruck, daß ich nie wieder ins Bett gehen werde. Daß schlafen etwas völlig Unnützes ist und es nicht einen Grund gibt, auch nur das kleinste Bißchen seiner Zeit darauf zu verwenden.
Als ich an einem Spiegel vorbeikomme, entdecke ich, daß ich wirklich aussehe wie ein teuflischer Held. Ich bin völlig übergeschnappt. Ich schwöre bei Gott, daß es so ist. Ich habe mich soeben für Bogart gehalten. Und sofort habe ich all den Schweinepriestern, die mich immer daran hindern, so zu leben, wie ich will, endlich die ihnen gebührenden Bohnen in die Eingeweiden gejagt.
Als ich auf den Gang kam, sah ich, daß ich einen Revolver in der Hand trug. Und alle diese miesen Feinde lauerten mir schon auf, Satanas und Makkabäus und von Paulus und auch dieser Knirps von Lange, der Hartnäckigste.
Sie haben alle im selben Moment geschossen.
Eine sadistische Hartnäckigkeit. Ich habe geschwankt. Das wäre Ihnen genauso gegangen. Die Eingeweide hatten etwas abgekriegt. Ein stechender Schmerz. Während diese Schmutzfinken grinsten, die meisten mit Gold im Mund, bin ich los und habe mich im Badezimmer eingeschlossen. Ich habe mich über die Wanne gebeugt und meine Gedärme zusammengepreßt. Dieses viele Blut. Es spritzte. Es spritzte. Sie wären ohnmächtig geworden. Aber ich habe es auf mich genommen.
Trotz Irmas Geschrei habe ich meinen Weg fortgesetzt. Als Satanas sah, daß ich Bogart war, hat er höllisch geschrien. Er war der erste, der mich erkannte. Er hat mich in den höchsten Tönen angefleht, aber ich habe ihn büßen lassen. Wie sehr er mich auch anflehte, ihn doch zu verschonen, wie sehr er mir

auch versicherte, er würde mich in Zunkunft meine Nägel kauen lassen, ich habe ihn dreifach umgenietet. Piff, paff, puff. Mitten hinein in seinen behaarten Bauch.
Die anderen haben sich verdünnisiert.
Ich habe meine Automatik in den Aufzug geschmissen. Nachdem ich alle Fingerabdrücke beseitigt hatte und so.
Dann habe ich mich bis zum Zimmer geschleppt.
Irma hinter mir her. Überallhin kam sie mir nach. War voller Unruhe in den Augen.
Sie rang die Hände.
Ich habe meine Brille abgesetzt.
Ich habe ihr gesagt, es wäre besser, sie würde sich nützlich machen, und überhaupt.
Daß es bei diesen verdammten Wunden eigentlich nur einen Menschen gäbe, der mich heilen könnte, nämlich die Rote. Die Rote, kein Weg dran vorbei.
»Wen hast du dir denn da schon wieder erfunden?« hat sie sofort gefragt.
»Ich erfinde überhaupt nichts, Irma ...«
Ich balle die Faust. Ich kann es nicht leiden, wenn sie mir widerspricht. Ich könnte sie umbringen.
»Ich erfinde nichts. Die Rote ist eine Person aus der Wirklichkeit. Ich habe ihre Körperwärme leibhaftig gespürt. Und ich glaube sogar — verfluchtes Leben! — daß ich verrückt nach ihr bin.«
O.K.
Und dann habe ich Mama von dem Körper dieser Frau erzählt.
Irma erschien mir müde.
Die Nase voll von meinen Spinnereien. Hat sie mir gesagt. Gestrichen voll.
Sie hat gemeint, es würde doch nun reichen für heute. Dieser verpatzte Goudénèche-Abend plus die Kugeln, die ich soeben in die Wände geballert hätte, das wäre doch überreichlich genug für einen Abend.
»Ich habe nicht auf die Wände geballert! Das weißt du haargenau. Ich habe nur dieses Dreckschwein von Satanas kaltgemacht.«
Sie hat geantwortet, natürlich, sicher habe es mir gutgetan, ein

oder zwei der Phantasiegestalten, die auf der Tapete aufgemalt seien, unschädlich zu machen, aber sie bleibe dabei, daß es doch nun genug damit sei. Daß es mir morgen schon besser gehen würde. Daß ich mich doch beruhigen solle. Daß sie mich mit in ihr Bett nehmen würde, wenn ich es wolle.
Sie hat mir die Stirn getupft, und das Taschentuch dafür in Eau de Cologne getaucht. Machen Sie, daß Sie fortkommen.
Ich habe geweint.
Ich habe geweint so wie damals, als ich wirklich jung war. Wie an dem Tag, als ich die Geostunde geschwänzt hatte, um ein gleichaltriges Mädchen an den Warzen zu lutschen. Maryse Birnbaum, so etwa in der Art. Eine, die immer ruckzuck eine rote Birne kriegte. Augen wie Porzellan und Melissenwasser in den Haaren. Diese Süße war es, die mich anzog. Außerdem etwas, auf das ich hinter dem Haus ihrer Eltern gestoßen war, als sie gerade dem geilen Duvigne, dem fahrenden Bäcker, alle ihre Löcher zeigte. Den Schließmuskel einer knapp Sechsjährigen gegen eine Handvoll Sahnebonbons.
Zum Auf-die-Palme-Gehen.
»Was für ein Gedächtnis, Chaimie! Was für ein Gedächtnis!« bestärkte mich Irma sofort.
Aber ich habe ihr keine Chance gelassen, das Thema zu wechseln. Ich habe mir weiter mit beiden Händen den Unterbauch gehalten, um deutlich zu machen, daß ich immer noch verwundet bin. Und dann habe ich wieder angefangen zu stöhnen.
Mein Blut verließ mich.
Irma hat noch versucht zu diskutieren.
Erst hat sie mich überzeugen wollen, daß ich doch bereits jemanden hätte. Jépha meinte sie. Aber ich habe geflennt, diese ganzen Spinnereien seien vorbei, ein und für allemal. Vau-o-errr-bei. Schluß.
Ganz zu schweigen von dieser Schwiegerfamilie und diesem ganzen Brimborium, das gehe mir einfach schrecklich auf die Nerven. Familie, Ehrbarkeit, Kinder, Religion, und der ganze gesegnete Kladderadatsch.
Sie hat noch versucht einzuwerfen, daß, wenn sie die Rote suchen gehen würde, die ja offensichtlich wirklich war und folglich zwangsläufig jemand Gefährliches, dann würden wir

darüber nachdenken müssen, wie wir uns ihrer entledigen könnten. Sie UMBRINGEN. Was wiederum neuen Ärger schaffen würde.
Aber auch das habe ich nicht hören wollen.
Ich habe zu Irma gesagt, bei dem Blut, das ich, wie sie ja sehe, gerade am Verlieren sei, hätte sie mich ja ohnehin nicht mehr lange zu ertragen.
Ich sei schon auf dem Höhepunkt der Entmutigung.
Ich hätte schon richtig Lust, Schluß mit mir zu machen. Mit Äther, Curare und einem indonesischen Kris.
Sie rang die Hände.
»Und Monsieur Bing?« sagte sie plötzlich.
Ich hatte sie schon befürchtet, diese Frage. Unfair.
»Und Monsieur Bing«, beharrte sie. »Hast du ihn um Rat gefragt?«
»Nein, und ich habe auch nicht vor, es zu tun. Monsieur Bing war früher weise. Aber er ist es nicht mehr. Die Zeit und die Krankheit haben ihn überrollt. Monsieur Bing ist nur noch eine alte Hülle, die sich langsam zersetzt. Eine faulige, stinkende Materie. Gülle. Ich habe ihn aufgegeben.«
»Willst du ihn nicht zumindest von seinen Schmerzen befreien?«
»Nein. Da fehlt mir der Mut. Bing ist der einzige Mensch, dem ich nichts antun kann.«
»Und was ist mit deinem perfekten Verbrechen, Chaim?«
»Habe ich nicht mehr vor.«
Ein mieses Schweigen stellte sich ein. Jene Art Atmosphäre, von der Sie wissen, daß man sich nie wieder davon erholt.
»Lieber Gott«, seufzte Irma. »wenn es denn dein Wille ist, werde ich diese Person herholen.«
Diese Kapitulation schien alle Kräfte aus ihr abgezogen zu haben. Jetzt hätte man sie glatt für hundert gehalten. Mama war alt geworden.
Ich schenkte ihr mein schönstes Lächeln.
Ich erklärte ihr, daß sie nur die Rote herzuholen hatte; daß sie ihr hierfür nur sagen müsse, ich hätte nicht mehr lange zu leben. Und daß die Rote momentan im ersten Rang des Flanades-Kinos saß und sich den Film Apocalypse now ansah.

Irma fand wieder die Möglichkeit, die Hände zu ringen.
Ich war gezwungen, sie zwischen die Brüste zu küssen, um sie zu überzeugen.
Ich schwor ihr, dies sei mein letzter Dienst, um den ich sie bitten würde. Danach würde ich nie wieder krank sein. Weder Röteln, noch Kopfschmerz, noch Hinken, und keine in die Wände geballerten Kugeln mehr.
Der gute brave Chaim, den sie so liebte.

Irma ist seufzend losgezogen, wie eine Verlorene.
Mein Blick sagte ihr, daß es wichtig war.
Also ist sie los, ihren Auftrag ausführen.
Toll, diese Mütter. Aber schließich sind sie ja dafür da.
Wir haben nicht darum gebeten, auf diese verdammte Welt zu kommen.
Ich höre, wie der Daf angeht und losfährt.
Ich krümme mich trotzdem weiter vor Schmerzen, um in der Geistesverfassung zu bleiben. Ich stelle mir vor, wie die Rote ankommt und mir den Bauch verbindet. Ich sehe sie vor mir, wie sie mir eine Zigarette hinhält, damit ich rauchen kann, während ich schrecklich blute und überhaupt. Wie die Typen in den Kriegsfilmen, die evakuiert werden, wenn sie wirklich hinüber sind.
Und denen die Krankenschwester ein Lächeln schenkt.
Plötzlich belohne ich mich mit einer flüchtigen Erektion.
Zwei oder drei Minuten später lassen meine bleiernen Koliken nach, und ich beschließe, daß ich vernarbt bin. Ich erhebe mich, und laufe, ebensogut wie irgendein Held von Métro, Fox oder diesem Jack Warner, den es auf der fünften Rolle erwischt.
Sie und ich, wir haben eben erst in der letzten Minute des verdammten Films das Recht zu sterben.
Und je mehr ich darüber nachdenke: Je durchlässiger man ist, desto mehr können einen diese verdammten Thriller zerstören. Kein Witz.

56

Lieutenant-Colonel Kilgore zog seinen Texashut über seine Sonnenbrille tief ins Gesicht.
Zwölf Helikopter bäumten sich auf oberhalb des Ozeans.
Die Maschinen wieherten ob der von den Piloten geforderten Reserven – wie Pferde der Apokalypse. Sie tauchten aus der Gischt empor.
Der Chef der Flugzeugträger-Kavallerie drückte mit seinem manikürierten Zeigefinger auf den Knopf dieses szenischen Apparats. Position On.
Sofort tat sich der Höllenschlund auf. Zweimal zwölf Lautsprecherboxen, die Walkyrien darboten. Der alte Wagner gab sein Ganzes auf Stereo, Dolby System. Ein warmer poetischer Wind zerzauste die Palmen und ließ die gelben Männer erschaudern. Sie rannten direkt auf ihren Tod zu, dann, im Angesicht seines unaufhaltsamen Näherkommens, wandten sie sich ab. Jeder der Bordchefs wählte sich seinen Korridor der Vernichtung und ließ sein Maschinengewehr losbellen.
Die wohlgenährten Kinder des freien Amerika mit ihrem vor Gesundheit strotzenden Zahnfleisch entdeckten ihre Eckzähne. Den Mund vollgestopft mit Cornflakes und Hollywood Chewing gum verschleppten sie die 200 Kinobesucher mit lachenden Gesichtern ins Reich der Finsternis.
Und während – für den Preis von 23 Francs pro Platz im Zwischengeschoß – das Napalm auf der Leinwand den Sieg verhieß, verwandelte sich die kriegerische Apokalypse in Doddledooes Kopf in eine innere Apokalypse, die weitaus verzweifelter war.
Plötzlich sagte sich Sarah, die Zeit der Barbaren sei wieder da. Und dann verschloß sie die Augen vor der Erscheinung, die ihre eigenen Ängste gebaren. Sie vernahm jetzt nur noch den Ton und dachte zurück an ihre erste Begegnung mit Chaim. Er hatte damals irgend etwas über den Krieg gesagt. Etwas von einer großen Angst, die ihr heute abend plötzlich völlig plausibel erschien.
Sie schauderte, und eine kalte Hand legte sich in die ihre.

Ich meinerseits, Sarah Doddledooe, als ich die Augen wieder öffne, erkenne zu meiner Rechten eine kleine, alte Frau.
Sie stinkt nach den diversesten Sorten Alkohol. Ein echter Shaker, ganz für sich alleine.
Sie steckt in einem Kleid aus Crêpe de Chine. Kein bißchen im Trend der Zeit. Ein Sommerkleid und von anno dazumal. Und lauter Kirschen auf ihrem lächerlichen Hut.
Sie zieht ihre Florettseide-Handschuhe aus. Finger für Finger. Schwerfällig sagt sie:
»Ich komme im Auftrag meines Sohnes. Er ist sehr krank. Er sagt, ohne Sie würde er nicht überleben.«
»Wo ist er?« flüstere ich, ohne mich umzudrehen.
»Bei mir. Bei sich. Sie werden ihm nichts antun, nicht wahr?«
Unsere Blicke begegnen sich flüchtig.
»Ich weiß, daß Sie von der Polizei sind«, sagt sie, und ihre Stimme klingt vorwurfsvoll.
Sie fügt hinzu:
»Mein Sohn hat nie etwas Böses getan. Er ist ein sehr empfindsamer Junge. Das einzige, was er braucht, ist Ruhe.«
Einen Augenblick herrscht Schweigen. Auf der Leinwand sterben jede Menge Vietnamesen.
»Ich bin hier, damit Sie kommen und ihn beruhigen«, greift sie den Faden auf.
Ich denke an Valachi. Ich stelle mir vor, wie er dort in der Eingangshalle des Kinos steht, nicht weit von der Kasse entfernt, sich mit Schokolade vollstopft und dabei in die Nacht späht. Immer noch am Ermitteln, ob Chaim-der-Hinkende bekloppt genug sein wird, zum Rendezvous zu erscheinen, das er selber festgelegt hat. Ich hasse Valachi.
Ich hasse diese Falle, die im Dunkeln aufgestellt wurde.
Fünfzehn Bullen, über den ganzen Saal verteilt, die alle darauf warten, daß ich pfeife.
Ich sage zu der alten Dame:
»Wir sind umgeben von Zivilpolizisten. Am besten, Sie gehen als erste hinaus und warten am Ende der Straße auf mich.«
»Vorher möchte ich sichergehen, daß Sie Chaim nichts antun werden.«
»Sie haben keine Wahl, Madame, Sie müssen mir vertrauen.

Wenn ich wollte, könnte ich jetzt die Polizisten rufen. Dann müßten wir Sie nur verhören, um herauszufinden, wo Ihr Sohn steckt.«

»Oh, glauben Sie das nicht!« posaunt die alte Dame ins Dunkle hinein. »Ich habe keine Papiere dabei. Und selbst wenn Sie mich foltern würden. Kein Sterbenswörtchen! Nichts würden Sie von mir erfahren. Diesmal nicht. Man hat mir schon einmal die Nägel herausgezogen, wissen Sie. Ich weiß, wovon ich rede.«

Völlig erregt. Und stinkt fürchterlich nach Ungeziefer.

Ich mache ihr ein Zeichen, von wegen psst. Ganz leise sage ich: »Ich verspreche Ihnen, daß ich alleine komme.«

Ihre Augen leuchten im Schein des Kugelhagels und der Ruggieri-Explosionen. Sie drückt mir die Hand.

»Sie werden sehen, Chaim ist ein guter Junge. Er hängt schrecklich an Ihnen.«

Als Zeichen höchster Komplizenschaft schenkt sie mir ein Augenzwinkern.

Leicht vulgär. Und hicks, ein bitterer Atemhauch, Dry Monopole.

Sie erhebt sich und geht, während sie die Handschuhe überzieht, langsam zwischen den Bankreihen hinauf. Sie ist so klein, daß sie kaum hervorschaut.

Auf der Leinwand organisiert Lieutenant-Colonel Kilgore gerade eine Surfpartie auf der Lagune. Er hat sich hierfür eine einladende Bucht ausgesucht, die so aussieht wie ein Stück Strand in Florida – genau 300 Meter entfernt von dem durch die Druckbomben niedergebrannten Dorf. Es ist so sauber hier, daß man sich auf einem kolorierten De-Luxe-Faltblatt von Mexichrome wähnt.

Langsam erhebe ich mich und wende mich dem Notausgang zu.

Menschenleer, der Gang.

Ich mache ein paar Schritte. Vier oder fünf, kaum mehr. Die Tür schlägt hinter mir zu. Bertrand. Mein Freund und Helfer, Bertrand.

»Verlassen Sie uns, Sie wunderhübsche Sexfalle?« beunruhigt er sich.

Aber er kommt nicht heran. Die schmusesanfte Erinnerung meiner Knie verfolgt ihn.
Ich lächle ihn an. Ganz Weibchen.
»Nein, ich suche nur das stille Örtchen.«
»Da sind Sie hier falsch. Es liegt genau in der entgegengesetzten Richtung. Hinter der Tür dort am Ende des Gangs«, beschreibt er es mir.
Ich gehe an ihm vorbei. Ich schlage die Augen nieder, um ihm ein Überlegenheitsgefühl zu geben. Er soll mich gefälligst in Frieden lassen.
Er zündet sich eine Filterzigarette an. King Size.
»Es würde mich wundern, wenn Ihr Kunde sich einstellt«, sagt er wie ein Kenner.
Und den Rauch durch die Nase. Vollständig.
»Diese Typen sind doch am allerschwersten zu fangen. Unvorhersehbar. Sie setzen irgendwelche Geschichten in die Welt und tun dann etwas ganz anderes. Was weiß man, vielleicht ist der Kerl gerade dabei, irgendeinem Flittchen in einem anderen Viertel den Bauch aufzuschlitzen.«
»Sie haben recht«, sage ich und betrete das Örtchen, in das selbst die Stars zu Fuß gehen.
Und hinter mir schlägt die Tür.
Ich untersuche den Ort.
Laßt uns mal sehen. Ein Dachlukenfenster.
Eine Schnur.
Ich öffne.
Eine Öffnung gen Himmel.
Adios, ihr Bullen, und adios, Valachi, jetzt zeige ich euch Doddledooes Einsatz in ihrem ersten Fall.
Ich mache es wie die Machos und springe in die Nacht.

57

Während ich auf Irmas Rückkehr warte, bin ich, das muß ich gestehen, wahrlich nicht gelassen. Nein.

Ich habe sogar das Gefühl, diese Nacht geht nie zu Ende.

Ich habe versucht, mit dem Tornado-Staubsauger durch das ganze Algonquin zu gehen. Damit die Rote keinen zu schlechten Eindruck von dem Zustand unseres Etablissements gewinnt. Aber es ist einem einfach nicht nach Hausputz, solange man nicht weiß, wofür.

Ich halte inne vor den Bingschen Photos meiner Wenigkeit.

Ich habe sie alle an die Wand über meinem Bett gepinnt. Das mit dem Chorknaben hänge ich ab. Es könnte mir schaden im Kopf der Roten.

Es gibt Frauen, die stört die Religion, wenn es darum geht, daß Sie mit ihnen den Akt vollziehen wollen.

Ich werfe auch meinen Anstecker mit dem Davidstern in die hinterste Ecke meiner Schublade.

Einmal habe ich mich am Ende eines Rockfestivals wegen dieses Sterns beinahe mit einem Typen geprügelt. Kapitän Molotow nannte er sich. Ein Typ von der autonomen Sorte, den ich zwei endlose Stunden lang gehört hatte.

Er sagte mir mit einem Messer an der Kehle, ich sei ein Schwein minderer Rasse. Er hörte gar nicht auf und vermengte alles miteinander. Er macht einen einfach bösartig, der Speed. Ganz zu schweigen von den Frustrationen, die diese Schlampe von einem Leben einem bereitet.

Ich erzähle als Beispiel diese Klamotten-Geschichte.

Kapitän Molotow trug Springerstiefel und Bomberjacke. Unaufhörlich sagte er, er sehe nicht ein, warum er sich nicht auch ohne Geld in Luxus hüllen könne. Er zwang mich, meine Weste auszuziehen.

O.K. Also, ich gebe ihm meine verdammte Weste.

»Verstehst du«, sagt er zu mir. »Die feinen Leute, die ficken wir. Wir kleiden uns wie sie, aber wir arbeiten nicht wie die Irren. Nur die Prolos gaffen Samstag abend vor dem Kino noch in die Luxusläden.«

Er hat meine Weste anprobiert. Und sie gefiel ihm.
»Was für ein Luxus, dieses Teil«, hat er gemeint.
Er hat sein Messer zusammengeklappt.
Er hat gesehen, wie ich zitterte.
Er hat gesagt:
»Was bist du eigentlich genau?«
»Was bin ich wie?«
»Was bist du noch, außer Jude?«
Er zeigte auf meinen Anstecker.
»Wo auf dem Schachbrett bist du angesiedelt?«
Ich habe ihm gesagt ich sei behindert und tendenziell paranoid.
Die Wahrheit gewissermaßen.
Er hat sich meinen verdammten Fuß angesehen. Und dann ist er ausgeflippt.
»Los, bedeck dich«, hat er gesagt und mir mein Tweedoberteil zurückgegeben.
Und dann ist er auf und davon auf seinen Stiefeln.
So wars.
Ich stecke mir den Finger in die Nase.
Ich schaue auf die Uhr – 22 Uhr 40 – und all das, nur um zu sagen, daß wir, die Jungen, wir sind nicht alle Linke oder Autonome oder was man sonst so in den Eiern hat.
Und außerdem, Scheiße, Sie wissen schon, was ich meine: Die Zeit will und will nicht vergehen.

Ich hechte den Gang des Algonquin entlang.
Diese Nacht wird nie enden. Es ist, als würde ich auf eine Reise gehen, von der ich gewiß nie mehr zurückkommen werde.
Ins Blaue hinein öffne ich meine Koffer.
Ich nehme ein sauberes Hemd heraus. Ich gehe ins Badezimmer und wechsele das Hemd. Ganz wie für ein Rendezvous.
Ich werfe meinen Pass in die Tiefen einer Tasche und rasiere mich. Ich besprühe mich mit Aftershave. Und wo ich schon einmal dabei bin, zerstäube ich auch noch etwas unter meinen Armen.
Dabei pfeife ich, denn das hilft mir, an zweitausenderlei gleichzeitig zu denken. Ein Stück, das einem das Trommelfell durchstößt. Das Gwo Ka von Guy Conquette. Diese Art Musik mit

Widerhall. Mit harten Improvisationen und einer echten Percussion-Schallmauer.
Percussion, ich trommele auf die Möbel. Con fuoco.
O.K.
Diese Musik aus Guadaloupe, das dachten Sie sich sicher, hat natürlich eine Verbindung zu Jépha.
Mitten im Vorspiel, das wie ein Rezitativ aufgebaut ist, halte ich inne.
Ich sage mir: Lieber Chaim, du Held, der du sein wirst – unmöglich, jetzt mit Frau und Kind zu verreisen.
Vor allem nicht auf Große Reise.
Unmöglich derzeit, dieses Hätscheln und Tätscheln. Dieses Wickeln, Fläschchen-Geben. Nestle-Milch, Einlage, hoppla, danke sehr.
Danke recht herzlich.
Und nach diesem Kind, noch eins. So sicher wie das Amen in der Kirche.
Und immer eine Frau dabei.
Noch einmal danke.
Von morgens bis abends am Bein. Kommt nicht in Frage.
Ich trällere:

»Auf ssum Friedheff, You Glan Glan
Auf ssum Friedheff, You Glan Glan
Grube schon da iss, You Glan Glan
Grube schon da iss, You Glan Glan.«

Dabei wiege ich mich.
Ich schwöre Ihnen, ich wiege mich genauso gut wie jedweder Typ mit zwei gesunden Beinen.
Ich trällere:

»Komm mit zum Friedhof, You Glan Glan
Komm mit zum Friedhof, You Glan Glan
Deine Grube ist geschaufelt, You Glan Glan
Deine Grube ist geschaufelt, You Glan Glan.«

Ich renne zu meinem Bett und schlitze mit einem großen Küchenmesser Jépha den Bauch auf.

Die aufblasbare Puppe stirbt in den Federn. Pschschtt.
Ich schlage You Glan Glan den Schädel ein.
Ich zerdrücke ihr mit dem Absatz den Schädel. Ich schlage sie wild gegen den Corner des Cosy.
Ich schwinge ihn durch die Luft, meinen Schwengel, dann stekke ich ihn zurück ins Futteral mit Reißverschluß.
Ich lache verzerrt. Ich stecke mir den Finger in die Nase. Lache wieder. Sehe auf die Uhr.
Und schließe dieses Heft — auf immer und ewig.

58

Kurz darauf erschien Chaim an der Tür des Bauchhauses.
Hinkend lief er über den Hof.
Er wappnete sich mit einem Spaten und beerdigte die Zelluloidpuppe hinter dem Schuppen.
Dann umrundete er das Gebäude und trat hinein.
Er ging direkt auf seine Kawa zu. 1000 Kubik Männlichkeit.
Der passende Untersatz für seine große Reise, beschloß er.
Unter immensen Mühen schob er sie auf den Hof hinaus.
Stellte sie auf in Richtung der Ebene.
Die schöne Japanerin chromte unter dem Scheißhimmel.
Regen und Wind in der Umgebung von Paris.
Chaim betrachtete die STADT, die vor ihm lag.
Die riesenhafte Schlampe erwartete ihn funkelnd.
Um ihr zu trotzen, brachte er einen Baum zwischen sie und ihn. So fühlte er sich geschützt und dachte an die Rote, die bald da sein würde.
Im zweiten Stock des Bauchhauses, bei Monsieur Bing, brannte Licht.

59

Antoine Valachi ging den Mittelgang des Kinos hinunter, ohne Colonel Kurtz auch nur eines Blickes zu würdigen.
Die sichtbare Hälfte von Marlon Brando trat in den Schatten zurück, und nun spielte er im Dunkeln weiter. Sein Zeigefinger brauchte eine halbe Ewigkeit, bis er einmal um seinen kahlgeschorenen Schädel herum war. Dann verschwanden auch die seitlichen Konturen des Darstellers in der Finsternis.
Nur ein rotes Auge, hartnäckig wie ein Sonnenuntergang, war noch zu sehen. Plötzlich flackerte es und tauchte gleichfalls ins Nichts.
Adieu, ihr Clowns, und Valachi prallte mit seinem Schmerbauch gegen einen komplett aufgescheuchten Irren.
Es war Bertrand. Er hatte seine Startlöcher verlassen.
»Ich habe Sie gesucht«, schluckte der junge Bulle und legte, ohne es zu merken, die Hand auf die Gastralgie seines heißgeliebten Chefs. »Ich habe Sie gesucht. Doddledooe hat uns ausgetrickst. Sie ist verschwunden.«
Valachi sah verstört auf die panavisible Leinwand.
Das Licht war wieder angegangen. Um die beiden Männer herum begann schlagartig das Sessel-Klappern. Die Zuschauer erhoben sich. Der Film von Coppola verkündete Szie Ähnd! Und rollte den Abspann ab.
Von zwei, drei Idioten abgesehen, die sich noch zu bilden glaubten, wenn sie den Abspann lasen, dachten alle nur noch ans Heimgehen.
Morgen, sechs Uhr früh, Schicht für die meisten.
Alles rannte für nichts als Schlaraffias.
Zwei Polypen, die die Vorstellung gesehen hatten, kamen auf Valachi zu. Sie hatten ein komplizenhaftes Lachen.
Einer der beiden ließ voller Unbewußtsein verlauten:
»Nicht schlecht, Chef, nicht wahr? Die Amis sind doch immer wieder die stärksten.«
Da es sich um Valachis Driver handelte, hörte Valachi sich antworten, von wegen Spinner. Und er solle lieber den Motor seiner verdammten Schrottmühle schon einmal warmlaufen las-

sen. Sie würden jetzt alle zur Wache zurückfahren, und dort würde er ihnen, diesem Haufen von Nichtsnutzen, den stärksten Marsch ihres verdammten Lebens blasen.
Antoine Valachi zog seine weißen Tabletten aus seiner Tasche.
Nur Mut, Maalox sei Dank, gipste er sich erneut ein.
Doddledooe, die würde er schon kleinkriegen.

Ohne sich recht um die Bodenhaftung ihres Töfftöffs zu scheren, kurbelte die Alte in ihrem Crêpe de Chine das Steuerrad. So viele Umdrehungen wie nötig. Und es kurvte recht ordentlich hierzulande.
»Ich heiße Irma Bronstein«, sagte sie, »und ich verstehe einfach nicht, warum die Russen Kabul eingenommen haben. Und Sie, meine Tochter, wie heißen Sie?«
»Sarah«, meinte ich und kollerte gegen ihre Schulter.
Sie roch nach Schweiß und Abscheulichkeit.
»Der Krieg beschäftigt Sie anscheinend sehr?«
»Alle Kriege«, plauderte die verrückte Irma sofort los, so als handele es sich um ihr Lieblingsthema. »Es ist eine gesunde Angst. Ich habe sie Chaim seit seiner frühen Kindheit eingeschärft.«
Der kleine Daf bog klappernd in einen kleinen steilen Pfad ein.
»Besser, wir kürzen hier lang ab«, entschied die alte Dame.
Ranzige und champagnererfüllte Luft förderte ihr Atem schwallweise zutage.
»Die Nachbarn müssen ja nicht wissen, daß Sie zu uns kommen ...«
Sie deutete auf eine Reihe halb verfallener Mauern, die im Scheinwerferlicht vorbeihuschten.
»Wir wohnen ganz oben im Dorf. Ein Kaff aus der Zeit von Philipp dem Schönen. Alles zerfällt. Und was nicht freiwillig zerfällt, wird plattgemacht. Aufgeteilt. An irgendwelche Interessenten verschleudert. Oase in Gefahr und so.«
»Von irgend etwas ist man immer der letzte Mohikaner«, meinte ich, um sie zu beruhigen.
Aber sie antwortete, das sei kein Trost.
Sie sagte kein Wort mehr, bis das Haus vor uns auftauchte.
Es war viereckig. Von Mauern umgeben. Man übersah von hier die ganze Ebene. Auf der einen Seite Roissy Charles de Gaulle mit den Lichtern des Flughafens. Auf der anderen eine Armee Hochspannungsmasten, die der BETONSTADT vorauseilten.

»Sehen Sie nicht so aus, als wollten sie jeden Moment in unseren Garten einfallen?«, fragte Irma und sah sie an.
»Sie sind die schlimmsten Feinde meines Sohnes«, fügte sie hinzu.
Sie bog in den Hof ein und hielt neben einem Motorrad.
Die Angst kräuselte ihren Mund.
Sie beugte sich vor und sah zu dem hell erleuchteten Gebäude hin.
»Wissen Sie«, murmelte sie. »Das Haus ist verurteilt.«
»Versetzen Sie ihm bitte nicht diesen letzten Schlag, aber das Haus ist verurteilt. Ich habe es verkaufen müssen. Weil ich die Ausgaben nicht mehr tragen kann.«
Sie seufzte.
»Unsere Ausgaben sind beträchtlich, und Chaim macht sich keinerlei Vorstellung davon. Eines Tages werden die Bulldozer dasein und alles niederreissen. Wie wird er es aufnehmen? ... Niemals wird er in einen dieser Sozialklötze ziehen. Ich habe mich nicht getraut, es ihm zu sagen, wissen Sie. Er ist manchmal so gewalttätig. So gewalttätig ...«
Sie wandte sich mit einem pathetischen Blick zu mir und rang die Hände.
»Machen Sie sich keine Sorgen«, bestärkte ich sie. »Ich werde mit ihm zu reden wissen.«
»Ja, Sie haben recht«, sagte Irma. »Bei ihm hängt alles davon ab, wie man mit ihm redet. Ob man es schafft, sich auf seinen Planeten zu begeben. Wenn einem dies gelingt, dann faßt Chaim Vertrauen. Dann fängt er an, einen zu lieben und an einem zu hängen. Er ist ein Kind-in-den-Lüften.«

61

Daf, das Behinderten-Töfftöff, hat soeben im Hof gehalten.
Mein Herz tachykardiert. Auf 120. Extrasystolen, die bis in die Kehle schlagen. Und Knoten.
Jetzt bin ich sicher schon eine Viertelstunde fertig.
Ich habe mir mehrmals meine Mistzähne gebürstet. Eine Pasta für das Zahnfleisch. Ein Zeug fürs Email, bifluoriert, oder so etwas ähnliches. Ein anderes für den Atem. Und die Munddusche von oral-B, um sicher zu gehen, daß nichts hängenbleibt.
Ich habe meine verfluchten Haare mit einer glanzspendenden Lotion besprüht. Meine bekloppten Wirbel mit mehreren aufeinanderfolgenden Bürstversuchen vollständig gezähmt.
In puncto Held hätte ich so gerne die Mafioso-Richtung gewählt. Wegen der Hüte, die begeistern mich einfach. Ganz zu schweigen davon, wie viel Vertrauen ich in die kalkulierte Kälte dieser Teile stecke. Verführung und Grausamkeit, ich liebe das.
Zunächst habe ich mich an einem Kopf à la Aladena Frantianno probiert, genannt Jimmy Belette, aber das Profil war nicht besonders. Das kam von der Brille. Also habe ich mich für die Silhouette von James Licavoli entschieden, dem schließlich in Cleveland, Ohio, nicht eben wenig gehört. Aber das war auch nicht überzeugend. Wegen meines verfluchten Fußes, der immer störte.
Ich habe noch eine Viertelstunde auf Aniello Dellacroce verschwendet, den einen der drei Leutnants von Carlo Gambino, und dann habe ich das ganze Projekt fallengelassen.
Ich bin, wie ich bin.
Unfähig, mich auf eine Person zu konzentrieren.
O.K.
Und so bin ich schlußendlich wieder zu meinem Groom zurückgekehrt.
So daß ich, als die Rote ihren Fuß ins Haus setzte, bereits wieder zwölf war.
Und so furchtsam wie ehedem gegenüber den Frauen.

Als ich mich über die Brüstung hinunterbeugte, habe ich sie sofort erblickt.
Da stand sie, meine Durchreisende. Völlig durchgefroren von der Eiseskälte der Wirklichkeit.
Sie hat ihre schöne rote Nase gerieben.
Neugierig hat sie sich umgeschaut. Die Bücher, alles. Dann, als Irma alle Riegel hinter sich verschloß, hat sie sich plötzlich umgewandt. Direkt erschrocken.
Die Sperrklinken. Die Drehriegel. Der Keil.
Fertig, Irma.
Danke.
Was für ein schöner Abend.

Ich, Sarah Doddledooe, die 38er in der rechten Manteltasche, frage mich langsam, ob es nicht unvorsichtig gewesen ist, mit dieser alten Verrückten mitzugehen.
Irma ziert sich ein wenig.
Sie lacht mit ihrem zweistrichigen Mund. Man könnte schwören, daß sie mehrere Münder hat. Sie stiefelt, sechs Schritte hin, sechs zurück, und sagt:
»Etwas Warmes vielleicht, meine Liebe? Eisenkraut? Karkade? Sternanis?«
»Danke, nein«, lehne ich ab.«Wo ist der Kleine?«

Ich werfe mich nach hinten.
Knöpfe meine Livrée zu. Schnell meine Toque auf den Kopf. Hoppla.
Ich bin an der Reihe.
Unten rauscht Irma im Blumenkleid – dabei habe ich ihr schon tausendmal gesagt, sie solle es nicht im Winter tragen – und dreht sich um sich selbst.
Dann rennt sie zu dem Gepäck, das ich umsichtigerweise unten in der Halle vorbereitet habe, neben dem Teufel von einem verblichenen Koffer-Teddy-Broom.
Irma bemächtigt sich seiner.
Sie hält sich an die Weisungen. Sie weiß, daß niemand ohne Gepäck ins Algonquin kommen darf. Sie drückt der Roten zwei Teile in die Hände. Diese erscheint erstaunt ob deren leichtem Gewicht. Das verdrießt mich.

Irma läßt ihr keine Zeit zum Nachdenken. Mit ihrem Finger in Flockseide deutet sie zur ersten Etage hinauf.
»Gehen Sie hoch, er erwartet Sie. Sicher ist er schon ganz ungeduldig!«
Gazellengleich – wie auch immer sie das macht mit ihren alten Arschbacken, die ich nie wieder freundlich kommentieren werde – hüpft sie durch die Gegend. Ein junges Ding.
Ich bewahre Haltung.
Ich ziehe an meinen Manschetten. Spitze. Frischer Atem. Den Frohsinn des kleinen Personals ins Gesicht geschrieben. Ein gelungener Empfang.
Ich höre, wie der Aufzug nach oben otist.
Vorwärts ihr Grooms, ich halte dem Glück die Tür auf.

Als ich den vorsintflutlichen Aufzug verlasse, schenke ich Chaim-dem-Hinkenden mein glorreichstes Lächeln. Er ist angezogen wie ein Groom. Nicht der Schatten eines Erstaunens.
»Guten Tag, Chaim«, gebe ich von mir, als ich meinen Fuß auf das Treppenpodest setze.
Und mein Blick ist nicht minder warm, als wenn wir jeden Samstagabend miteinander ausgingen, um uns aneinander zu rubbeln.
Er ist auf diesem Ohr taub. Ehrerbietig gibt er mir ein Zeichen, vorbeizugehen.
Über mir hängt an Nylonfäden ein Schild in den Raum hinein, das mir in güldenen Lettern verkündet, wo ich mich befinde.
»Guten Tag, Madame«, sagt der Groom. »Willkommen im Hotel Algonquin! ... Wir freuen uns, Sie wiederzusehen!«
Er geht vor mir her. Die Hoteliers-Höflichkeit.
Im Hast-du's-nicht-Gesehen öffnet er die Drehtür, die den Absatz bestückt.
»Der Gepäckjunge wird sich um ihre Koffer kümmern ...«, verkündet er in demselben professionellen Tonfall.
Ich lerne, mich über nichts mehr zu wundern.
Und ich betrete seinen Traum.
Roter Teppich.
Manische, unfertige Rekonstruktion.

Ich halte vor einem Tresen. An der Wand ist ein Mann im Gehrock aufgemalt. Ich lese: Reception.
Der Klumpfuß hinkt hinter mir her und an mir vorbei. Er stellt sich hinter den Tresen.
Chaim reicht mir ein Anmeldeformular.
Er taucht eine Feder in ein Tintenfaß und hält sie mir hin.
Ich schreibe meinen Namen unter den einer gewissen Mrs. Abercromby, Chicago, Illinois. Der Name ist rot durchgestrichen. Der Groom gleitet mit einem Löschblatt über meinen noch feuchten Schriftzug. Er enthüllt meine Identität mit der Indiskretion eines Hotelfriseurs.
Mit tonloser Stimme fragt er: »Hatten Sie eine gute Reise, Madame Sarah? Bleiben Sie länger?«
Ich sehe ihn an. Während ich antworte, reibe ich mir die Wangen: »Der Zug war eisig, Chaim. Welches Zimmer haben Sie mir zugedacht?«
Er mißt mich. Wie lange wohl werde ich das Spiel mitspielen. Aus der Defensive heraus, wiegt er sich auf seinem Klumpfuß. Er zeigt auf die Zeichnung hinter sich.
»Monsieur Satanas hat darauf bestanden, daß Sie das Broomsche Apartment nehmen«, sagt er. »Oder auch die 607, die seit heute nachmittag frei ist. Aber ich würde Ihnen gerne als erstes mein eigenes Zimmer zeigen. Darf ich Sie auf ein Gläschen einladen?«
»Sehr gerne, Chaim. Ich denke, es ist wirklich an der Zeit, daß wir etwas warm werden miteinander.«
»Genau dies hat mir auch meine vorherige Freundin gesagt, an dem Tag, als ich sie auf meine verdammte Bude einlud«, gesteht er mit unglaublicher Selbstverliebtheit.
Er streicht über die wenigen Haare, die unter seiner Toque hervorschauen und geht wieder vor mir her.
»Die alte Jépha war gerade 13«, lacht er breit. »Ich weiß nicht, ob Sie sich das vorstellen können. Erstaunlich weit für ihr Alter.«
»Das hängt davon ab, wie alt Sie selbst waren?« bemerke ich zu ihm.
»12 Jahre, das wissen Sie doch! Genauso alt wie heute.«

Diese verdammte Rothaarige enerviert mich mehr als ein Floh im Ohr eines Hundes. Sie ist ja meine erste wirkliche und wahrhaftige Person und überhaupt.
Ich öffne die Tür zu meiner Bude.
»Nun«, meint sie mit sanfter Stimme, »es ist immer interessant zu sehen, wie die Menschen sich einrichten ...«
Ich sehe sie mißtrauisch an. Aber sie wirkt nicht so, als wolle sie sich über mich lustig machen.
Sie geht sofort hinein.
Springt über Jépha, ganz offensichtlich ohne sie wahrzunehmen. Obwohl ihr ein Messer in der verdammten Wampe steckt. Sie geht geradewegs auf den Cosy zu. Sie zieht ihren Mantel aus und wirft ihn auf die Tagesdecke. Setzt sich hin. Trägt einen mandelgrünen Rock passend zum Haar. Sie schlägt die Beine übereinander, dabei knistert es nach Polyamid. Sie sind noch schlimmer als beim ersten Mal.
»Korallenrosa mit elastischen Spitzen«, verkünde ich, als ich ihr Höschen erblicke. »Sicher ein String-Modell.«
Sie antwortet nicht. Sitzt da und sieht sich um.
Die verstreuten Federn, die Banknote von Fred Astaire, das Marilyn-Plakat, alles zieht vorüber. Mit einem Mal wiegen all diese an die Wand gepinnten Erinnerungen tonnenschwer.
Ich meinerseits lasse die matten Augen über ihren verflixten Körper gleiten. Während ich so den Kurven folge und mir alle Füllen vorstelle, sage ich mir, daß ich trotz meiner reichen sexuellen Erfahrungen, die ich, wie Sie ja wissen, bereits akkumuliert habe, trotzdem nicht in der Lage bin, diesem ganzen Arsenal an Geschlechtlichkeit zu begegnen.
Die Rothaarige erscheint mir deutlich jenseits meiner Fähigkeiten. Außerdem finde ich meine Gesprächsführung ziemlich zum Kotzen.
Es vergeht eine verdammt lange Zeit, bevor mir irgend etwas einfällt.
Zuguterletzt finde ich ein dünnes Stimmchen in höchsten Tönen. Ich flöte:
»Sie kennen das ja sicher, es gibt Menschen, glaube ich, denen man so viel zu erzählen hat, daß man gar nicht weiß, wo anfangen.«

Ich versuche, mich irgendwie wieder in das Äußere von Joseph Bonnano, genannt Jo, die Banane, hineinzuversetzen, und setze mich auf die Lehne des Korbsessels, gleich neben sie. Ich biete ihr eine Zigarette an.
»Ich rauche nicht«, entschuldigt sie sich.
O.K.
Ich feure mich an.
Ich sehe sie an. Das erfüllt. Und ich versuche, mich davon zu überzeugen, daß sie meine große Chance ist. Daß ein Mädchen aus Fleisch und Blut direkt mir gegenüber eine privilegierte Lage ist. Etwas, das so schnell nicht wiederkehrt.
Ich werfe einen schrecklich lässigen Blick auf meine angenagten Fingernägel, so als hätte ich ihnen eine gewisse Kleinigkeit vorzuwerfen.
Ich sage:
»Eines Tages habe ich so ein mistiges Buch gelesen, eines über einen Verführer. Von der Sorte, den die Frauen sexy finden. Er begann seine Überfälle immer gleich.«
Die Rothaarige hebt eine Braue. Sie scheint aufrichtig interessiert.
»Oh, wirklich?« meint sie mit ihrer Stimme, die mich erschlägt. »Was machte er?«
Ich komme näher, damit sie meinen Vogesischen Atem riecht. Mit Chlorophyll in sämtlichen Diphtongen surre ich ihr zu:
»Er näherte sich dem Mund der jeweiligen Frau und sagte dabei, ein Frauenkörper sei wie eine Violine, und nur wirklich große Spieler seien in der Lage, ihn richtig zum Klingen zu bringen.«
Sie sieht auf meinen Mund und amüsiert sich.
»Und haben Sie diesen Satz schon einmal bei jemandem versucht?«
»Ja«, sage ich und erhebe mich mit blasierter Miene. »Sie können sich gar nicht vorstellen, welch ein Gewicht die Worte haben. Zumindest zweimal habe ich es mit dieser Art von Schmus um Haaresbreite zu sexuellen Erfahrungen gebracht. Ehrlich, Mädchen müssen ganz schöne Tölpel sein.«
Ich richte mich auf mit einer Lässigkeit, mit der ich recht zufrieden bin. Prompt fliege ich auf die Fresse und lande im Koffer.

Ich erwische immer den passenden Moment für solche Dinge.
Aber sie lacht nicht.
Im Gegenteil: Sie erhebt sich und zieht ihren Pullover aus.
Wahrhaftig: Sie zieht ihn aus. Verdammt noch mal. Ich fühle mich völlig steif. Aber sie hat es getan.
Ehrlich gesagt, da ich nie mit echten Frauen zu tun hatte, beginne ich knallrot zu werden. Sie hat so Brüste wie auf den Zeitschriften obenauf. Jene Art Brüste, bei denen einem das Denken vergeht. Im übrigen spüre ich sehr wohl, daß sie sich ihrer Anatomie bedient, die ich ablehne, um sich meiner zu bemächtigen. Damit ich gestehe, daß ich noch unberührt bin. Und ich muß mich schrecklich anstrengen, nicht den Raum zu verlassen und von allem abzuhauen.
Ich wiege mich auf meinem Klumpteil und versuche, einen neuen Anfang zu finden.
Die Rote tut so, als sei nichts.
Sie setzt sich wieder hin und fragt:
»Wollten Sie gerade verreisen?«
Ich entgegne:
»Ja, Leute wie ich leben immer auf gepackten Koffern. Heute Paris, morgen Bangkok. Wir sind unvorhersehbar.«
Ich schiebe meine Brille auf dem Zinken hoch. O.K.
Dann gehe ich zum Plattenspieler. Sie stellt mir keine weiteren Fragen. Ich glaube, dieses Mal habe ich sie.
»Manchmal«, sage ich und wühle in meinen Schallplatten, »überfällt mich eine irre Lust zu tanzen!«
Ich drücke auf ON.
Der Saphir sucht sich seine Rille. Ich schlucke meine Spucke hinunter und setze voll auf den langsamsten Blues, dessen ich fündig geworden bin.
Die alte Fitzgerald beginnt ihre wirklich erschreckend heisere Stimmarbeit, und das Gesicht der Rothaarigen macht die entsprechenden Bewegungen dazu. Ihr Nacken wiegt sich.
Ich lösche die Deckenlampe, alles wird rot.
Ich ziehe meine Toque ab, und hoppla, und schon sage ich mit extrem leidenschaftlicher Stimme: »Wenn Sie sich wieder anziehen, würde ich Sie gerne ein wenig drehen.«
Sie läßt es sich nicht zweimal sagen.

Sie erhebt sich. Und dieses Mal ist es ihr Rock, den sie auf den Teppich expediert.
Sie bringt mich um.
Je mehr sie jemand aus Fleisch und Blut wird, desto mehr bringt sie mich um.
Sie hat dermaßen wahrhaftige Schenkel, daß ich zu normalen Zeiten schon bei dem abendlichen Gedanken an sie geschrien hätte. Aber wenn ich sie jetzt vor mir sehe, wie sie so unterhalb einer echten Bauchwölbung herabhängen, fühle ich mich nicht mehr im Zimmer.
Kein Witz, mir ist, als sei ich hinausgegangen.
So schreckliche Angst habe ich.
Ich schlucke meine Spucke herunter.
Ich rede.
Ich rede, egal was.
»Ja«, sage ich. »Eindeutig. Und dann, zweifellos, wenn Sie sich so ein feines Mädchen geleistet haben, wie Sie es sind, dann fühlen Sie sich hernach 100 % unwiderstehlich. Sie erscheinen in der Hit-Parade der Ausschweifungen.« Diese Art Stuss wenn Sie verstehen ... Und eine Vermutung, von wegen: »NACHHER, da springen Sie dann auf ihre vielen Kubikmeter, eine 1200 KAWA oder so etwas, und dann brausen sie auf die Autobahn! Und dann zum Teufel sind Sie der Allerbeste! Völlig ausgetickt, Scheiße! Es war so intensiv! Intensiv und persönlich. Und sie haben nicht eben wenige dieser Mini-Problemchen gelöst ...«
Ich halte inne, ganz atemlos.
Sie lacht mich an, ihr Blick ist so scharf, daß man glatt die Brükke von Tancarville damit zersägen könnte. Ein wahrer Erdstoß, 9.9 auf der Richterskala.
Ich will nur noch fort, weg.
Ich gehe zum Schrank, wie ein Kranker. In dem dortigen Saustall finde ich eine Flasche Cola, die ich immer benutzt habe, wenn ich mit Teddy Broom anstoßen wollte.
Ich lasse sie in meiner Hand auftauchen. Ich frage:
»Einen Schuß Cola?«
Aber sie bedeutet ein Nein, dann kommt sie geradewegs auf mich zu.

Keine Chance, ihr zu entwischen.
Ich gehe rückwärts, aber da ist schon die Wand.

Ich spüre es, er wird zusammenbrechen.
Wirksamer noch als jegliches Verhör, lasse ich ihn die Wärme meines Körpers spüren. Ich legen ihm meine beiden Arme um den Hals. Ich kann direkt fühlen, wie sich alles in ihm sträubt.
»Nun«, sagt er, »Sie lassen mir ja keine Wahl. Sie haben wirklich Schwein, daß ich heute abend nicht in Hochform bin. Denn einer, der vulgärer wäre als ich, würde diese verdammte Situation direkt ausnutzen.«
Er schweigt.
Er schwitzt. Ich drehe ihn langsam im Takt des Blues.
»Was ist denn eigentlich los, Chaimie?«
»Nichts«, sagt er.
Eine unglaubliche Steifheit ergreift ihn.
»Nichts, ich dachte gerade an die häßlichen Mädchen. Es ist hart für Mädchen, die echt häßlich sind. Sie tun mir manchmal dermaßen leid. Ich mag nicht einmal zu ihnen hingucken. Denn sie haben keine einzige Chance. Nicht eine — und überhaupt. Vor allem, wenn so ein mieses Arschloch sich in den Kopf gesetzt hat, Ihnen seine Großtaten darzulegen.«
»Seine Großtaten?«
»Seine Fußball-Großtaten«, korrigiert er sofort. »Oder auf dem Motorrad. Wie auch immer. Weil sie sich an einen hängen. Zwangsläufig. Sehen Sie, sogar Mädchen wie Sie probieren es. Sie hängen sich auch an jemanden. Jépha tat dasselbe. Das hat mich abgebracht. Und dieser miese Schweinehund, der wir alle sind, braucht dann nur noch den kleinen Finger zu rühren. Und schon hat er Sie drumgewickelt. Ekelhaft. Und doing, schon legt Ihr Mädchen euch flach. Und diese miesen Schweinehunde ficken euch.«
Er streicht sich die Strähne aus der Stirn.
Ich versenke meine Augen in die seinigen. Großaufnahme. Er blinzelt.
»Glauben Sie auch nur ein einziges Wort von dem Schmus, den Sie da gerade von sich gegeben haben?« frage ich ihn.

»Oh ja«, empört er sich. »Oh ja, sogar Mädchen wie Sie sind bereit, es zu tun.«

»Es zu tun?«

»Tun Sie doch nicht so. Den Schweinkram. Ich meine, sich flachlegen. Sich vollpumpen lassen. Jépha hat sich immerzu flachgelegt.«

Ich sehe zu der aufblasbaren Puppe hin.

»Und dann, hat sie sich dann an Sie gehängt?«

»Ja, alles Hündinnen. Aber Jépha war zumindest aus abwaschbarem Kautschuck. Verstehen Sie. Und da konnte ich selber bestimmen.«

Er zittert.

»Chaim?«

»Ja? Nein.«

»Hätten Sie vielleicht den Mut, mich zu umarmen?«

Er weicht zurück.

Sieht auf meinen Mund.

»Sie können es selber bestimmen«, sage ich, um ihn zu beruhigen.

»Gewiß nicht«, flötet er.

Plötzlich stößt er mich mit Gewalt zurück.

»Ich habe gesehen, wie Sie gekommen sind. Los! Sie wollten, daß ich mit Ihnen gehe, nicht wahr? Daß ich Sie in Ihre Welt begleite? Scheiße! Lassen Sie sich doch woanders ficken. Ich finde Sie schmutzig. Ekelhaft! Warm! Feucht! Obszön!«

Er wiegt sich auf seinem Klumpfuß.

Ich spüre, wie er von einer Minute zur nächsten gefährlich wird. Wie Wasser, das steigt.

»Ekelhaft!« schreit er. »SHIT!«

Er spuckt auf den Boden.

Ich weiche zurück bis zum Cosy. Ich taste nach meinem Mantel.

Er rast zum Schrank. Wühlt in dem Junk herum. Holt ein Schulheft heraus. Schmeißt es mir zu Füßen.

»Lesen Sie das, Sie Hure! Sie werden darin die Geschichte meines wunderbaren Lebens entdecken. Los, lesen Sie«, befiehlt er und zieht ein Bajonett hervor, das er hinter seinem Rücken versteckt gehalten hatte.

Ich meinerseits enthülle die schwarze Mündung meiner 38er Spezial. Sechs Bastos, die den Tod verheißen.
Ist ihm wurscht, diesem Idioten.
»Lesen Sie«, befiehlt er noch einmal und wiegt sich auf der Stelle. »Danach werde ich Sie verbrechen wie die anderen. Dann wird alles so sein, wie es sein soll.«
Ohne ihn aus den Augen zu lassen, strecke ich meine Hand nach dem Heft aus.
Ein Mäuschen kratzt an der Tür. Irmas Stimme zittert.
»Chaimie! Chaimieboy! Entschuldige, wenn ich störe ... Es ist wegen Monsieur Bing. Stell dir vor, er ist tot.«
Sofort stürzt der Hinkende zur Tür hinaus und verriegelt sie dreifach hinter sich.
Ich springe auf meine Füße. Ich sage mir, Sallie, du solltest dir deine Erotico-Analyse lieber zurück unter den Shetland pakken. Dann parke ich auch meine Schenkel wieder dort, wo sie eigentlich die ganze Zeit hätten sein sollen: in meinem Wickelrock.
Im nächsten Augenblick lasse ich meine Smith & Wesson spukken.
Dreimal zuckt mein Finger, dann ist es offen, das Schloß.

Aus reinstem Reflex erhob sich Roger Chevreau, nahm Haltung an und grüßte, als der dicke Valachi ins Komissariat mammutierte.
»Sie können rauchen, Pawlow«, grummelte der alte Valach, und rollte auf seinen durchnäßten Tretern vorbei.
Chevreau, sämtliche Maschinenschreiberei unterbrechend, glaubte gut daran zu tun, wenn er fragte, ob der Hinkende gefaßt sei. Sein Chef unterbrach ihn sofort. Ein Zeichen, das ihm befahl, zu schweigen und vor allem keinerlei Blödsinn.
»Es reicht für heute, genug in der Mütze!« Der Abteilungshengst schäumte über und subito zitterte Chevreau. Dabei hatte er eigentlich vor, noch etwas zu sagen. Und zwar von wegen seines Lebensvermiesers. Er meinte diesen kleinen Typen, dem die Frau abhandengekommen war. Aber noch bevor er seine sabbernde Klappe zu öffnen vermochte, war bereits alles zu spät. Valachi hatte mit Karacho die Tür seines Büros zugeschmissen.
Unter dem Luftdruck schwang das Rettungsschwimmerzeugnis am Nagel hin und her.
Chevreau traute sich nicht, sich wieder hinzusetzen.
Es war ihm unangenehm, daß er nicht hatte verhindern können, daß dieser kleine Mann in das Büro seines Chef-Chefs hatte gelangen können. Allerdings mußte man sagen, daß der andere ihn überrumpelt hatte. War mir nichts, dir nichts unter der Theke durchgeflutscht, als der Brigadier gerade seine Berichte über den »Schwalbenschwanz«-Fahrradsammler in die Maschine tippte.
Und dann, als Chevreau mit eiserner Hand den Besetzer hatte herauswerfen wollen, hatte der Mann sich bereits angekettet. Eine Handschelle um sein linkes Handgelenk, die andere um die Heizung. Und behauptete gar, er habe den Schlüssel verschluckt. Ganz zu schweigen von seiner wilden Entschlossenheit. Dieser Typ stank meilenweit nach Obsession. Hätte sich die Arme durchsägen lassen. Hatte ohnehin schon seine bessere Hälfte eingebüßt.

»Ich warte auf Ihren Vorgesetzten. Ich möchte mit ihm persönlich reden.«
Und wenn Chevreau ihm näherkäme, drohte er immer wieder, dann werde er sich mit Benzin übergießen.
Wie dem auch sei, jetzt jedenfalls sah Chevreau ganz schön alt aus. Die Wände zitterten. Und die Stimmfetzen, die herausdrangen, zerrissen einem glatt die Eingeweide.
Soeben kamen die übrigen aus der Brigade in kleinen Grüppchen zurück. Die Tür machte unaufhörlich tschscht.
Alle Kerle sahen betreten aus. Sie hatten die Kino-Niederlage noch nicht verschmerzt.
Kamen aus der dunklen Nacht und der Kälte direkt ins Neonlicht. Tief eingegrabene Züge. Und Augen – weit aufgerissen. Jede Menge Watts, die sie attackierten. Ihnen die Blöße der Blässe verliehen.
Und zu allem Überfluß vernahmen sie als erstes das Gezeter des Abteilungshengstes.
Dieses Geschimpfe schlug ihnen glatt auf den Magen.
Sie blieben gebannt stehen. Einen Kloß im Hals. Sahen sich an, bedröppelt, in Gruppen, um diesem Verzweiflungblues besser zu widerstehen. Eng beieinander. Die Füße platt in den Latschen. Wer war das, der da gerade die Standpauke über sich ergehen ließ?
Finalo zählten sie ab. Waren alle da.
»Wehrallsoissdas?«
Plötzlich war es still.
Allgemeines Gemurmel. Chevreau setzte sich langsam. Seine Beine trugen ihn nicht mehr. Er hatte vergessen, seinen Mund zu schließen. Stand weit offen.
Die Tür öffnete sich. Der dicke Valachi erschien.
»Och, ich bin von lauter Idioten umzingelt«, meinte er und schokolud sich den Mund.
Er drehte die rabenschwarze Trommel seines Revolvers. Überprüfte das Magazin, und ein mieser Schimmer ließ seine Schweinsaugen aufblitzen.
»Pawlow«, sagte er zu Chevreau, der sofort die Hacken zusammenschlug, »Sie können sich bereit machen für den vorzeitigen Ruhestand. Warum haben Sie mich nicht sofort ange-

rufen, um mir zu sagen, daß dieser Herr hier«, er zeigte auf Lange, »der einzige ist, der weiß, wo dieser verdammte Hinkende wohnt ... Dort nämlich verliert sich die Spur seiner Frau.«
»Ich«, begann Chevreau.
Valachi schwang bereits die Trommel.
»Vorwärts, Leute!« bellte er. »Wir holen uns den Kerl! Alle in die Wagen! Nehmt die kugelsicheren Westen und das Tränengas mit.«
Erleichtert stürzten die Polizisten zu den Waffenständern. Im Laufschritt schuhten sie zu den Autos.
Draußen schlugen die Türen.
Die Motoren zylinderten. Und die Blaulichter bläuten. Inmitten dieses Grelldunkels überwachte Valachi seine Truppe. Ein guter Chabrol hätte ihm jetzt gut gestanden. Er hatte die Taschen voller Schokolade. Wenn er schon die ganze Nacht durchmachen mußte, dann sollte zumindest ein bißchen Blut bei rausspringen. Monsieur Lange war ganz entschieden ein Scheißer.
Gerade war er in der Tür des Kommissariats aufgetaucht. Rieb sich das Handgelenk.
»Bitte versuchen Sie, meine Frau zu verschonen ...«, sagte er zu Valachi.
Der Dicke antwortete nicht.
Er wandte sich um. Sein Rücken war geeignet, jeden zu entmutigen.
»Glauben Sie, daß sie noch am Leben ist?« fragte Bertrand ihn im Vorübergehen.
»Ich gebe nicht einen verflixten Nagel dafür«, sagte Valachi und machte sich an eine schwarze Praline aus dem Hause Nestlé.
»Und Doddledooe?«
»Wenn sie dorthin gegangen ist, hoffe ich, daß dieser Hinkende sie 14 Mal hintereinander vergewaltigt hat«, grummelte er, während er vor den Scheinwerfern entlanggging.
Er warf sich auf die Kissen seines Autos und sah in die Nacht hinaus, derweil es losraste.
Das Wetter machte einen auf Regen.

63

Dort, wo wir uns jetzt befinden – die alte Dame, der Hinkende, die Bullin – steht zu lesen: Place Bokassa-Déchu.

Wir betrachten den Leichnam von Monsieur Bing.

Über ihm der Schein einer nackten Birne. Er umkränzt seine entblößte Dirigenten- oder Clownsstirne. Verleiht seinen biblischen Haaren einen Nimbus. Gipfelt auf 200 Export-Bier-Dosen.

Herrgottsack, eine solche Schande, eine so ausgefeilte Schweinerei, sogar ich hätte nie gedacht, daß es so etwas gibt, nicht einmal im Schoße der Familie.

Monsieur Bing ist ein dicker, schlaffer Mann.

Hiobistisch ruht er in seinem einzigen Hemd auf einem Berg Scheiße und Abfall. Auf Mega-stinka-Kubikmetern von Schalen, Grünzeug und Schmodder.

Ein Mischmasch aus Kothaufen, Gedärmeknüddel, einem unmöglichen Leer-und Krummdarm zwangsentsprungen. Ein ausgeprägter Rektum. Unsägliche Darmverschlingungen. Sechs Monate menschlicher Krankheit.

Chaim macht es sichtlich etwas aus.

Er kniet vor dem Toten. Sagt, er hätte ihn umbringen sollen. Ist sich böse deswegen. Wiegt sich in einem fort. Eine Verzweiflungs-Stereotypie. Eine durch den Schmerz verursachte Regression. Ausdruckslose Augen. Er scheint für alles unempfänglich zu sein. Für seine Mutter, die weint; für das Ganze, das drumherumt; für den Gestank, der unerträgt. Er hat die Worte verloren.

Weg ist er, Chaim.

Monsieur Bing sieht aus, als liege er auf dem Rücken und schlafe.

Oder besser noch, da er die Augen offen hat: Er sieht so aus, als betrachte er ein letztes Mal die Schönheit.

Er fixiert mit seinen gläsernen Augen ein Bild auf einer Leinwand. Eine Skizze, die ihm gegenüber an die Wand geheftet ist. Direkt an die Decke. In 3 Meter Höhe.

Auf der Leinwand sieht man einen Groom, rot gekleidet.
Der Junge hat die Hände auf die Hüften gestützt. Ein Pinselstrich hat ihm den Blick verschleiert. Er sieht aus, als warte er darauf, daß man nach ihm ruft.
Ich gehe näher heran.
Ich lese die Signatur.
Soutine. 1933.
Der Tote lächelt diesem alters- und heimatlosen Jungen zu. Die Hände über dem eitrigen Bauch verschränkt, erweckt er den Eindruck, als sei er mitten im Gespräch mit ihm unterbrochen worden.
Sein Blick ist gut, wie die Liebe.
Trotz des Ekzems, das ihm die Nase verschandelt. Eine Mischung aus Schorf und Schuppen, mit Warzen durchsetzt.
Trotz der jahreszeitlosen Fliegen, die sich auf den dicken Bubos seines vermaledeiten Riechkolben streiten.
Und stärker noch als alles andere, stärker noch als dieser Gestank nach Abfall und Fäulnis, saurer noch als diese Ausdünstungen übergegangenen Kohls, roch man den höchsten aller Gerüche.
Den des Todes.
Eine unerträgliche Stinkerei nach menschlichem Fleisch.
Ansteckungsträchtig läßt sich eine blaue Fliege auf meiner Hand nieder.
Ich, Doddledooe, verziehe mich rückwärts den Graben entlang, der sich durch den Abfall zieht.
Ecke Avenue Charles de Gaulle gebe ich alles von mir.
Und dabei schwöre ich, daß ich schon trocken bin hinter den Ohren.

Chaim ist aufgestanden, ohne etwas zu sagen.
Auch er ist vor der Soutine-Leinwand stehengeblieben.
Seine Bewegungen entbehrten nicht einer Tragik-Komik. Hat seine beiden Zeigefinger hinter seine Ohrmuscheln gelegt, um sie noch deutlicher abstehen zu lassen. Sie hätten sicher genauso wie ich sofort die Ähnlichkeit entdeckt zwischen dem Groom und ihm.
Er hat einen sinnlosen Satz gesagt.

Hat gesagt:
»Ein Motiv, Monsieur Bing?«
Hat gegrient. Ein mitleidiges Lächeln.
Und dann ist er die Solschenizyn hochgegangen, ohne irgend jemanden eines Blickes zu würdigen.
Und draußen war er.
Ich habe nicht sofort reagiert.
Erst, als ich hörte, wie sich der Fahrstuhl in Bewegung setzte.
Dann bin ich hinter ihm her gerannt.
Er war sehr schnell und hinkte wie der Teufel.
Ich habe geschrien:
»Chaim! Kommen Sie zurück!«
Aber schon schlug er die Eingangstür hinter sich zu.
Ich bin die Treppe hinuntergestürzt.
Als ich die Eingangstür öffnete, auf den Absatz trat und meine 38er vor mir ausstreckte – diese typische Instinktkillerpose –, da hockte dieser verdammte Chaim bereits auf seinem funkelnden Motorrad.
Es thronte auf seinem Ständer.
Der Junge hatte den Kopf gesenkt und machte gerade Brrrruuumm, brrrruuumm mit seinen Lippen. Als hätte jetzt eigentlich der Motor an sein müssen.
Der Regenwind verstrubbelte seine Haare und gab einem annähernd die Idee von Geschwindigkeit. Hinter ihm auf dem Sattel krümmte sich die abgeblasene Silhouette von Jépha oder Gott weiß wem.
Die Puppe hielt ihn am Hals. Man hätte schwören können, daß sie gemeinsam flohen.
Im Traum, meine ich.
Er wandte sich um, um zu sehen, ob ich aufholte.
»Bruummmm, brrummmm«, machte er wieder.
Und dann drehte er sein Handgelenk, als wolle er Gas geben.
Mir schwand jegliche Energie. Ich ließ die Waffe sinken.
»Sie werden mich nie erwischen«, schrie der Hinkende mit verstellter Stimme, um den Eindruck einer Entfernung aufkommen zu lassen. »Sie sind einfach zu häßlich.«
Er streckte den Arm aus, als wolle er rechts abbiegen, dann neigte er sich zur Seite.

»Jetzt bin ich verschwunden!« verkündete er.
Und ich wußte, wie dreifach recht er hatte.
Daß er in ein Land entschwunden war, in dem ihn weder Gerechtigkeit noch Gesetze noch sonst etwas je würden einholen können.
Nur der Irrsinn.
Und genau dieser erschien.

In Form einer Horde Scheiß-Bullen, die aus ihren Autos sprangen und sich in den Hof ergossen. Ein Strom gelber blendender Scheinwerfer. Quietschende Bremsen wie im Kino. Absurde Schleudermanöver. Ein dümmlicher Aufmarsch.
Sechs, sieben, zwölf Typen in Schußposition, die den Motorradfahrer durchsiebten.
Dam, dadadadamm ein Pulver-Jagdgetümmel, ein Kreuzfeuer der Grausamkeit.
Chaim verspürte Schläge eines Eispickels in seinem Rücken.
Sie hatten ihn.

Die Kawa wurde ein rosa Schweinchen, und flog brummend von dannen.
Träge wie ein Geier, das heißt, nach langem Anlauf, hob sie ab.
Sie erreichte das Ende der Ebene, gab ein erstauntes Grummeln von sich, dann schwirrte sie, Nase gen STADT, knapp über den Strommasten in die Lüfte.
Dort oben, inmitten des Hochspannungspfeifens, entdeckte Chaim unter sich die Menschenmenge.
Eine aufgebrachte Meute, die in Bodenhöhe über das Brachland rannte.
Die Frauen hatten ihre noch warmen Betten verlassen und flohen, die Kinder fest an sich geschmiegt.
Ein Blinder traf auf seinesgleichen.
Sie betasteten sich fieberhaft, als wollten sie einander erkennen. Dann schmissen sie sich ins Getümmel, Zwillinge der Dunkelheit.
Endlich kamen DIE VÖGEL.
Ein bunter Schwarm, nie zuvor gesehener VÖGEL.
Sie glitzerten in allen Farben und in den verschiedensten For-

men, die sich der Mensch nur vorstellen kann. Pfiffen wie Reaktoren. Hatten überspannte Nerven, glatt und undurchdringlich. Waren ohne jeden Ausdruck. Ihre Eisenschnäbel quietschten wie Zangen. Sie leuchteten grün, wenn es ihnen gelang, einen Menschen mitten im Lauf zu schnappen, und flammendrot, wenn sich die Schnäbel ins Leere schlossen.

Auch vor den Insekten waren die Menschenwesen auf der Flucht.

Diese hatten sich wie eine Panzerfront aufgereiht. Sie spuckten schwärzliche Fontänen, mit denen sie die Fliehenden, die am Ende ihrer Kräfte waren, mitten im Lauf fingen und festleimten.

Überall lagen Eier, die barsten. Stinkende, gelbliche Eier, aus denen neue Monster schlüpften.

Aus einem Lautsprecher, der nicht zu orten war, schrillte eine metallene Stimme. Sie fragte und fragte in einem fort. Ereilte die Fliehenden. Umhüllte sie. Übersättigte sie mit ihrem tonlosen Klang:

»Wie fühlen Sie sich?«

»Wie fühlen Sie sich? Wie fühlen Sie sich?«

»Bewahren Sie Ruhe ... Bewahren Sie Ruhe!«

Die allgemeine Stimmung widersetzte sich nicht länger.

Die Männer, meist stark behaart, betrachteten mit blöden Gesten das Anschwellen ihrer Geschlechtsteile. Zusehends behinderten diese schweren schwarzblütigen Knüppel ihren Lauf zum anderen Ende der Ebene.

Die Veränderung in ihrem Körper trug sie voran.

Plötzlich hielten sie inne, gaben nie gehörte Schreie von sich und fielen über die Frauen her.

In wilder Gier.

Sie nagelten sie am Boden fest. DIE LIEBE wurde allgemein.

Ein Kampf, schmerzlich für die einen, befreiend für die anderen. Überall das Weinen verlassener Kinder.

Ein Moschusgeruch umwehte die Gruppen.

Die Freudenschreie, die Wutausbrüche und die starre Angst angesichts der kollektiven Vergewaltigung hielten die Vögel einen Moment zurück.

Ihre runden Augen strömten Vertrauen aus und illuminierten

gleich Punktstrahlern aus der Entfernung die wilde Opferbeschwörung.
Mächtig, uneinnehmbar beobachteten sie. Warteten. »Sahen.«
Daraufhin stürzten die fliegenden Schweinchen, die Plastikasseln, die Hornschnecken, die Vögel mit den durchscheinenden Nerven, die Deckflügelwölfe, die Bugfische – sie alle stürzten sich auf die sich umschlingenden Körper.
Das Blut floß dahin wie schwarze Tinte, klebrig und kotdurchtränkt. Ratten mit metallenen Pfoten trappelten ziellos über das Terrain. Vorwärts, rückwärts, seitwärts, und dann das Ganze von vorn.
Die Fliegen schlugen in blauen Schwärmen ihre Haken durch die Luft.
Die Umgebung der STADT verwandelte sich in eine riesige Kloake, in die sich das Spülwasser der Menschheit ergoß. Die Gräben, die sich durch das Brachland zogen, verengten sich bedrohlich. Schließlich schlossen sie sich endgültig und entzogen die verstümmelten Körper dem Zugriff der Vögel, die überraschte Schreie ausstießen.
Nur DIE RATTEN verblieben in den unterirdischen Kanälen. Sie begannen, die Menschentrauben niederzutrampeln, wie Weinleser, die den schlechten Wein vernichten.
Mit einem Mal vernahm man die Lautsprecherstimme auch unter der Erde. Lange hallte sie nach. Blut und Kot erstarrten zu Stalaktiten.
»Wie fühlen Sie sich?«
»Wie fühlen Sie sich? Sie sich, Sie sich, sich, sich, sich, ch ch ch?«
Unendlich groß beugte sich Chaims Gesicht über den Rand des Loches, das in einer Spalte entstand. Er betrachtete sein Werk. Dieses Miststück von Allerwelt war vernichtet.
Er lächelte zufrieden.
Dann öffnete er den Mund und aus seinem Körper sprudelte das Meerwasser hervor, das er unmöglich länger zurückhalten konnte. Es bahnte sich seinen Weg. Es war schäumendweiß, so stark brandete es. Eine Flutwelle, die sich in die Kloake ergoß. Ein ozeanischer Koitus. Verheerung, Entfesselung.
Lange brandete das Meer.

Zersetzend und pulsierend, sekundenlang, was wie Tage erschien. Chaim spürte sein Leben kaum. Er wartete am Fuße der STADT. Wartete, daß das Wasser wieder aus der Erde heraustäte.

Schließlich perlte ein Tropfen unter einem Haufen alter Scholtès-Küchenherde hervor. Er vervielfachte sich und verwandelte sich in eine Quelle.

Chaim nahm einen Schluck.

Die Quelle erschien ihm so rein, daß er sie zu lieben begann.

Erst in diesem Augenblick ließ er sein Herz krepieren und schrie sich das Leben aus dem Leib.

Und dort, hinter der STADT, war es schwarz.

Nichts.

»Er ist tot«, sagte Valachi und drehte den kugeldurchsiebten Körper um.

»Hat ganz schön lange gebraucht«, sagte ein Bulle nervös und amüsiert. »Haben Sie gesehen, was für Gesten und Grimassen er gemacht hat? ... 18 Einschüsse und strampelte immer noch!«

»Du verstehst aber auch gar nichts davon. Bei den Gänsen ist es genauso«, sagte ein anderer Polizist. »Die Nerven zucken immer noch, auch wenn der Kopf längst woanders ist.«

»Sie Mörder!« sagte die alte Dame in ihrem Sommerkleid aus Crêpe de Chine.

»Er hätte eben nicht versuchen dürfen zu fliehen!« entgegnete Bertrand.

»Wie hätte er das denn überhaupt anstellen sollen?« sagte Irma. »Sein Absatz war doch viel zu dick für die Gangschaltung. Das war ein Traum-Motorrad, sonst nix.«

»Scheiße«, sagte Bertrand und verlor den Kopf. »Wir sind die kleinen Flitzer, und machen nichts als Schnitzer!«

Und die ganze Polenterei lachte los.

Von wegen der Nerven, wissen Sie.

Epilog

Ich, Sarah Doddledooe, habe seit drei Tagen meine Nase nicht vor die Tür gestreckt.
Der Arzt ist gekommen. Hat mich fest im Bett vorgefunden.
Ich habe den Kopf gehoben und Chaim Bronsteins Verbrechenstagebuch zugeklappt.
Bullin, die ich war, will nur ihren Frieden.
Meine Dienstmarke liegt auf dem Tisch. Werfen Sie sie in den Mülleimer. Ich habe schlecht gegessen gestern. Und vorgestern gar nichts.
Behalten Sie ihre Pillen, Doc. Schenken Sie mir was zu trinken ein. Einen Scotch mit drei Eis. Fragen Sie mich etwas. Bringen Sie mich zum Reden. Und du, Impala, komm, lach mit mir. Erzähl mir von deinen Federn. Auf daß ich lebe. Auf daß ich mich schüttle. Aber, Herrgottsack, bitte foltert mich nicht mit euren Prinzipien, ihr zwei.
Ich scheiße auf die Prinzipien. Auf die Regeln und auf die Gesetze.
Sehen Sie mich lieber an. Ich war eine weiße übervitaminisierte Frau aus dem alten zivilisierten Europa. Ein Schock, und ich bin ein Häuflein Asche. Stromausfall. Ich bin durchlöchert. Am ganzen Körper. Gevierteilt, Girls!
Wenn Sie meine Fäuste und meine Arme sehen, weinen Sie sicher gleich los.
Honey, Sie zittern ja!
Schenk noch etwas nach, 'Pala, Machine Love, ich scheiße auf die Prinzipien.
Weißt du, was Monsieur Bing auf dem Höhepunkt seiner Krankheit und seines Niedergangs sagte? Er sagte, daß er sich manchmal dabei erwischen würde, das Häßliche zu lieben.
Er sagte, es handle sich schließlich um einen andauernden Zustand unseres Daseins. Da sollten wir uns doch lieber anzupassen versuchen. Daß das Häßliche zu einer Version der Schönheit werden könne.
Schenk noch etwas nach, 'Pala, meine Freundin.
Hicks, und bitte, schleif mich doch morgen, wenn es besseres

Wetter sein sollte, ins Musée d'Art Moderne. Setz mich vor den *Chasseur de chez Maxim's.* Laß mich mit Soutine alleine. Laß mich dem Groom in die Augen sehen.
Ich wünschte mir, die ganze Welt könnte an diesem Bild vorüberziehen. Es heißt, daß ein einziger Blick voller Angst die Barbarei aufhalten kann.
Herrgott! Warum nur sind die Museen nicht kostenlos?